ハーレクイン社シリーズロ

愛の激しさを知る　ハーレクイン・

復讐とは気づかずに		
愛を買った億万長者		
花嫁と呼ばれる日		
欺かれた夜		
シークを愛した罪（オコンネル家の人々）		
苦い別離	エリザベス・パワー／永幡みちこ 訳	R-2114

人気作家の名作ミニシリーズ　ハーレクイン・プレゼンツ 作家シリーズ

西部の掟（ロマンス・メーカーⅢ）	ジェイン・A・クレンツ／山根三沙 訳	P-274
愛を約束された町Ⅱ		P-275
待ちわびた告白	デビー・マッコーマー／吉本ミキ 訳	
西部のプリンセス	デビー・マッコーマー／伊坂奈々 訳	

キュートでさわやか　シルエット・ロマンス

恋は気まぐれ		L-1180
ハリウッドに恋して	キャンディス・キャンプ／杉本ユミ 訳	
最後のプロポーズ（世紀のウエディング：エデンバーグ王国編）	カーラ・キャシディ／杉本ユミ 訳	
赤毛のプリンセス	ホリー・ジェイコブズ／瀧川紫乃 訳	L-1181

ロマンティック・サスペンスの決定版　シルエット・ラブ ストリーム

幕引きは華やかに（闇の使徒たちⅫ）	ビバリー・バートン／南　亜希子 訳	LS-287
さまよえる令嬢（孤高の鷲）	ゲイル・ウィルソン／中野　恵 訳	LS-288
買われた天使	マリーン・ラブレース／土屋　恵 訳	LS-289
夜明けまでの魔法（キャバノー家の真実Ⅲ）	マリー・フェラレーラ／新号友子 訳	LS-290

個性香る連作シリーズ

シルエット・アシュトンズ　偽りの求愛	クリスティ・ゴールド／山口絵夢 訳	SA-8
シルエット・サーティシックスアワーズ　シンデレラの苦悩	エリザベス・オーガスト／津田藤子 訳	STH-5
ハーレクイン・エリザベサン・シーズン　反逆者の娘	アン・ヘリス／麦田あかり 訳	HES-3
フォーチュンズ・チルドレン　ドクターに片思い（富豪一族の肖像Ⅸ）	スザンナ・キャレイ／水山　春 訳	FC-9
パーフェクト・ファミリー　愛は迷路のなかに（パーフェクト・ファミリーⅣ）	ペニー・ジョーダン／雨宮朱里 訳	PF-4

マークは、今月のおすすめ

LOVE STREAM

MIRA文庫でも大好評！

RITA賞受賞の実績を持つ実力派マリーン・ラブレース
新作ではおなじみ＜オメガ＞のメンバーが大活躍！

『買われた天使』 LS-289
マリーン・ラブレース

5月20日発売

地味で臆病な司書ペイジは、婚約者のデヴィッドが秘密捜査員だと知って驚く。彼の役に立ちたい彼女は、囮役として捜査に協力させてほしいと訴え、コールガールに変身する。

LOVE STREAM

正義感に燃えるヒーローが魅力的！
シルエット・ラブ ストリームの大人気ミニシリーズ
「孤高の鷲」の新作登場

『さまよえる令嬢』 孤高の鷲 LS-288
ゲイル・ウィルソン

5月20日発売

慈善団体の代表を務めるケリーは、不良少年たちに襲われているところをジョンという男性に助けられ、彼に強く惹かれる。ところがジョンは調査機関のメンバーで、ケリーを疑い、監視していたのだった。

テキサスの小さな町に恋の嵐が吹き荒れる！
デビー・マッコーマーの3部作「愛を約束された町」好評発売中

『愛を約束された町 I』 P-273
「ゴーストタウンの薔薇」（初版I-1309）
「幸運を呼ぶキス」（初版I-1316）
4月20日発売

『愛を約束された町 II』 P-275
「待ちわびた告白」（初版I-1325）
「西部のプリンセス」（初版I-1332）
5月20日発売

『愛を約束された町 III』 P-277
「最初で最後のラブレター」（初版I-1339）
「祝福の歌が聞こえる」（初版I-1348）
6月20日発売

◇作者の横顔

シルヴィア・アンドルー 英国の有名カレッジで長く副校長を務めていた。初めて小説を出版したのは一九九一年、ハーレクイン・ミルズ＆ブーン社からで、以来、主にヒストリカルを執筆している。男性に求めるのは高潔さだと語り、政治家にそれを求めるのは難しいとも。四十年以上連れ添った夫と愛犬と共にイングランド南西部に暮らす。

主要登場人物

オクタヴィア・ペトリー……伯爵の娘。愛称タヴィ。
ウォーナム伯爵ルパート……オクタヴィアの父。
ハリー・ペトリー……オクタヴィアの兄。
オーガスタ……オクタヴィアの姉。モンティース公爵夫人。愛称ガシー。
レディ・ドーニー……マージョリー。オクタヴィアの遠い親戚。
エドワード・バラクラフ……銀行家。
リゼット・バラクラフ……エドワードの姪。
フィリパ・バラクラフ……エドワードの姪。愛称ピップ。
ジュリア・バラクラフ……エドワードの義姉。
リカルド・アランデス……リゼットの求婚者。

奇妙な家庭教師

シルヴィア・アンドルー 作
江田さだえ 訳

ハーレクイン・ヒストリカル・ロマンス
東京・ロンドン・トロント・パリ・ニューヨーク・アテネ・アムステルダム
ハンブルク・ストックホルム・ミラノ・シドニー・マドリッド
ワルシャワ・ブダペスト

A Very Unusual Governess

by Sylvia Andrew

Published by Harlequin K.K., Tokyo, 2006

1

黒い髪に広い肩、ノース・オードリー・ストリートへ戻るべくグリーン・パークを力強い足取りで歩むエドワード・バラクラフの背の高いその姿は、見る人に強い印象を与えた。服装は地味だが、濃い緑色の極上の外套《がいとう》も、銀をはめ込んだステッキも、鹿《しか》革のズボンもブーツも、そのすべてが富と名声を兼ね備えた人物であることを示している。そこまで見抜ける人なら、上流階級の人間がいまのこの季節にロンドンでなにをしているのかと首をかしげるだろう。社交界の人々はそれぞれ地方で生活を楽しんでいて、首都にはほとんどいないというのに。

そんなわけで、ミスター・バラクラフがグリーン・パークから現れ、ピカデリーへと向かうのを見たトレントン子爵は、びっくりするやらうれしいやらで彼に声をかけた。

「エドワード！　なんでロンドンにいるんだ？」

「たぶんきみと同じ理由だろう。仕事さ」

「外務省は来月まで休みじゃなかったのか？」

「休みだ。家の仕事だよ。ウィーンから銀行家が来ているのでね」

「なんだ。それはまたつまらんな」

エドワードは子爵に愉快そうな視線を投げた。

「ところが逆なんだ。銀行家と話すのは楽しいよ」

トレントン卿《きょう》の体験から言えば、銀行であれなんであれ、ふつう事業家との面談は極力避けたいものだ。しかしエドワード・バラクラフにとってはそうではない。それも立派な理由から。バラクラフ家は西インド諸島に広大な地所を持つ大富豪で、銀行業と世界各国の貿易に関心を寄せている。それに、エドワードは見かけからは想像もつかないが、妙に仕事が好きなのだ。家の資産を自ら管理しているばかりでなく、南北アメリカでの豊富な体験を有効に生かすために外務省でもかなりの時間を過ごしている。それでもなお彼はロンドン社交界で人気があり、どこに行っても歓迎される。現にジャック・トレントンもエドワードのことが好きだった。

連れだってクラージズ・ストリートをグローブナー・スクエアへと歩きながら、子爵はこっそりエドワードを見た。「ルイーズもロンドンに？」

「いるはずだよ。田舎が嫌いだからね。もっともブライトンは例外のようだが」

「彼女をブライトンに連れていくのか？」

「かもしれない」

「あの極楽鳥だけはきみも怠りなく監視しておきたいだろうな、エドワード。ルイーズ・カーロールは震いつきたくなるような美女だ。ちょっとでも油断すれば、すぐに彼女を横取りしてやろうという連中がロンドンにはうようよいる」

エドワードは白い歯をのぞかせてにやりとした。「きみもそのひとりだろう、ジャック。やってみろとけしかけるのはやめておくよ。いまのところ、ルイーズと別れる気はまったくないからね」

「そんなつもりで言ったんじゃないさ。あの極楽鳥はぼくにはもったいなさすぎる。それに、きみにぞっこんだろうし」

「ぞっこん？」エドワードの笑みが皮肉を帯びた。「ルイーズがどれくらいぞっこんかは、わたしが前回買ってやった宝石の値段に比例するのさ。ダイヤモンドならなおさらだ。でも心配はいらないよ、ジャック。わたしがルイーズに求めているのは〝ぞっこん〟といった抽象的なものなんかじゃないからね」

ルイーズ・カーロールの濃い茶色の髪とけだるげ

な茶色の瞳、クリームを思わせる肌、赤い唇、豊かな曲線美を思い浮かべ、ジャックは感きわまったように言った。「よく言うな！」

「だから横取りする気がないのなら、彼女のことは忘れたほうがいい。それより、なぜロンドンにいるのか話してくれないか」

トレントン卿は陰鬱《いんうつ》な表情を浮かべた。「一種の仕事だよ。弁護士と会う用事があってね」

「ついに父上から相続権を奪われたのか？」

「まさか！　その逆だ。ついにぼくのほうが降参して、シンシア・パストンに求婚したのさ」

「へえ、それはまた。シンシアは姉妹のどちらだ？　歯の目立つほうか？　鼻のほうか？」

「歯のほうで、三万ポンドの持参金つきだ」

「向こうは承諾したのか？」

「もちろんだよ。ぼく自身はさておき、爵位はたいした魅力だからね。パストン家は一族から未来の伯爵夫人が出るという点が気に入ったんだ」

エドワードはトレントン卿の表情を見つめて笑いだした。「きみは最高に幸せ者だな。いや、それはおめでとう！」

「笑えばいいさ！　きみは自分がいかに幸運か、わかっていないんだよ。だれからも結婚しろとうるさく言われないんだからな。毎日毎日、おまえはひとり息子なんだから爵位のことを考えろと言われることもない。ぼくにはきみのように兄がふたりもいるわけではないんだ」

「いまはひとりだけだ。長兄夫婦は今年亡くなった。きみも知っていると思っていたよ」

「すまない、忘れていた」

「いいんだよ。アンティグア島ははるか遠い。覚えていなくて当然だ」

「それでも思い出すべきだった。馬車の事故だったな。もうひとりの兄上はまだ西インド諸島に？」

「いや、細君のジュリアとともにこちらへ帰ってくるところだ。そろそろ着くころだよ」

「こちらには長くいるのか？」

「来年の社交シーズンまでだ。わたしの姪《めい》――亡くなった長兄の娘ふたりもいっしょに来るんだよ。上のリゼットを社交界にデビューさせなければならないから。きれいな娘だから、デビューはうまくいくだろう。しかし、わたしは兄たちが到着するのを楽しみにしているわけではないんだ」

「え？」

「兄はまああ好きだし、リゼットとピップはかわいい。しかし兄嫁のジュリアとなると……。ジュリアは、男は独身でいたほうがいいという絶好の標本だよ」

「それはどうだろうな」

「なぜ？　どこがまちがっている？」

「首つり縄に首を突っ込むと決めたばかりのぼくにそんなことを言うとは、ひどいじゃないか」

「首つり縄にたとえるほどいやだと思っているなら、なぜ結婚するんだ？」

「〝貴族の義務〟やらなにやらさ。そんな顔をしないでくれよ。家族から年がら年じゅう、やれ礼儀がどうだの家系がこうだのと言われる気持ちが、きみにわかるものか。そしてついに降参だ。まったく、酒を飲みたくもなるよ」

「じゃあ、飲みに行こう」エドワードは同情をこめて言った。「弁護士は待たせておけばいい」

トレントン卿は〈ホワイツ〉でほかの仲間二、三人にも出会った。しばらく酒を飲んで憂さも晴れたようなので、エドワードは自分が抜けても大丈夫だと判断した。彼はクラブを出て、ノース・オードリー・ストリートの自宅に向けてふたたび歩きだした。

午後のそよ風がちょうどいい具合にさわやかで、歩きながら、なんと自分は幸運なのだろうと考えた。三十歳のいま、自分はまだ独り者の自由な身で、裕福なうえ、まずまず若い。男が望むすべてを兼ね備えた、情熱的でいつでも応じてくれる愛人もいる。愛人は妻とちがってなにも要求してこないし、いつでも会いたいときに会える。それに、こちらが飽きたとしても、ちゃんと自分でつぎの相手を見つけるだろう。

そうだ、わたしの人生はことのほかうまく運んでいる。哀れなトレントンとはちがい、身を固めろという圧力はなにひとつない。

地平にかかるたったひとつの暗い影は、もうすぐ到着する兄ヘンリーの妻だ。エドワードは顔をしかめた。ジュリアと彼が互いに心から嫌っているのは不幸な事実だ。エドワードがおじの財産を相続したとき、義姉は、彼がこれまでのように世界じゅうを旅するより西インド諸島に腰を落ち着けるべきだと考えているのを隠しもしなかった。のちに彼がイギリスで暮らすと決めたことも、義姉にはおもしろくなかったはずだ。しかしエドワードは、ジュリアを本当に怒らせたのは、自分が兄のヘンリーとはちがい、義姉のことを歯牙《しが》にもかけないせいではないだろうか、と考えている。

それはしかたがない。エドワードはバークリー・スクエアからマウント・ストリートに入りながら考えた。ジュリアを喜ばせるのは無理な話だ。自分は身内としての責任をないがしろにするどころか、去年の冬の狩猟期は大半を家族のためにイギリスから離れて過ごした。今年の春、ロンドンの社交シーズンもだ。アンティグア島を訪ねる単純な旅で始まったものが、危機の連続となってしまった。長兄の娘ふたりが一夜にして孤児となり、次兄ヘンリーと自分が面倒をみなければならなくなったのだ。兄の娘たちを慰めることがなにより重要な問題で、その点に関して自分はやるべき以上のことをやったと思う。現在、姪たちの面倒をみるのはヘンリーとジュリアにまかせているが。

エドワードとしては、ロンドンを離れてもいい状況になり次第、去年犠牲にした分を埋め合わせるつもりでいる。ルイーズとともにブライトンで数日過ごすとしても、そのあとは友人たちから、今年最後の月を田舎でいっしょに過ごそうと、いくつも招待を受けている。それに飽きたら、ロンドンに戻ってまた都会の生活を楽しもう。とても魅力的な展望だ。それに、わたしには展望どおりに楽しむ資格がある。ジュリアがなんと言おうとも！

そう思うと元気が出て、エドワードは玄関前の石段を勢いよく駆け上がった。従僕に愛想よくうなずきつつ帽子とステッキを渡し、玄関ホールに入って階段に向かった。ところが階段を上がる前に執事から呼び止められた。

「旦那《だんな》さま！」執事のハービンはかつてないほど困ったようすだ。

「なんだ？」

「お客さまがいらしています」ハービンは名刺をのせた盆を差し出した。

エドワードは名刺を読んだ。「レディ・ペンクリッジ？　用件は？」

「うかがっておりません。お若い方をふたり、連れておいでです」

エドワードは眉根を寄せた。「会ったほうがいいかな。どこにいる？」

「書斎です」ハービンは書斎まで行き、エドワードが戻ったことをなかに告げてから下がった。

「エドワード！」エドワードは小さなつむじ風に襲われた。「ずっと待ってたのよ！　どこにいたの？」

エドワードは笑い声をあげ、小さな女の子を抱き上げてくるくる回った。「こんなに早く会えるとは思わなかったよ、ピップ！　知らせてくれればよかったのに」彼は女の子を下ろし、室内を見回した。そして片方の眉を上げ、目に入った若い娘に微笑《ほほえ》みかけると、そちらへ行って抱きしめた。「リゼット、ますますきれいになったじゃないか」つぎに、もうふたりの婦人のほうを向いた。ひとりは古ぼけた地味な黒いドレス姿でまっすぐに立っていた。とがった鼻をして、唇をすぼめ、気むずかしい顔をしている。この女性はレディ・ペンクリッジではない。エドワードはもうひとりの婦人を見た。彼に話しかけたそうにしている。「レディ・ペンクリッジですね？　お会いするのは初めてですね？」

「ええ、そうです、ミスター・バラクラフ。でも、お兄さまご夫妻はよく存じ上げています」

「ヘンリーですか？」

「ええ。それに、あのやさしいジュリアも。ジュリアとはずいぶん昔からの友だちですの」

「そうでしたか。お会いできてよかった、レディ・ペンクリッジ。しかし……よくのみ込めないのですが、兄夫婦は来なかったんですか？」

「ジュリアはいまもアンティグア島にいます。お兄さまも」

エドワードは驚いてレディ・ペンクリッジを見つめた。

レディ・ペンクリッジはいまの劇的状況を楽しんでいるらしく、もったいぶってうなずいた。「ふたりは来られなかったんです。出発の前日にジュリアが脚の骨を折って、ご主人もジュリアの世話をするために残ったんです」

「しかし……」エドワードはショックを受け、くわしく事の次第を尋ねた。レディ・ペンクリッジが語って聞かせたが、ピップが何度も口をはさんだ。ピップは血まみれのけがの話を悲惨がるよりおもしろがっているらしい。だが、結論はひとつだった。ジユリアが歩けるようになるにはもう少し日数がかかり、イギリスまで旅などすれば、その日数がさらに延びるということだ。「しかし、まだわからないな。それならなぜ、わたしのふたりの姪はロンドンにいるんです？」

「エドワード、来ないほうがよかったなんて言わないでね！　会ったら喜んでもらえると思っていたんだから」ついさっき大喜びで彼に飛びついてきたピップが言った。

エドワードは安心させるように少女に微笑みかけた。「喜んでいるよ。喜んでいるとも！　ちょっと面食らっただけだ。叔母さんがいっしょでないとすると、ふたりともイギリスでどう過ごすつもりだい？」

「なにもかも決まっているのよ。ミス・フルームを家庭教師としてつけてもらうの。それに、エドワードがいっしょにウィチフォードまで来て、わたしたちの面倒をみることになっているのよ」

彼の顔から笑みが消えた。「なんだって？」

レディ・ペンクリッジがピップに向かって顔をしかめた。「フィリパ、話しかけられるまで口をきいてはだめだということを忘れないように！　叔父さまにはわたしからお話ししましょう」

「そうしてくださると助かります」エドワードは険しい表情で言った。「なにしろ、いま聞いたばかりのことが信じられないありさまでして」

「まずミス・フルームを紹介させていただいてよろしいかしら、ミスター・バラクラフ？」

エドワードは姪ふたりを愛している。このふたりをがっかりさせるようなことは極力したくない。だが、姪の面倒をみるために、秋に向けて予定していたことを断念するのはごめんだ。ウィチフォードなどという辺鄙《へんぴ》なところではなおさら！　そこで彼はレディ・ペンクリッジの隣に立っている気性の激しそうな女性に会釈して言った。「お話を聞くあいだ、ミス・フルームに姪たちを応接間に連れていってもらいましょうか。執事が飲み物を運んでくれるでしょうから」

ピップが文句を言いかけたが、叔父からひとにらみされて黙った。そしてリゼットとともにミス・フルームについておとなしく部屋を出ていった。

エドワードは三人が出ていくのを待ってから言った。「明らかになにか誤解がありますね。さっきの話はまちがいだとしか思えない。どうか座って、すべてを話してくださいませんか?」

レディ・ペンクリッジが椅子に腰を下ろして話しはじめた。「ジュリアが大けがをしてどんなに大混乱になったか、ご想像ください、ミスター・バラクラフ。突然のことで、しかも定期船がアンティグア島を出る直前でした。バラクラフ家の人々は深く心を痛めました。でも、いまさら予定をすっかり変えるのは不可能だったんです。たまたまわたしが同じ定期船でイギリスに戻るところだったものですから、女の子たちをロンドンまで連れていきましょうと申し出たんです。バラクラフ夫妻はとても安心なさいました。ジュリアが歩けるようになるまで、ふたりの面倒をみるのは無理ですからね。そういうわけで、わたしがこちらを訪ねて、ふたりをあなたに預け、面倒をみてもらおうということになったんです」

エドワードはしばし考えてから慎重に言った。「つまり、わたしには姪たちの面倒をみる責任があるということですか? わたしひとりで? 兄夫婦からなんの手助けもなく?」

「ミス・フルームがいますよ」

「ミス・フルームが!」短い沈黙があり、そのあいだにエドワードは自分の気持ちを表す品のいいことばを懸命に探した。だが、むだだった。

レディ・ペンクリッジが励ますように言った。「ジュリアは丈夫だから、脚が治るまでさほど長くはかかりませんよ。六、七週間というところかしら」

「六、七週間！　たったの！」エドワードは感情を抑えきれなかった。「ここは独り者の住まいなんですよ。いったいどうやってここでリゼットとピップを預かれというんです？　六日間だって無理なのに、六、七週間とは。お断りします！　絶対にお断りだ」

レディ・ペンクリッジは冷ややかに答えた。「ジュリアはあなたが力になってくれるかどうか、かなり危ぶんでいたわ。といって、思いとどまったりはしませんでしたが。でも、あなたが思いやりを示されないことは、正直に言って驚きです。リゼットとフィリパがここに滞在するのはもちろん問題外ですよ。〈ポールトニー・ホテル〉に部屋を取ってありますから、あなたが田舎の家に移る手筈《てはず》を整えてくださるまで、ふたりはミス・フルームとそこに泊まります。田舎はウィチフォードというところです」

「ええ、知っています。しばらく前に六カ月間ということで借りたんです。しかし、ロンドンから三十キロも離れた辺地だ。わたしにはすでに受けてしまった招待や約束があって、ウィチフォードで秋を過ごすのは無理です。ほかに手だてを考えてください、レディ・ペンクリッジ」

「わたしが？　残念ながら、思いちがいをなさっていらっしゃるわ。あなたのお義姉《ねえ》さまのためにあの子たちをここへお連れしましたけれど、わたしにも自分の用事があります。そのお受けになった招待や約束を取り消されることね。わたしは二日後にロンドンを発《た》って北のほうへ参りますの」

エドワードはぽかんと相手を見た。「そんな！」

「あのふたりをイギリスに連れてくる約束はしまし

たけれど、わたしの務めはそこまでです。ジュリアから聞いたとおり、今後、あの子たちのことはいっさいあなたの責任になります」

「わたしの責任！　いかにもジュリアが言いそうなことだ。なんといまいましい！」

「ミスター・バラクラフ、あなたには情というものがおありにならないの？　ジュリアはいまこの瞬間もベッドで痛みに――」

「そんなもの、わたしへの仕打ちに比べれば、なんでもありませんよ！　それに、ヘンリーはなにをしていました？　どうして兄はもっとましな解決法を考えてくれなかったんです？　まったく、あの娘たちの後見人だというのに！」

「お兄さまは姪ごさんより奥さまのほうが心配なんですよ。それに、あなたも姪ごさんたちの後見人なんでしょう？」

「しかし、兄とわたしには大きなちがいがある。兄は結婚しているが、わたしは独身だ」

「だからミス・フルームがいるんじゃありませんか。まったく運のいいことに、ジュリアは少し前にミス・フルームに、家庭教師として雇いたいと手紙を書いていたんです」

「こんな災難のどこが運がいいものか」エドワードはぶつぶつ言った。

レディ・ペンクリッジはそれを無視してつづけた。

「そこできのう、ミス・フルームに合流してもらったんです。安心して姪ごさんたちをお預けになってけっこうですよ。最高の推薦状を持っていますからね。あとはあなたがウィチフォードに住めるよう手筈を整えてくだされればよろしいだけです」

「しかし、わたしはロンドンに住んでいるんですよ！」エドワードは叫ばんばかりに言った。「それに、秋の予定はもう立てている。いったいなんで兄はこんなばかな計画に同意したんです？　兄が出発できるまで向こうを発つのを待てばよかったのに。兄弟でなければ決闘を挑むところだ！」

レディ・ペンクリッジは立ち上がり、冷ややかに言った。「そのようにひどい受け止め方をなさるとは、残念ですわ。いまのように節度を欠いた言い方をなさってはなおさらです。あいにく、この件でわたしにできることはなにもありません。わたしは二日後にロンドンを発ちます。それまでに手配をなさることですわね。さて、よろしければふたりをここに呼んで、〈ポールトニー・ホテル〉に戻ります。それではご機嫌よう」

レディ・ペンクリッジは自分の持ち物を集め、エドワードが執事を呼ぶのを待った。エドワードはかなり苦労して気を落ち着けた。この相手を敵に回したところで、少しも姪たちのためにならない。リゼットは来春社交界にデビューすることになっており、ひょっとしてレディ・ペンクリッジが上流階級に大きな影響力を持っていないともかぎらない。彼は大きく息を吸い込み、にっこり微笑みかけた。

「おっしゃるとおりです。わたしがまちがっていました。ただ……」もう一度大きく息を吸い込む。「せっかく受けた招待をすべて断ってロンドンを離れ、姪や家庭教師とともに二カ月以上も田舎にこもらなければならないのかと思うと、少々取り乱してしまいまして。それもたった二日の内にですからね」彼はさらにもう一度大きく息を吸い込んで、無理やり微笑んだ。「たいへんお世話になりました、レディ・ペンクリッジ。きっとジュリアはわたしからも感謝の気持ちを表すよう望んでいるでしょう。今夕ホテルをお訪ねしてかまいませんか？　あなたと姪たちに夕食をごちそうしたいのですが」

本人さえその気になれば、エドワードの魅力は大きくものを言う。レディ・ペンクリッジにもほかの多くのレディと同様にその魅力は通じ、それまでよりかなり愛想がよくなった。「ありがとうございます。ええ、女の子たちが喜ぶわ。それにわたしも。何時にいらっしゃいます？」

その夜、エドワードはレディ・ペンクリッジに与えてしまった印象の悪さを払拭《ふっしょく》すべく奮闘した。それはとてもうまくいき、レディ・ペンクリッジは、ジュリアは彼を誤解しているのではないかしらと思ったくらいだった。その夜は和気あいあいのうちに別れ、エドワードは予定を組みなおしたり、人と会ったり、友人たちに詫《わ》び状を書いたりのくたびれる二日間を過ごした。そして北部に向かうレディ・ペンクリッジを見送ってから、姪ふたりとミス・フルームを伴ってウィチフォードをめざした。

いざロンドンを発つと、エドワードは自分の憂鬱な気分が姪と家庭教師にも伝染しているのに気づいた。リゼットは悲しそうに窓の外を見つめているし、ミス・フルームはときおり突き刺すようなまなざしでピップを見ている。当のピップはえらくおとなしい。エドワードは自分を叱《しか》った。こうなったのはなにもリゼットやピップのせいではないのだ。かわいそうに、このふたりは去年たいへんな目に遭っている。事故で突然両親を失ったうえに、リゼットは婚約が父親によって撤回されるという一件もあった。それに加えてこれでは……。

「ウィチフォードのことを少し知りたくないかな？」エドワードは声をかけた。

「ジュリア叔母さまはそこを買ったの？」ピップが尋ねた。

「ばかなことを言わないで、フィリパ」ミス・フルームが言った。「周旋屋を通じて借りたのよ。しばらく滞在するだけだから買う必要はないわ」

エドワードはミス・フルームを見つめた。この家庭教師が必要もないのにピップをやり込めたのは、今回が初めてではない。これは気をつけなければ。目に留まったものならなんにでも旺盛《おうせい》に興味を示すのはピップの愛嬌《あいきょう》のひとつで、この長所を抑えつけたくはない。彼はピップにやさしく微笑みかけた。

「残念ながら、ふたりともまちがっているな。話はそれだけじゃないんだ」

ピップが顔を輝かせた。「話して！　話して！　エドワード！」

「われわれが初めてウィチフォードのことを聞いたとき、そこの持ち主はトーマス・カーステアズという人だった。トーマスは西インド諸島に農園《プランテーション》をいくつか持っていて、奥さんともども、きみたちのお祖父《じい》さんと友だちになった。何年かして――ピップ、きみが生まれたころだが、トーマスが亡くなったあと、ミセス・カーステアズはイギリスに戻ってきてわれわれに会った。そのときみたちのお父さんに、きみたちが大きくなってイギリスを訪れたら、自分のいるウィチフォードに滞在してかまわないと約束したんだ」

「命名式の妖精《ようせい》みたいだわ！」

エドワードは微笑んだ。「そんなところだ。ミセス・カーステアズは妖精というより魔女みたいだったけれどね」

「いまもウィチフォードに住んでいるの？」

「いや、少し前に亡くなって――」

「そしておうちをわたしたちに遺《のこ》してくださったのね！」

「そうとは言えない」

「フィリパ、人の話を遮ってはいけないと何度言ったらわかるの？　それに、ちゃんと座りなさい！」

エドワードはいらいらした。ピップは座席に立ち、半ば彼に、半ば両脇《りょうわき》のクッションにもたれている。これは安全とは言えず、ミス・フルームの言ったことはまったく正しい。しかしわたしはピップが元気を取り戻したのを見て、うれしかったのだ。エドワードは家庭教師の言ったことを無視した。「そう考えてはまちがいになるな。ミセス・カーステアズに子供はいなかったけれど、ほかにも家族はいた。屋敷は姪に遺したんだよ」

「姪に？　わたしたちみたいな？」

「ミセス・カーステアズは八十歳くらいだったから、姪はきみたちよりずっと年上なんじゃないかな。もしかしたら、わたしより年上かもしれないぞ」

「会ったことがあるの？」

「いや、ない。代理人のミスター・ウォルターズと会っただけだ。話はまだ終わっていないんだよ。わたしはウィチフォードにミセス・カーステアズを何度か訪ねたことがある。最後に訪問したとき、今年きみたちが全員でイギリスに帰ってくることを話したら、ミセス・カーステアズはきみたちのお父さんにした約束を思い出したんだ」

「でも、ミセス・カーステアズは亡くなっているわ！」

「それはそうだが、バラクラフ家の者は到着してから六カ月間ウィチフォードを使っていいと、遺言にはっきり記してくれたんだ」

「とても変わった遺言ね」リゼットが言った。

「ミセス・カーステアズはとても変わった人でね。でも、わたしは好きだった」エドワードは最後に老婦人に会ったときのことを思い出し、黙り込んだ。

あのときミセス・カーステアズはショールにくるまって椅子に縮こまり、具合が悪いのがはっきりとわかった。しかしジプシーを思わせる黒い瞳はとても生き生きとしていた。そしてこちらをじっと見つめてから、心を決めたようにこう言ったのだ。「あなたならいいわ！　この家はあなたが気に入っているし、彼女もあなたが気に入るでしょうから」

面食らったエドワードはきいた。「彼女とはだれです？」

するとミセス・カーステアズはくすりと笑った。

「気にしないで。でも、彼女はあなたが気に入るわ。最後にはね。必ずもう一度ここにいらっしゃい。もっとも、わたしにはあなたがまた来るとわかっているけれど」

そのときは、人生が終わりかけた老女のたわ言だと聞き流すことにした。しかしそれは妙に脳裏にこびりつき、いま彼はウィチフォードに向かっている。かつてミセス・カーステアズが言ったとおりに……。

2

五十キロほど離れたところでも、四代目ウォーナム伯爵ルパートとその娘レディ・オクタヴィア・ペトリーがミセス・カーステアズとその屋敷のことで話をしていた。その日は涼しく、七十代のウォーナム卿《きょう》は肩掛けをぴったりかき合わせると、娘に心配そうな表情を投げた。「カーステアズの伯母さんがおまえにウィチフォードを遺《のこ》したりしなければよかったのにと思うよ、オクタヴィア。あれはまったく軽率だった。重荷になると思っていたんだ」

「あら、お父さま、わたしは重荷だなんて全然思っていないわ」

「来週、家を見に行かなければならんのだろう？

自分ではおよそ使いそうにない家を見に、田舎道をえんえん旅して。重荷にきまっているさ。カーステアズの伯母さんはあんな屋敷を持った場合の気苦労まで思いやる人じゃなかった」

「気苦労など少しもないわ。わたしはウィチフォードの持ち主になれて、とてもうれしいの」

「しかし、おまえにあの家を維持していくのはまず無理だろう。大きな屋敷を守っていくのがどんなものか、まるでわかっていないんだから」

「この家はわたしが切り盛りしているわ」

「それとこれとは話がちがう。ここはおまえの住んでいる家だし、わたしがおまえを守っている」

オクタヴィアはしかたなく苦笑を浮かべた。守ってもらわなくてはならないのは父のほうだ。取るに足りない問題でも父は悩む。年老いた親を愛してはいるけれど、父によけいな心配をかけないようにするのは、家を守っていくよりずっと手がかかる。オクタヴィアは父を安心させようとした。

「ウィチフォードは面倒の種にはならないわ、お父さま。バラクラフ家の人たちはカーステアズの伯母さまが望んだとおり六カ月間借りるだけよ。同意書には署名と封印をしたし、これまでのところ、わたしにはなにもすることがなかったわ。ミスター・ウォルターズにすべてまかせているから」

「ウォルターズはいい男だし、弁護士としても腕が立つ。女性が不動産の契約やなんやかやを自分でやるのは無理だろう。それでもわたしは気に入らんのだよ。カーステアズの伯母さんはあの家をほかの者に遺せばよかったんだ。来週の火曜日はわたしと家にいて、ウォルターズにウィチフォードを売却してもらったほうが、ずっと気楽に過ごせるよ」

オクタヴィアは微笑《ほほえ》んだ。こんな父親もめずらしいにちがいない。八人いる子供のうち二十二歳でまだ独身の末っ子が大きな屋敷を相続したというのに、がっかりしているのだから。でも、単調な日常生活が乱されるのを嫌うあまり、父には今回の遺産のすばらしさがまるでわかっていないのだ。

「わたしはさほど若くないのよ。春が来れば二十三ですもの。それに、ウィチフォードにちょっと出かけるくらい平気よ。バラクラフ家の人たちが来る前に屋敷を見ておきたいの。一日もかからないわ」

「一日！　それはむちゃだ。十五キロもあるのに」

「二十五キロよ。でもまだ夕方になっても明るいし、道はいいし――」

「往復五十キロを一日で旅しようというのかね！　そんな話は聞いたこともない。大型四輪馬車でだって――」

「一頭立て二輪馬車で行くつもりよ。自分で御して。もちろん馬丁のウィルがいっしょに行ってくれるわ」

これを聞いてウォーナム伯爵はひどく憤慨した。

オクタヴィアは数分かけて父をなだめすかし、自分が留守をすることを受け入れさせた。「どうしても行くようだね。おまえがいないと寂しいよ」

「あら、あした、マージョリーが来るのを忘れたの？　マージョリーはお父さまのお気に入りでしょう？」

「たしかに気立てはいいし、トランプはおまえより強いな。おまえはちょっぴり我慢の足りないときがあるんだよ。そう、マージョリーは好きだ」伯爵はため息をついた。「どうしてもウィチフォードに行くというのなら、この件ではもうなにも言うまい。それでもやはり、ミセス・カーステアズがあの家をおまえに遺さなければよかったのにと思うよ。なんでこんなことをしたのか、さっぱりわからんね」

「わたしにもわからないわ。でもカーステアズの伯母さまが最後にうちにいらしたとき、ウィチフォードはわたしのことが気に入るとおっしゃったの」

でも、まさか名付け親がウィチフォードを遺してくれるとは夢にも思っていなかった。

「ふしぎ？　なにがふしぎなのかね？」

「なんでもないわ、お父さま。なんでもないの」

「とても変わった人だった。なぜおまえに家を遺したんだろう？　どうしておまえに家が必要なんだ？　ここで暮らして幸せだろう？」

退屈しているわ！　ときどき退屈で死にそうになるくらい。オクタヴィアはそう答えたくてたまらなかったが、我慢した。「もちろんよ。ウィチフォードで暮らす気はないわ。いずれにしても無理ですもの。二、三週間後にバラクラフ家の人たちがあそこに来るから」

「バラクラフとはだれだね？　わたしの知っている人たちかね？」

「ミスター・バラクラフはカーステアズの伯父さまのお友だちだったの。アンティグア島で知り合った

「ウィチフォードがおまえを気に入るだって？　家が人を気に入る？　なんと奇妙な言い草だ。しかし、伯母さんの言うことにはよく当惑させられたものだ。おまえの母親とは少しも似ていない」

「ええ、ほんとにそうね。ハリーもわたしも小さいときは伯母さまが怖かったわ。ウィチフォードの魔女と呼んでいたのよ。でも去年の春、亡くなるしばらく前にうちにいらしたときに、よくわかったの。伯母さまにはふしぎな……」

オクタヴィアは黙り込んだ。母の異母姉であるミセス・カーステアズに魔女のようなところがあったのは本当だ。こちらからはなにも言っていないのに、伯母はオクタヴィアがアシュコムでの生活に退屈し、いらいらしているのを見抜いたようだった。オクタヴィアはときおりそのジプシーを思わせる黒い瞳が自分に向けられているのに気づき、この老婦人はなにを考えているのかしらと首をかしげたものだった。

のよ。もちろんふたりともも亡くなってしまったけれど。いまのバラクラフ家には来年社交界にデビューする娘たちがいるの。とても立派な家柄のようで、アンティグア島での評判は最高だとミスター・ウォルターズから聞いているわ。それにミスター・バラクラフは現在ロンドンで外務省の臨時顧問をなさっているの。わたしはバラクラフ家の人たちとは会えそうにないわ。今回はまだ向こうが到着していないのだから、会えるはずもないわね」

「おまえが行かなければならないのなら、わたしはマージョリーとできるだけ元気でいるよ」

父のあきらめた口調に、オクタヴィアは笑い声をあげた。「お父さまは元気よ！」

「マージョリーにはタペストリーのある寝室を用意してやらなければ。あの部屋が好きだから」

「ええ。この二十年間、わが家を訪ねるたびにあの部屋をお使いですもの。部屋は二日前からちゃんと準備してあるわ。あとは生花を飾ればいいだけよ」

「ベッド用のあんかもだよ、オクタヴィア。ベッドに風を当てておくよう家政婦に言っておくんだね」

「そんなことは言わないわ。ミセス・デューイーを怒らせたくないもの。ベッドにはもう熱くしたれんがが入っているはずだし、あした、それを取り替えるはずよ。安心して、お父さま」

父が午睡を始めると、ただちにオクタヴィアは着替えをして厩《うまや》へ逃げ出した。そして愛馬に乗り、馬丁のウィル・ギフォードをお供に野原に向かった。全速力でたっぷり走れば、募っているいらだちも退屈も、それに疲れも忘れられるかもしれない。父はもちろん愛しているけれど、ときおり逃げ出したい衝動に駆られる。自分の意志でアシュコムにとどまる道を選んだことも、いまではほとんど慰めにならない。でも来週、初めてウィチフォードをこの目で見られるのは楽しみだわ。オクタヴィアはいくぶん元気が出るのを覚えた。それに遠い親戚《しんせき》のマージョリーが訪ねてくるのもうれしいわ。

マージョリー、すなわちレディ・ドーニーは未亡人で、少し離れた、現在は息子が所有する広大な地所の寡婦館に住んでいる。ウォーナム伯爵とは昔からよい友だち同士で、一、二年前にドーニー卿が亡くなってからは頻繁にアシュコムを訪ねてきた。伯爵と一族内のうわさ話をしたり、バックギャモンやトランプなどに興じたりして過ごす。ウォーナム卿はレディ・ドーニーを歓迎し、オクタヴィアは父親の相手を喜んで彼女にまかせていた。

翌日レディ・ドーニーが到着したとき、ウォーナム卿はまだ午睡の最中だった。オクタヴィアはレディ・ドーニーを温かく迎え、自分の小さな居間に通した。しばらくふたりで双方の家族の近況について話したあと、レディ・ドーニーが言った。

「なんだか元気がないようね、オクタヴィア。どうしたの？　ミセス・カーステアズから遺された家のこと？　ウィチフォードのこと？」

「あなたまで！」

オクタヴィアの声のむっとした調子にレディ・ドーニーは片方の眉を上げた。

オクタヴィアはつづけて言った。「父はあの家がわたしに遺されなかったらよかったのにと言うの。荷が重すぎると。父と同じ考えだなんておっしゃらないでね」

レディ・ドーニーは笑い声をあげた。「残念ながら、わたしはあなたのお父さまみたいな世間知らずじゃないわ。あなたが家を相続したことを喜んでいるのよ。でも家のせいじゃないとすると、あなたに元気がないのはなぜかしら？　なにか重荷を抱えているようだけれど」

「顔に出ないようにと祈っていたのに」

「たぶんほかの人にはわからないでしょう。でも、わたしはあなたのことをよく知っているもの。なにがあったの？」

オクタヴィアはためらいがちに言った。「おっしゃるとおり、家のことなの。遺されたと知ったときは、避難場所ができたような気がしたわ。でもすぐに、受け取るわけにはいかないと気がついたの」

「避難場所がほしいと思って当然よ。ここでのあなたの暮らしは若くてきれいな娘の生活ではないわ。もうとっくに結婚しているべきなのに。どうしてなのかしら」

「結婚したいと思う相手にめぐり合っていないんですもの」

「一度も恋をしたことがないの？」

「ええ」

「一度も？」

オクタヴィアはかすかに微笑んだ。「昔、これが恋だと思ったことはあったけれど。相手はトム・ペインという若くてとてもハンサムな軍人だったわ。長身で金髪に青い瞳の愉快な人なの。一八一二年の夏に休暇で兄のスティーヴンがここに連れてきて、その二週間はわたしは笑い通しだったわ」

「わたしの思う大ロマンスにはほど遠いわね！　その彼とは愛を交わしたの？」

「まさか。わたしはまだ十四歳だったのよ。彼はそんなことは思いもかけなかったでしょうよ。でも、彼が生きていたら……もう一度会えたかも……」

「戦死したの？」

オクタヴィアはうなずいた。「ワーテルローの戦いで。トムもスティーヴンも……。もちろんそれは乗り越えたわ。トムとはほんの短いあいだいっしょに過ごしただけだったから、本当に打ちのめされるところまではいかなかったの。ロンドンに行って社交界にデビューしたころにはもとの自分に戻っていたわ。でも、受け入れたくなるような申し込みはひとつもなかったの」

「まあ、そんなばかな！　あなたはとても美しいばかりか裕福で、しかもイギリスの最上流階級の人々の半分が縁続きなのよ。これぞという若い男性を何人も魅了したはずだわ」

「たとえそうだとしても、そのだれひとりとして、わたしは魅了されなかったの」

「まさか、まだトム・ペインのことが忘れられなかったからというのではないでしょう？」

「いいえ。でも、それとは少しちがうけれど、彼はずっとわたしの理想ではあるの。金髪に青い瞳で愉快な人というところが。トムと比べると、みんな退屈でつまらなかったわ！　それに、ロンドンはうるさくて汚くて、醜聞だらけだったし……」

「それからお母さまが亡くなって、あなたはロンドンを離れたのね」

「ええ。少しも後ろ髪を引かれずに」

「そしてアシュコムで暮らすことに決めた。結婚を考えるのもやめて。当時、わたしはあなたにそんなことをしてはいけないと言ったわ。覚えている？」

「でも、ほかにだれもいなかったんですもの。ハリーはすでに軍隊に入っていたし、ほかの兄や姉はみんな結婚してよそで暮らしていたわ。わたしがいなかったら、父はそのうちだれかのところへ移らなければならなかったでしょうよ。生活を変えるのが大嫌いで、祖父が亡くなったあとウォーナム・キャッスルに移ることすら拒んだ人なのに」

「それであなたのお兄さまのアーサーがお城に住むようになったわけね。あのお城はアーサーのほうがお似合いだわ。彼はどうしているの？」

「相変わらずもったいぶっていて独善的で退屈よ。サラにまた子供ができて、アーサーは今度こそ息子の切り盛りをするかわりに？　アシュコムでは少なくとも父の言ったことに返事をしているだけだわ。でもあなたがいらしてくださると、短い休みがとれるの。半日そっくり」オクタヴィアは立ち上がり、部屋のなかを歩きはじめた。「ああ、わたしのことは気になさらないで！　ここで暮らすのは、無理強いされたからではなく、わたしが決めたことなんですもの。結婚はここを逃げ出す手段にはならないわ。姉の旦那《だんな》さまたちを見ていると、結婚してもやはり退屈な生活が待っているとしか思えないの」

「あなたはまだ自分にふさわしい相手に出会っていないのよ」レディ・ドーニーは微笑んだ。「見ていてごらんなさい、そういう相手が現れるわ」

「ロマンチックだけれど、おとぎばなしとしか思えないわ。十四歳なら信じたでしょうけど、二十二歳のいまでは信じられない。世話をしなければならない父がいなくなったら、わたしはウィチフォードでができるとたいへんな期待ぶりなの」

「女の子は何人いるの？」

「四人」

「息子はいないのね。奥さまがかわいそうだわ。今度もまた女の子だったら、アーサーからそれほどねぎらってもらえないわね。あなたのお父さまがお城でアーサーと同居しようとしない気持ちがよくわかるわ。でも、あなたが自分を犠牲にしなければならない理由はやはりわからないわね」

「初めは自分を犠牲にしたわけではなかったのよ。でもいまは……罠《わな》にかかったような気がするわ」オクタヴィアは短い笑い声をあげた。「ときどき、やけを起こしそうになるの！」

「しばらくどこかへ出かけることね。お姉さまのひとりを訪ねてみることはできないの？」

「え？　姉の子供たちのお守りをしに？　父の世話――」オクタヴィアは言いなおした。「アシュコム暮らす偏屈なオールドミスになるのよ。そして子供たちから魔女だと思われるんだわ。わたしがカーステアズの伯母さまをそう思ったように！」

「あの人はたしかにそんな雰囲気があったわ。人を見るときのようすがね。一度しか会ったことはないけれど、わたしがなにを考えているか、わたしより先にわかっているような気がしたわ。ウィチフォードというのはどんなところ？」

「まだ見ていないの。カーステアズの伯母さまは世捨て人みたいなところがあって、うちの家族で招待された者はだれもいないのよ。来週の火曜日にいよいよ見に行こうと思って。だから父の相手をしていただけて、ほっとしているの。父の相手をするのがどんなに退屈かわかっているから」

レディ・ドーニーは驚いてオクタヴィアを見た。

「まあ、それは大きなまちがいよ！　わたしは楽しみにしているんですからね。そんな顔をしないで。本気で言っているのよ。わたしは人の世話をするのが好きなの。あなたのお父さまのように育ちがよくてやさしい人ならなおさらよ」

「本当に？」

レディ・ドーニーはオクタヴィアの手を取った。

「ドーニーが亡くなって以来、わたしの毎日はぽっかりと穴があいたようで、自分自身を持てあましてしまうときもあったわ。ここへおじゃまするのは、わたしにとってはとても楽しいことなの。あなたには退屈に思えるかもしれないけれど。あなたがそうしてほしいなら、もっと長くお父さまのお相手をしてもかまわないのよ。ウィチフォードへはどうやって行くの？　どれくらい離れているの？　それからバラクラフ家の人たちについて知っていることは？あなたを楽しませてくれる若くて金髪で青い瞳をしたミスター・バラクラフはいそう？」

オクタヴィアは笑い声をあげた。「いればいいけれど！　ミスター・ウォルターズによれば、バラクラフ家の人たちはまじめで立派でお上品なんですって。娘がふたりしかいないから、残念ながらそんなミスター・バラクラフはいそうもないわ。どのみち、わたしはだれとも会わないの。バラクラフ家は少なくともあと一週間しないと来ないから」

そのころ、ウィチフォードから五キロのところで〝まじめで立派でお上品な〟ミスター・バラクラフは苦々しい顔をして片側に傾いた馬車から降り、折れた車軸を調べて毒づいていた。顔が三つ、馬車の窓から現れた。ひとつは興味深げ、もうひとつは不安げで、黒いボンネットをかぶった最後のひとつは飾りの羽根を怒りに震わせている。

「ミスター・バラクラフ、ことばに気をつけてください！　リゼット、フィリパ、座りなおして耳をふさぎなさい」

「降りられるうちにさっさと降りろと言ったほうがいいよ、ミス・フルーム。この馬車はいつ引っくり返ってもおかしくない」

「でも、道は泥だらけじゃありませんか」

「尻があざだらけになるより、靴が泥だらけになるほうがましだろう。さあ、降りた！　ピップ、まずきみからだ」ミス・フルームのあきれ声を無視して、エドワードはいちばん幼いピップを抱き上げ、道の端の乾いた場所に下ろした。「つぎはリゼット。怖がらなくていい。わたしにまかせておけば絶対に大丈夫だから」リゼットが抱き上げられ、ピップの隣に下ろされた。「ミス・フルーム？」

「わたしは自分で降ります」

「お好きにどうぞ」エドワードは冷やかすように答えた。だが、ミス・フルームがぬかるみについた足をすべらせそうになると、彼女のウエストをとらえ、ほかのふたりがいる場所に移した。

エドワードは馬車が受けた損傷を調べに戻った。その隙にピップはそばの木に登り、枝に座った。リゼットはピップを見上げてにっこり笑ったが、ミス・フルームは大声をあげた。「なんということをしているの！　すぐに下りなさい。下りなさいといったら！　ミスター・バラクラフ、木から下りるよう、あの子に言ってください。いますぐ――」

「放《ほう》っておけばいいでしょう、ミス・フルーム。わたしにはもっと大事な仕事がある。ピップに言うことを聞かせられないなら、枝に座らせたままにしておけばいい。あそこはまったく安全だ」エドワードは家庭教師に背を向けて叫んだ。「ジェム、破損の具合はどうだ？」

ミス・フルームは真っ赤になって大きく息を吸い込むと、唇をとがらせてそばの切り株に腰を下ろした。「あなたも座りなさい、リゼット。それから、にたにた笑うのはやめてもらえない？　フィリパが言うことを聞かないのは少しも愉快じゃないわ」

「ピップは言うことを聞かないわけじゃないわ、ミス・フルーム。座れるところを探すのが癖なんです。高いところに登るのが好きで。父はよくピップのことを〝ぼくの小さなお猿さん〟と呼んで……」リゼットは唇をかんだ。「笑っていたわ」

「そうだとしても、わたしに世話をまかされた以上、あの子は若いレディとしてふるまわなければならないのよ。大道芸人の猿ではなくね！　前の生徒だったレディ・アラミンタは、わたしが教えはじめたとき、フィリパより幼かったのよ。木に登ることなど一度もなくて、行儀のよさのお手本みたいだったわ。もっとも、きょうだい全部がそうではあったけれど。伯爵夫人であるお母さまが……」

リゼットもフィリパもため息をついた。ミス・フルームと知り合ってまだ三日にしかならないのに、レッドバリー伯爵夫人とその完璧《かんぺき》な家族についてはすでにいやになるほど聞かされている。

ミス・フルームはレッドバリー家の話を終えると、リゼットのほうを向いた。「レディらしくふるまいなさい、リゼット！　足をそろえてまっすぐ座るのよ。そう、それでいいわ。イングランドの王と女王の名を即位順に挙げてごらんなさい。馬車が直るまでの時間をむだにしたくありませんからね」

「あ……挙げられないわ」

「王と女王の名を知らないの？」

「順には挙げられないわ」

「征服王ウィリアム一世」ピップが叫んだ。「ハロルド二世の目を射抜いたのよ！」

ミス・フルームはそれに取り合わなかった。「では覚えなければね。旧約聖書の預言者はどう？」

「預言者？　ええっと……エレミア……」

「順番に！」

「順番にというのはできないわ。お母さまからはそんなふうに教わっていないから」

「お母さまの教え方はとてもおもしろかったし、わたしたち、たくさん覚えたのよ！」頭上からけんか腰の声が聞こえた。

「わたしの教え方は知識を得るためのものなの。おもしろがるためではなくてね」ミス・フルームは冷ややかに言った。「レディ・レッドバリーはわたしのやり方をそのまま認めてくださったわ。レディ・アラミンタは十歳で全部暗唱でき……」

「レディ・アラミンタって死ぬほど退屈な人みたい」ピップが逆らった。「レッドバリー伯爵夫人もね」

「なんですって、フィリパ？」

「ミス・フルーム、エドワードが来るわ。馬車が直ったんじゃないかしら」リゼットがあわてて叫んだ。

「下りていらっしゃい、ピップ。もうすぐ出発よ」

エドワードが、軸を取り替えた、これでウィチフォードまで残りの五キロを旅できると告げた。「さあ、出発しよう。馬車に乗って！」

馬車はふたたび動きだした。だが、みんな黙りこくっている。

エドワードはミス・フルームのすぼめた口元とつんとした鼻に目をやったあと、今度はピップを見た。「なにかあったのかね？」

「フィリパはとても乱暴でしつけができていなくて、行儀の悪い娘です」ミス・フルームが鋭く言った。

ピップが体を起こし、抗議しようとしかけたが、リゼットがそれを止めた。「乱暴なことをしようとしたんじゃないのよ、エドワード。ピップは疲れているの。長い一日ですもの。きっと申し訳なく思っているわ。どうかピップを許してやってください、ミス・フルーム」

沈黙が流れた。エドワードが促した。「ミス・フルーム？」

「わたし自身のことで失礼なことを言われるのはべつにかまいません。もっとも、そういうことに慣れてはいませんが。でも、なにも知らない少女がレッドバリー伯爵夫人のように高貴な方の家族を批判するなんて。レッドバリー家は何百年もつづく――」

エドワードもレッドバリー家の話はもうごめんだった。伯爵夫人は子供たちにかまいすぎるのをやめて、夫をもっと大事にすべきだというのが彼のひそかな感想だ。レッドバリー伯爵の情事はロンドンのうわさになっている。「たしかに、そうだ。気にしないことだね、ミス・フルーム。フィリパ、今後きみは口を慎むことを覚えるべきだ。さて、家が見えるかな？」

3

馬車は門をいくつか過ぎた。前方には湖の岸に沿った長い馬車道がある。ピップが窓から身を乗り出し、はしゃいだ声をあげた。「見える、見えるわ！　わあ、すてき！　変な窓がいくつもついているの。それに、見て！　煙突と塔があるわ。お願い、わたしの部屋は塔にして！」

リゼットが窓の外を眺めた。「夕日を浴びるとなんてきれいなの。林を見て！　緑に緋《ひ》色に茶色に金色。みごとだわ！　ここに住むのは楽しそうね。ミス・フルーム、どう思う？」

ミス・フルームはまだ不機嫌ながらも、屋敷のほうをちらりと見た。「さあ、楽しいかしら。なにしろ古い家ですもの。この家もやはり暗くてじめじめしていそうね。それに窓からは隙間《すきま》風が入るわ」ピップのしみのついたスカートと乱れた巻き毛を感心しないという目で見たあと、リゼットに視線を移して眉をひそめた。「おまけに、わたしの生徒をそれなりの水準まで上げるのはかなりたいへんそうだわ」

エドワードはピップの顔から興奮が消えていくのを観察し、リゼットの目に浮かぶ陰りを見つめた。「わたしの姪《めい》を教えるのがおもしろくなさそうだとは残念だね、ミス・フルーム。姪はふたりとも――いや、家族がみんな最近つらい目に遭っている。ふたりを教育するのがきみの務めではあるけれど、兄夫婦が西インド諸島からこちらに来るまでは、ふたりが明るく楽しく過ごせるようにしてもらえたらと期待していたのだが」

「規律と勉強は楽しさをもたらします」ミス・フル

ームが言った。「それがわたしの信念で、子供はおとなよりそれが得意です」

エドワードは家庭教師を見たが、なにも言わなかった。ちょうどそのとき馬車が重厚な樫《かし》の扉に通じる石段の前でとまった。彼は姪と家庭教師を広い石造りの玄関ホールへと促した。そこには家政婦のミセス・ダットンが待っていて、四人を迎えた。

家政婦がミス・フルームと姪に邸内を見せているあいだに、エドワードは書斎に行った。ほどなく姪ふたりが戻ってきて書斎に現れた。

「ずいぶん早いな。ミス・フルームは?」

「しばらく横になるって」リゼットが答えた。「頭痛がするらしいの」

ピップがエドワードに駆け寄って腕をつかんだ。

「お願い、ミス・フルームを追い払って! わたし、あの人嫌いよ。ほんとに感じの悪い人だわ」

「いったいどうした? またミス・フルームに失礼なことをしたのか?」エドワードは厳しく言った。

「あの人はそうされて当然よ! だって、わたしがなにをしているかわかるように、自分の隣のひどく狭い部屋で寝なさいって言うのよ。わたしは角の小部屋がほしかったのに! 塔にある部屋なの。どうしてわたしが塔の部屋にしてはいけないの?」

「それはわたしの領域外だな、ピップ。それくらいのことでそんなに腹を立てたり失礼な態度をとったりするとはね」

「そうじゃないわ! あの人、ひどいのよ!」ピップはソファに身を投げて泣きだした。エドワードが小声で罵《のの》しり、顔をしかめて見ているうちに、リゼットがピップを抱き寄せ、慰めた。

いったいなんでわたしがこんな目に遭わなければならないんだ? いつどんなときでも楽々と女性を扱えるのが自慢だったのに。この疲れて途方に暮れた小さな女の子にはお手上げだ。いまいましいジュリアめ、こんなときに脚の骨を折るとは！　それにヘンリーのやつ、ジュリアが来られないのにピップとリゼットだけをこちらへ送り込んでくるとは！

姪に目をやると、気持ちはなごんだ。エドワードはあきらめのため息をつき、ふたりのそばに腰を下ろした。「リゼット、なにがあったんだい？　ミス・フルームが不愉快だというのは本当なのか？」

「残念ながら、そうなの。思いやりのある人じゃないわ。塔の部屋はだめだと言われて、ピップが怒って、お母さまならあの部屋を自分のものにしてくれたはずだと言うと、ミス・フルームはそれはどうかしらと答えたの。あなたは甘やかされているから、いまだれの生徒かを早く知ったほうがいいって」

「ミス・フルームは旅のあとで疲れているし、ピップはひどく挑戦的になることがある」

「ミス・フルームはこうも言ったの。あなた方のお母さまは亡くなった、もう戻ってこない。こんなに聞き分けのない子でいたら、天国に行けないし、そうしたらお母さまにも会えないと」

「なんだって？」

「お母さまが亡くなったのはもちろん事実よ。でも、そんなことを言うなんて残酷だわ」

エドワードはますます険しい顔になり、ひどく穏やかに言った。「それで話は決まりだ。ジュリア叔母さんとわたしが判断を誤った。リゼット、ピップを朝の間に連れていって、そこにいなさい。メイドに飲み物を運ばせよう。ミス・フルームのことではもう心配しなくていいからね」彼はドアに向かった。

「どうするの？」

「馬車にはまだ馬がつないである。ミス・フルームは今夜キングストンに着けるだろうし、あすロンドン行きの駅馬車に乗れる」

「だめよ、エドワード。夜になるのに、そんなふうに追い払ってはいけないわ」

「かまうものか！　これ以上だれにも毒のあることを言わないうちに、この家から追い出してやる」

「だめよ。もう時間が遅すぎるわ。宿屋にひとりで泊まらせるわけにはいかないもの。今夜はここに泊めなければ。あす暇を出せばいいでしょう」

エドワードは顔をしかめた。「まったく、お母さんにそっくりだな。つらく当たった相手にやさしすぎる」

「お願い。ミス・フルームが冷たい人でも、わたしたちまで同じようにふるまうべきではないわ」

エドワードはだめだと言おうとしたが、リゼットの顔を見ると、表情をやわらげ、しぶしぶ言った。

「わかった。今夜はここに泊めよう。さあ、朝の間に行って。わたしはミス・フルームと話をしたい」

翌朝、ミス・フルームは一カ月分の給料と斡旋所《あっせん》宛《あて》の手紙を持って、唇をとがらせながら出ていった。

ピップは大喜びだったが、エドワードはさほどうれしくなかった。

「飛び跳ねるのをやめて、これからどうしたらいいかを考えるんだ、ピップ。ミス・フルームがいなくなったいま、いったいだれにきみたちの世話をまかせればいい？　きみたちふたりだけでここに置いておくわけにはいかないし、わたしはときどきロンドンに行かなければならない」

「あのレディに会いに？」

エドワードは怒りで顔を赤らめた。このばたばたした二日間に、ルイーズといるところを偶然ピップに目撃されるというあいにくの出来事があったのだ。さらにまずいことに、ピップは馬丁がルイーズについて言ったことばを聞いてしまった。そんなあってはならない失態に、エドワードは激怒すると同時に自分を恥じた。で、いまはできるだけ厳しく言った。

「あのレディのことは忘れなさいと言ったはずだよ、

ピップ。今度彼女のことを口にしたら、重い罰が待っている。いいね？」

「ええ。どっちみちあの人の見かけは好きじゃないわ。でもそうすると、ロンドンへ行くのはなぜ？」

「仕事だ」エドワードはそっけなく答えた。

とりなし役のリゼットは叔父の忍耐が急速に限界に達しつつあるのを見て取り、妹に言った。「エドワードはわたしたちのお金の面倒をみているのよ。家族全員のね。それに、ロンドンで外務省の偉い人たちと会わなければならないの」

「わかったわ、エドワード。じゃあ、新しい家庭教師を見つけて。若くてきれいな人がいいわ！」

エドワードは首を振った。「ごめんだね。きみはとにかく手に余る。仕事熱心な女性を選ぶとしよう。結婚相手として格好の男をたらし込むことばかり考えているちゃらちゃらした美人では、問題が多い。きょう斡旋所に手紙を書こう。しかし、返事が来るまで少なくとも一週間はかかる。それに面接もあるし。つまり、わたしは大事な会議をいくつか延期しなければならないが、しかたがない」

リゼットは部屋から出ていくエドワードのあとを追った。「わたしたちのせいで迷惑をかけてしまってごめんなさい。しばらくなら家庭教師がいなくてもやっていけるわ。わたしがピップの面倒をみるから」

エドワードの表情がやわらぎ、微笑に変わった。預かったことで神経がすり減っているとはいえ、姪たちが大好きなことに変わりはない。「ピップにはきめ細かく配慮して厳しくしつけてくれる人が必要なんだよ」彼はやさしく言った。「それに、きみの心配を減らしてやりたいし」

「ピップは気に入った人の言うことならよく聞くわ。まだお父さまとお母さまが恋しいのよ。厳しさだけではなくやさしさも必要だわ」

「わたしにまかせておきなさい。ピップのような女の子の扱い方を心得ている人を必ず見つけるよ。もうミス・フルームみたいなのは選ばない」

つぎの火曜日、バラクラフ家の人々がすでに住んでいることを知らないまま、レディ・オクタヴィア・ペトリーは父とレディ・ドーニーに行ってきますと告げ、馬丁をお供にウィチフォードに向かった。途中、馬を休ませるのに一度馬車をとめた以外、時間は少しもむだにせず、まだ比較的早い時刻にウィチフォードの門に着いた。オクタヴィアは並木のあいだをくねくねとつづく馬車道を眺めた。なんだか奇妙だわ。ここを知っている気がして、わくわくする。まるでわたしにいらっしゃいと手招きしているような場所だわ。

「馬車を村の宿屋に戻しておいてちょうだい、ウィル」オクタヴィアは心を決めて言った。「屋敷までは遠くないし、こんなにお天気がいいんですもの、歩くわ。二時間ほどしたら迎えに来て」馬丁がためらうと、彼女はもどかしそうに言った。「心配しないで。絶対に安全よ。ミスター・ウォルターズが家政婦やメイドをちゃんとそろえてくれたわ。そのなかに悪人がいるはずがないでしょう？　さあ、行って！」

ウィルの姿が道を遠ざかるのを見送ってから、オクタヴィアは門を通って歩きだした。馬車道を歩いていくうちに、何カ月も前から悩まされていた精神的な疲れが少しずつ消えて、解放感に満たされた。魔法の国に来たような気がする。オクタヴィアは微《ほほ》笑《え》んだ。きっとわたしはウィチフォードの魔女に魔法をかけられたんだわ！　道の両側には堂々たる古木が連なり、金色や緋色や茶色の木の葉のあいだから真っ青な空がちらちらとのぞいている。あちらこちらでまぶしい木もれ日が輝き、金色の光で目をくらませる。まるでシャンペンを飲んだみたいな気分、おとぎばなしの世界に迷い込んだような気分……。そこへ頭上から声がして、オクタヴィアは飛び上がりそうになった。

「彼はあなたを選ばないわ！」

オクタヴィアは立ち止まり、上を見た。日差しに目がくらみ、一、二秒して、木の枝に座っている妖《よう》精《せい》のような女の子の姿が見えた。「なんですって？」

「彼はあなたを選ばないわ。若くて美人なんですもの」

「あら、うれしいことを言ってくれるのね」

「彼は、若い美人だと問題が多いって言ってたわ」

「本当？　彼はどうしてそんなことがわかるのかしら？　もっとも、わたしにはなんの話か――」

「彼はミス・フルームをもうひとり探しているの。わたしはあなたがいいな。ずっとおもしろそうだもの」

「そう……それはどうも」オクタヴィアはもっとまともなやりとりをしようとした。「ごめんなさい、どなたなのかうかがってもいいかしら？」

「ピップよ。フィリパ・バラクラフ」

「え？」

「〝え？〟って言うのは無作法なのよ。わたしが言うと、ミス・フルームはとても腹を立てたわ」

「でも……どうしてあなたがここに？　ここにいるはずがない――」

「おうちのなかにいなさいっていうこと？　こんなにいいお天気なのに？」

「いいえ、そうじゃないわ。だれだってきょうみたいな日には外に出たくなるものよ。わたしが言いたいのはそういうことではなくて――」

「わたし、探検してるの。二、三日前に着いたばかりで、きのうは家の反対側を探検したのよ。本当にすてきなおうちだわ。煙突を見た？」

オクタヴィアはまともなやりとりをあきらめ、この変わった会話を楽しむことにした。これも魔法にかかったようなきょうという日の一部に思える。

「いいえ。見せてくれる?」

少女が枝から飛び下りた。黒い巻き毛が細い顔のまわりで揺れた。華奢《きやしや》な体つきなのに、生気がみなぎっている。灰色のみごとな瞳が生き生きと輝いて、値踏みするようにオクタヴィアを見つめた。そして自分が見たものに満足したらしい。「こっちよ」少女は歩きだした。

「ええ」オクタヴィアは笑い声をあげ、あとについていった。

突然ピップが立ち止まった。「見て!」

オクタヴィアは歓声をあげた。小さな湖の向こう岸に芝生と木立に囲まれて濃い薔薇《ばら》色の屋敷が立っていた。窓が日差しにきらきらと輝き、木材がややゆがんでいるのと、小さな丸い塔が片方にあるせいで、どこかもの問いたげに首をかしげているように見える。愛想のいい家。人を魅了する家。魔法の家。しかも屋根のてっぺんには……。「キャンデー棒だわ!」オクタヴィアは思わず言った。

ピップはとてもうれしそうだった。「やっぱりわかると思っていたわ。ああ、エドワードがあなたを選べばいいのに! 困りきっているんだから」

「それはたいへんね。どうして困っているの?」

「家庭教師がいなくなったから。でもわたし、あなたにはお行儀よくするわ」

「それで家庭教師がいなくなったの? あなたがお行儀よくしなかったから?」

「ううん。エドワードが首にして、推薦状も書かずに追い出したの。ひどい人だったわ。リゼットも嫌いなのよ。リゼットはふつうだれでも好きなのに」

「リゼットっていうのはあなたのお姉さんか妹さん?」

「うんと年上の姉よ。わたしは十歳。リストって好き?」

「なんのリスト? 洗濯物? 買い物? クリスマスのプレゼント?」

「ちがうわ! 覚えることのリストよ。たとえばイングランドの歴代国王のリスト」

「好きじゃないわ」オクタヴィアは即座に答えた。「そうやって覚えるのはとてもつまらないもの」

「やっぱりね。エドワードを捜してこなくちゃ。とにかくあなたを雇ってもらうの!」

「雇うって?」

「もちろん家庭教師よ。それでここに来たんでしょう?」

「あら、ちがうわ。わたしは――」

ところがピップはとっとと駆けだしていったあとだった。

「ピップの言ったことは気になさらないでね」


またもやびっくりしてオクタヴィアはくるりと振り向いた。わたしは本当におとぎの世界に迷い込んだのかしら? これはおとぎばなしのお姫さまだわ。そこにいたのは見たこともないほど愛くるしい顔の少女で、妹と同じ黒髪だが、瞳は濃い紫色ですみれの花を思わせた。広い額、まっすぐな鼻、繊細な頬、薔薇の花びらのような肌、やさしい曲線を描く唇と顔だちは文句のつけようがない。少女は内気そうで、どこか悲しげだった。オクタヴィアが見つめていると、少女はかすかに頬を染めた。

「ごめんなさい、驚かす気はなかったの。ピップは失礼なことをするつもりだったわけではないと言いたいだけで。あの子は急いでいるとつい礼儀を忘れてしまうの。わたしの名はリゼット。リゼット・バラクラフです」

「オクタヴィア・ペトリーよ。どうぞよろしく」

「家にお入りにならない? なんにもならないかも

しれないけれど。エドワードはもっと年長の人に決めるつもりらしいから。こうと決めたら、めったに心変わりしないのよ。でも会うだけ会ってほしいわ」

なぜかオクタヴィアはウィチフォードを訪ねた本当の理由を切り出しそびれてしまった。どの礼儀作法書に照らし合わせてもそうすべきだったが、この場の状況に魅せられ、ひとりは元気はつらつとし、もうひとりは愛くるしくて悲しげな、ふたりの少女に好奇心をかき立てられた。そこで、なにも言わずにリゼットとともに馬車道を歩きだした。

「なぜ家庭教師を探しているのか、ふしぎに思っているでしょうね。エドワードがロンドンでひとり雇ったの。レッドバリー伯爵夫人からわたしの叔母に宛《あ》てたとてもすばらしい推薦状を持った人なのよ」

レッドバリー家の人々ならオクタヴィアも会ったことがある。ピップがミス・フルームを嫌ったとしてもふしぎはない。レディ・レッドバリーとその恐るべき子供たちみたいな独りよがりのうぬぼれ屋が推薦する人物が、フィリパ・バラクラフのように活発な少女とうまが合うはずもない。

リゼットが先をつづけた。「でも、二日とたたないうちにピップと絶対合わないとわかって、ミス・フルームは首になったの」

「推薦状もなしにと聞いたわ」

「ピップが言ったの？　残念ながら、それはピップの誇張だわ。申し分のない推薦状を渡したのよ」

オクタヴィアはうなずいた。「そうだろうと思ったわ。叔母さまはなんとおっしゃったの？」

「叔母はここにはいないの。脚の骨を折って、まだアンティグア島にいるのよ。当分こちらには来られないから、エドワードしかわたしたちの面倒をみてくれる人がいないの。でも彼はとても忙しくて、それで緊急に家庭教師を探さなければならないのよ」

「なるほど。ミス・フルームを首にしたのは性急すぎたんじゃないかしら？」

「かもしれないわ。でもエドワードはいったん心を決めると、すぐに実行する人なの。ここに着いた最初の夜にミス・フルームを追い出そうとしたくらい。夜遅かったのに。こうと決めたら、ひどく容赦のないこともできるの。でもわたしがあすの朝まで待ってと説得したのよ」

オクタヴィアは〝エドワード〟がだんだん嫌いになってきた。「かわいそうなミス・フルーム！　そんなに簡単に首にされるなんて――」

「ちがうわ！　ミス・フルームは本当に思いやりのない人だったのよ。でもエドワードは一カ月分のお給料を渡して、ロンドンまでの馬車も手配したわ」

「それはよかった。ところで、エドワードってどなたなの？　ミスター・バラクラフ？」

「ええ、わたしたちの叔父よ。でも前からエドワードと呼ぶようにと言われているの。ピップとわたしは叔父にとっては大きなお荷物なの。少なくとも叔母が来るまでの八週間か九週間は」

「なるほど」

リゼットが黙り込み、オクタヴィアはそのあいだに考えた。事情が少しずつはっきりしてきた。ふたりの少女はバラクラフ家の娘ではなく姪で、事故があってミセス・バラクラフはイギリスに戻るのを延期したのだ。家庭教師が雇われたが、エドワード・バラクラフがその家庭教師を首にし、妻が到着するまでのあいだ姪の面倒をみてくれる者を緊急に探している。ざっと二カ月のあいだ。二カ月だけ……。

オクタヴィアとリゼットは屋敷の正面の芝生まで来ていた。

「ミス・ペトリー、ちょっとここで待ってくださる？　あそこの木陰にベンチがあるわ。それともわたしといっしょに家にお入りになる？　エドワードから家政婦に伝言を頼まれていて、いますぐそれをしなければならないの。すぐにすむわ」

「ここにいようかしら。なにもかもが本当にきれいだし……」

「あなたもそうお思いになる？　ミス・フルームは暗くてじめじめしていそうな家だと言ったのよ」

「そうなの？　それじゃ家はミス・フルームのことが気に入らなかったんだわ」オクタヴィアはなにも考えずに言った。「だから出ていかなければならなかったのね」

リゼットは当惑した顔でオクタヴィアを見たが、どういう意味なのかとは尋ねず、芝生を駆けて家に入っていった。ひとり残ったオクタヴィアは自分が相続した屋敷のことを考えた。本当に変わっているわ。ウィチフォードは微笑んでいるように見える。家が微笑むなんて！　もちろんそんなわけがないわ。窓が日差しを浴びて輝いているだけよ。


オクタヴィアの脳裏には、去年の春、伯母がジプシーを思わせる黒い瞳で自分を見つめ、それからなにか考えをめぐらすように父とレディ・ドーニーを見た光景がふと浮かんだ。あのときカーステアズの伯母はなにを考えていたのだろう？　ウィチフォードにいるいま突然、オクタヴィアは父とマージョリーが結婚したらどんなにすばらしいかしらと思った。ふたりは前々から親しい。レディ・ドーニーは思いやりのある愛すべき女性で、話し相手と世話をする相手を求めている。そう、理想的だわ。でも結婚はたぶんありえない。父は頑固で融通がきかない人だ。結婚を申し込むことなど頭に浮かびもしないにちがいない。

屋敷の窓はまだきらきらと輝いており、相変わらず伯母の黒い瞳を思い出させた。オクタヴィアの思いは父のことへと戻っていった。もしもマージョリーが二カ月間わたしの代わりを務めてくれたら？

もしかしたら父は、わたしよりマージョリーのほうが世代も近いし、いっしょにいて気楽で、話がしやすいことに気がつくかもしれない……。

二カ月。二カ月は長いかしら？　やってみたくてうずうずする。あのバラクラフ家の姉妹は気に入ったし、ふたりのためになにかしてやれそうな気がする。叔父という人が厳格そうなだけになおさら。わたしを家庭教師だと信じている少女たちの思い込みに合わせるべきかしら？

オクタヴィアははじかれたように立ち上がり、自分をいさめた。輝く窓、ジプシーを思わせる黒い瞳、結婚、家庭教師になりすます……。わたしの分別はどこへいってしまったの？　ばかげたことを考えてはだめよ！　解放された一日を過ごしたせいで頭がどうかしてしまったんだわ。家に入ってミスター・バラクラフに会い、これ以上誤解がひどくならないうちに、こちらの素性を明かすべきよ。芝生の向こうからリゼットが戻ってくると、日差しが弱まり、ウィチフォードの窓の輝きが薄らいだ。家にはとがめているような雰囲気があり、オクタヴィアはばかばかしいと思いながらも、うしろめたさを覚えた。

オクタヴィアはリゼットのあとから玄関ホールに入り、想像力を働かせすぎないよう心しながらまわりを眺めた。屋敷はさほど大きくはなく、真ん中に長テーブルと両側に暖炉のある広間は手ごろな広さだ。天井はみごとな漆喰《しっくい》塗りで、真鍮《しんちゅう》の重厚なシャンデリアがふたつ下がっている。立派な樫の階段が二階に通じており、寝室には回廊を通っていく。でもリゼットは広間を突っ切ると、その奥にある部屋に入っていった。そこは居間か朝の間のような部屋で、ほっとするほどごく当たり前の造りだった。暖炉には火が燃え、家具は様式より快適さを主眼に選んである。オクタヴィアは椅子に座るよう勧められた。

「まだ座らないでいるわ」オクタヴィアは答えた。「あなたの叔父さまがいらっしゃるまでは」

ドアが開き、ピップが飛び込んできた。「ほら、この人よ、エドワード！　ぴったりの人だって言って！」

背が高くてたくましい肩をした男性がピップのあとから入ってきた。想像していたより若かったものの、妥協を許さないあごと固く引き結んだ口元をして、かなり危険そうに見える。とてもハンサムだが、けんかをして折ったみたいな鼻をしていた。黒い髪、澄んだ灰色の瞳、日焼けした肌。片方の眉のこめかみ側に小さな傷跡があり、それがやや向こう見ずな印象を与えている。表情は険しい。おとぎばなしの世界なら、とオクタヴィアは考えた。この人は鬼だわ！

ミスター・バラクラフは立ち止まってオクタヴィアを見つめ、冷ややかに値踏みをした。オクタヴィアは自分がほっそりしてあまり背は高くないこと、着ているドレスが地味なこと、蜂蜜《はちみつ》色の巻き毛がボンネットからこぼれて肩にかかっていることを意識した。見つめられて、オクタヴィアは怒りに頬を染め、きちんと身づくろいをしておけばよかったと後悔した。彼が近づいてきたが、その足取りは憎たらしいほどしなやかで、いらだっているようだった。

「エドワード・バラクラフです。名前を教えてもらえるかな？」

「ええ。オクタヴィア・ペトリーです」

「家庭教師を探していることをこんなに早くどこから聞いたのか知らないが、残念ながら、ここまで来たのはむだでしたね。こちらの条件には合わない」

「誤解をなさって――」

「そうかな？　わたしの姪をどう手なずけたにせよ、わたしには訪ねてきた女性を雇うべき理由は――」

「わたしはべつに――」

ミスター・バラクラフはかまわずに先をつづけた。

「ない。その場で雇ってもらえるだろうと、いきなり訪ねてこられてもね」

オクタヴィアは当惑していたのを忘れ、辛辣《しんらつ》な口調で言った。「即座に雇える家庭教師をお探しだったのでは？　姪ごさんのお話では、かなりお急ぎなんでしょう？」

ミスター・バラクラフは今度はオクタヴィアを探るように見つめた。「そう、それは本当だ。もしかしたら、わたしは誤解したかな。きみは見かけどおりの頭の空っぽな美人ではないのかもしれない。えらく自信のありそうな話し方だ」

「頭の空っぽな！」オクタヴィアは大きく息を吸い込んだ。「頭が空っぽでないことには自信があります。それに、わたしの頭には石が詰まっているのでもありません。よろしかったら――」

またもやミスター・バラクラフはオクタヴィアを遮ったが、驚いたことに、大きくうなずきながら笑いだした。「いまの言い方はきついな。それにきみは頭の回転が速い。思ったより中身がありそうだ」

「もっときつくもなれますよ！　だからといって、わたしが――」

「エドワード、この人に決めたと言って！　お願い！」窓台に座ったピップが言った。「リストは好きじゃないんですって。この人がわたしたちにきつく当たるはずがないわ。この人が家庭教師なら、わたし、お行儀よくするもの」

「二カ月だけのことなのよ、エドワード」

ミスター・バラクラフは横から口をはさんだリゼットを鋭く見た。「きみもこの人に家庭教師になってもらいたいのか？　同情からではないだろうね？」

リゼットは首を振り、はっきりと言った。「わたしたちにぴったりの人だと思うわ」

　オクタヴィアはミスター・バラクラフがリゼットのことばに感心したのを見て取り、ここでなにか言わなければと判断した。「ごめんなさい、実はわたし――」

「きみにはどんな資格がある？　資格は持っているね？」

　オクタヴィアはまたもや彼の口調にむっとした。礼儀をわきまえるよう、一、二度懲らしめを受けるべきだわ。「必要なことを教える資格は持っています」母がつけてくれた高給の個人教授や家庭教師、高等女学校で受けた授業を思い返しつつ、冷ややかに言った。「でも本題はそれではなく――」

「きみがこのふたりを安全で楽しく、問題を起こさずに過ごさせてくれれば、わたしは満足だ。それはできるかね？　教えるほうはさほど熱心にやらなくていい。リゼットは来年の春社交界にデビューするが、社交界でのふるまい方については叔母が教えるだろうし」

「その心得もありますが、それより――」

「デビューするのは最上流の社交界なんだよ、ミス・ペトリー。きみでは追いつかないだろう。ミセス・バラクラフはリゼットがきみからそこらへんの私塾並みの作法を教え込まれるのはいやがるにちがいない」

　イギリスの貴族でも最上層の人々が後援している女学校が〝そこらへんの私塾〟と形容されるの聞いてオクタヴィアがあっけにとられているあいだに、ミスター・バラクラフは先をつづけた。

「きみにやってみてもらうとするかな。書斎に来てくれれば、条件その他について話そう。給料ははずむが、期間は短い。せいぜい八週間か九週間だ。それはすでに知っているね？」

「姪ごさんからそのようなことを聞いています。でもわたしがこちらに来たのは――」

「よろしい。これで話は決まった。では書斎へ」

わたしは最後までものを言わせてもらえないのかしら？　オクタヴィアは自問した。ミスター・バラクラフはだまされても無理はないわ！　オクタヴィアはふたりの少女に目をやった。ピップは大きくうなずき、窓台から落ちそうなくらいはしゃいでいる。リゼットは出会ってから初めて微笑み、そのすばらしい目をうれしそうに輝かせている。オクタヴィアの心の奥ではカーステアズの伯母のジプシーを思わせる黒い瞳がこちらを見つめ、屋敷の窓ガラスがきらきらと輝いて……。自分でも驚いたことに、オクタヴィアは答えていた。「わかりました」そして〝鬼〟のあとにおとなしく従って書斎に向かった。

4

ミスター・バラクラフとの面接が終わったとき、オクタヴィアは、滞在を延ばしてもかまわないと言ったレディ・ドーニーのことばが社交辞令ではありませんように、と祈った。ミスター・バラクラフの強烈な個性や、この変わった屋敷の持つやはり強烈な魅力にまいってしまったのかどうかはわからない。でも自分でも驚いたことに、四日後にしかるべき推薦状を携えてリゼットとピップの家庭教師兼話し相手《コンパニオン》として働くために戻ってくると約束してしまったのだ。〝鬼〟は思ったより親切で、切羽つまっているらしいのがわかった。少し離れたところに住んでいる年とった身内をときどき訪問したいと言うと、一カ月に二日の休みがもらえ、そのときは一頭立て二輪馬車を使ってもいいことになった。

とはいえ、ミスター・バラクラフは彼女に今度の仕事をまかせていいものかどうか危ぶんでおり、それを隠そうともしない。オクタヴィアは能力を疑われたことに憤慨し、能力があることをなんとしても証明してみせるわと自分に誓いながら、ウィチフォードをあとにした。

馬車道まで送るというリゼットとピップの申し出を断り、門に着いたところへちょうどウィルが迎えに来た。自分ではないふりをしてしまったオクタヴィアは、できるだけ早くここから逃げ出したかった。ウィルと二輪馬車を少女たちに見られたら、嘘《うそ》がばれてしまう。ふつう、家庭教師はうやうやしい態度の馬丁をお供に、よく手入れされた二輪馬車などで移動したりはしない。

〝自分ではないふりをした〟というより〝羽目をはずした〟と言ったほうが当たっている。結局のところだれか別人のふりをしたわけではないし、ミスター・バラクラフには称号は省いたとはいえ、本名を告げたのだから。それに、少女ふたりの面倒を二カ月間みるくらいのことは問題なくできる。雇い主が約束してくれたとても気前のいい給料ももらえるし。

それにしても、いったいなぜ家庭教師をやると答えてしまったのか、自分でもさっぱりわからない。家がわたしに魔法をかけたとしか考えられないわ。

オクタヴィアはもう一度屋敷を振り返った。ウィチフォードは日差しを浴びて、ふたたび微笑《ほほえ》んでいた。もしかしたらカーステアズの伯母さまは兄のハリーとわたしが思ったような魔女だったのかも！　なぜ伯母さまはわたしにあの屋敷を遺《のこ》したのかしら？　わたしが落ち着きがないのに気づいたのみならず、アシュコムから逃げ出すためだけに結婚するつもりはないのを察していたのかしら？　かもしれない。

でも、いくらウィチフォードの魔女といえどもバラクラフ家の問題は予知できなかったはずだわ。それとも……できたのかしら？

馬車道を歩きながら、オクタヴィアは最後にカーステアズの伯母と会ったときのことを思い返した。別れの挨拶《あいさつ》を交わしたあと、馬車に乗り込む前に、伯母はオクタヴィアの手を取って言った。「辛抱するのよ。もうすぐ助けが来るわ」馬車が動きだすと、窓から頭を出し、笑いながらつけ加えた。「すてきな男性も現れるわ。あなたはすぐにはその人だと気がつかないでしょうけどね」

伯母のことばを心のなかで反芻《はんすう》しながら、オクタヴィアはウィチフォードの門に近づいていった。すてきな男性？　バラクラフ家にはひとりもいないわ！　エドワード・バラクラフはすでに結婚しているし、そもそもわたしの理想の男性像とはまるで逆だ。日焼けしていて、ぶっきらぼうで、無作法で、あまり愉快ではない。あれほどトム・ペインから遠くかけ離れた人はいないわ。それにバラクラフ家には金髪の男性はいないようだし。となると、どこにいるのかしら？　オクタヴィアはため息をついたが、ウィルの御す馬車がやってくると、今度は笑い声をあげた。わたしったら、カーステアズの伯母さまのたわ言を信じはじめているわ！

明るいうちにアシュコムに戻ったオクタヴィアはすぐさま自分の計画を実行に移すべく、レディ・ドーニーをお茶に誘った。「あんなに楽しそうにしている父を見るのは久しぶりだわ」居間で椅子に座りながらオクタヴィアは言った。「父への接し方を本当に心得ていらっしゃるのね」

レディ・ドーニーは愉快そうにオクタヴィアを見た。「そう言われるとうれしいわ。あなたのことだから、いまのは社交辞令ではないんでしょう？　そのかわいい頭のなかでなにを企《たくら》んでいるのかおっしゃい。そういえば、あなた自身も楽しそうに見えるわ。浮き浮きしていると言っていいくらい。なにがあったの？」

オクタヴィアはためらいながらも、きょうの冒険談を話した。ミスター・バラクラフから思っていたより頭の軽い女性ではないと言われたくだりでは、レディ・ドーニーはカップを取り落としそうになるほどおもしろがった。

「それであなたは、職探しをしている貧乏な家庭教師などではなく、ウォーナム伯爵の娘で、彼が借りている屋敷の持ち主だと、いつ打ち明けたの？」

「それが、まだ打ち明けていないの」

「なんですって？　いったいなぜ？」

オクタヴィアは挑むように答えた。「四日後に家庭教師として働くことに同意してしまったの」

「でも、そんなことができるはずもないでしょう？　ルパートが絶対に反対するわ。しかも素性を隠すなんて。だめよ、オクタヴィア、絶対に無理だわ！」

「できるわ。ちょっぴり協力してくだされば」

「お父さまが承知なさらないわ」

「父に言うつもりはないわ。父が心配したとおり、ウィチフォードは思っていた以上に手入れが必要だとわかったので、しばらく向こうに滞在して手入れに取りかかるということにするわ。それならまんざら嘘でもないから」

「本当のことでもないでしょう！　娘が家庭教師として働くと知ったら、お父さまはどうお思いになるかしら？」

「父が知ることはないわ。二カ月たったら、わたしはここに戻ってきて前と同じ生活を送るんですもの。でも、あなたに説明できたらいいのに。あの少女たちにはわたしが必要なのよ」

「お父さまだってあなたを必要となさっているわ。ひとり残していくことをどう納得してもらうの?」

「そこでお願いがあるの」

「話してみて」

「あなたは、今回もっと長く滞在できたらとおっしゃったでしょう? 滞在を延ばしてくだされば、父はわたしがいなくても寂しがらないわ。うちの家政婦は非の打ちどころがないし、家のなかの雑事はすべて使用人にまかせておけば——」

「返事はノーよ、オクタヴィア。この家の切り盛りをする? とんでもないわ!」

「切り盛りなどしなくていいの。いてくださるだけでいいのよ。念のために定期的に戻ってきて、ようすを見るわ。どうか引き受けるとおっしゃって!」

「ルパートとわたしはずっといい友人同士で来たわ。わたしがあなたに手を貸して自分をだましたと知ったら、彼はどんなに落胆するかしら。彼とわたしの友情もそれで終わりになるかもしれないのよ」

「そんなことにはならないと請け合うわ。そうはならない予感がするの。どうか協力して! 無理なお願いだというのはわかっているの。なぜ今度のことがこんなに大事に思えるのか、それさえわたしは説明できていないわ。たぶん、自分がずっと求めていた、ここから逃げ出す好機だからかもしれない。どうかわたしを助けるとおっしゃって!」

レディ・ドーニーはためらい、口を開きかけて、また閉ざした。オクタヴィアは黙って待った。ついにレディ・ドーニーが言った。「わたしはここから逃げ出しなさいと何度も勧めてきたのだから、あなたに手を貸すのを断るわけにはいかないわね。それに、実のところ、この秋をどう過ごすか、なにも予定を立てていないの。秋ばかりか冬も。ルートワースではわたしのことなどだれも恋しがらないでしょうし……」ため息をつき、覚悟を決めたように言った。「わかったわ。協力しましょう。二カ月間ここにいるわ。でも、わたしもあなたと同じくらい頭がどうかしてしまったようね」

レディ・ドーニーの協力を得て、オクタヴィアは初めて訪れた運命の日から一週間とたたないうちに、またウィチフォードへ行くことになった。今回もウィル・ギフォードがお供をしたが、アシュコムへは馬丁ひとりが帰る。二輪馬車には地味なドレスばかりを選んで詰めた小さなトランクを積み込んだ。髪はひっつめにして飾りのないボンネットをかぶり、ケープはくすんだ灰色のおとなしいもので、手袋とブーツも美しいというより実用的と言ったほうが当たっている。イギリス南部で最も裕福な名家の末っ子であり、立派な地所の相続権を持つレディ・オクタヴィア・ペトリーが、バラクラフ家の娘たちの家庭教師兼コンパニオンの慎《つつ》ましいミス・ペトリーに変身したのだ。

ぼんやりと見ている人にはオクタヴィアがどれくらい緊張しているかわからないだろう。落ち着き払ってはいるものの、内心は期待と不安でいっぱいで、自分の大胆さに驚き、アシュコムを逃げ出せて浮き浮きしてもいた。二カ月。自分が人生になにを求めているか、それを本当に知るための二カ月が始まる。

ウィチフォードは前回よりさらに歓迎してくれているようだった。空は曇っていたが、馬車が近づくにつれ、あのふしぎな窓につかの間日の光が反射して、屋敷は例の奇妙な笑みを浮かべていた。リゼットが芝生をうろうろしている。オクタヴィアの到着を待っていたらしい。オクタヴィアが馬車を降りると、そばの木からピップが下りてきた。オクタヴィアを迎えたあと、ピップは快速帆船を引く小舟のように玄関まで彼女を連れていき、リゼットは家政婦に指示を与えた。

「部屋はわたしの部屋のそばよ」ピップが言った。「塔のなかじゃないけど、近いの。ここに住んでいたおばあさんが魔女だったのを知ってた？　ミセス・ダットンはそのころここではなく隣村に住んでいたんだけれど、隣村の人はみんなミセス・カーステアズを怖がっていたんですって」

「本当？」樫《かし》の扉から入りながら、オクタヴィアはふたたび家に抱きしめられ歓迎されているようなふしぎな心地を味わった。「きっといい魔女だったはずよ」オクタヴィアは微笑んだ。「ウィチフォードは居心地のいい家ですもの。そう思わない？」

ウォーナム伯爵の娘として、オクタヴィアは生まれたときから自分の身分と富に対して示される敬意に慣れている。しかし〝変装〟を続行するのはむずかしくなかった。彼女は横柄でもなければ、うぬぼれ屋でもなく、ふだんのままの気さくで率直な物腰がウィチフォードのだれに対してもうまく働いてくれた。〝だれに対しても〟とは言っても、この家の主人は例外だ。ミスター・バラクラフに関するかぎり、オクタヴィアはまだ仮採用で、独特の言い回しで酷評されて思わず言い返したくなるのをこらえたことも一度や二度ではない。

幸い彼はロンドンへ出かけて留守をすることが多かった。オクタヴィアは彼が三人兄弟だったのを知った。長兄で、リゼットとピップの父親であるジョンはアンティグア島の大きな農園《プランテーション》を継いだ。次兄のヘンリーも西インド諸島に土地を持っており、いまも向こうで暮らしている。しかし末っ子のエドワードはプランテーションでの生活にはほとんど興味を示さず、おじが銀行業で成した財を相続したときは世界じゅうを旅している途中だった。いまはイギリスに定住するつもりでいるらしい。現在彼は外務省で会議に出席し、南北アメリカ諸国の事情について専門家に助言している。

リゼットをアンティグア島で結婚させる話もあったらしい。ところがジョン・バラクラフが突然予定を変更し、娘ふたりを自分の母国に連れていって、リゼットをロンドンの社交界にデビューさせると決めた。旅行の準備に追われているとき、馬車が道からはずれて暴走する事故が起き、不幸にもジョンと妻は死んでしまった。孤児となった娘たちの後見人であるジョンの弟ふたりは兄の希望をかなえることにした。ところがアンティグア島を発《た》つ前日、ミセス・バラクラフが足をすべらせて骨折し、娘たちはふたりだけで旅をすることになった。そして現在は、ミセス・バラクラフがこちらに到着するまでリゼットとピップは家庭教師兼コンパニオンに同居してもらい、ウィチフォードで暮らしている。

以上が、ウィチフォードに来て一週間で知ったことをつなぎ合わせて、わかった事情だ。これらの話は、どちらかといえば控えめなリゼットではなく、妹のほうから知ったものだ。慎重ということばはピップの辞書にはない。ミス・ペトリーは友だちだとひとたび決めたら、自分の家族について知っていることをおおっぴらに打ち明けた。

ある快晴の秋の日、勉強部屋で朝の学習を終えたあと、オクタヴィアとピップは家の裏手にある森を散歩した。リゼットはいま読んでいる本を読み終えたいと屋敷に残った。

「あのね、先生、ジュリア叔母さまが脚の骨を折ったとき、ヘンリー叔父さまはすごくうれしかったんじゃないかと思うの」ピップが言った。

驚いたオクタヴィアは思わず立ち止まってピップを見た。「なんですって?」

「ヘンリー叔父さまはジュリア叔母さまが脚の骨を

折ったのがうれしかったんじゃないかしらって言ったのよ」

「ひどいことを言ってはいけないわ、ピップ。そんなはずがないでしょう」

「だって、アンティグア島に残って叔母さまの看護をしなくちゃならないのよ。ヘンリー叔父さまはイギリスに来たくなかったの。ジュリア叔母さまが脚の骨を折ったから、叔父さまはもうしばらく島に残れることになったんですもの」

「ヘンリー叔父さまがそれほど西インド諸島を離れたくないなら、そもそもなぜイギリスに来なければならないの？　ジュリア叔母さまとエドワード叔父さまだけで充分じゃないの？」

「ヘンリー叔父さまはそうしたかったのよ。でも、ジュリア叔母さまが聞き入れなかったの。エドワードでは物事をきちんとできるかどうかあやしい、ほかの者がそばについていないとだめだと言って」

「あなたは叔父さまのことをエドワードと呼ぶのに、叔母さまをジュリアとは呼ばないのね。どうして？」

「それは無理よ！　叔母さまはエドワードよりずっと年上ですもの。ちょっとミス・フルームみたいなところがあるのよ」

「あら、本当？」オクタヴィアは驚いた。彼よりずっと年上で、ミス・フルームみたいなところがある？　およそエドワード・バラクラフの妻らしくないわ。

ピップがつづけた。「ジュリア叔母さまとエドワードはどちらも相手があまり好きじゃないの。嫌いな人ってすぐわかるわ。すごく丁寧な態度をとるから」

オクタヴィアはこのへんで本来の家庭教師に戻り、ピップの内緒話をやめさせなければと判断した。

「フィリパ、こういうことをわたしに話してはだめよ。夫婦間のことを他人にもらしてはいけないわ」

「どういう意味？」最初ピップはけげんな顔をしたが、すぐに体をふたつ折りにしてくすくす笑いはじめた。「ミス・ペトリー！　まさか……まさかジュリア叔母さまとエドワードが結婚していると思っているんじゃないでしょうね？」

「もちろん思っているわ。だってそうなんでしょう？」

ピップはまたくすくす笑った。「エドワードは死んだほうがましだって言うわ！　ジュリア叔母さまはヘンリー叔父さまと夫婦なのよ。わたし、エドワードがお父さまに、ヘンリー叔父さまがなんであんな怒りっぽいへそ曲がりと結婚したのかさっぱりわからないと言ってるのを聞いたことがあるわ！」

オクタヴィアは唇をかみ、どうにか厳しい口調で言った。「フィリパ！　そういうことは二度と言ってはだめよ。自分の言ったことを聞かれたと知ったら、叔父さまはきっとお怒りになるわ。それを人に話したと知ったら、さらに腹を立てるでしょうよ！　そもそも自分のことが話題になっているとわかったら、なおさらだわ」

「そうかしら」

「もちろんよ！」

「じゃあ、もう言わないわ。わたし、エドワードが好きだもの。エドワードは結婚していないのよ、ミス・ペトリー。リゼットは彼がかわいそうだって言うの。きっと失恋したからだって。でもわたし、そんなのくだらないと思うわ。アンティグア島でも最高にきれいな女の人たちが彼のことで大騒ぎしていたけど、エドワードはだれにも知らん顔だったのよ。わたし、うれしかったわ。だって、いいなと思える女の人はひとりもいなかったんですもの。エドワードにはもっとすてきな人と結婚してもらいたいわ」

ピップは重大なことを打ち明けるようにオクタヴィ

アを見た。「先生ならいいのに。エドワードには先生と結婚してもらいたいわ。それには彼をたらし込まなくてはね」

オクタヴィアはあきれた。この子はつぎになにを言い出すかしら？　またもや笑いだしたいのをこらえて厳しく言った。「そこまでになさい！　二度とそういう下品な言い方をしないで、フィリパ。いったいどこで覚えたの？」

「どこが悪いの？」

「女性が男性の愛を勝ち取ろうとするのを非難するのは失礼だわ。はしたないばかりでなく、寛容でもないわ。そんな表現を使ってはだめよ」

「エドワードが使ったのよ。家庭教師のことを話していたときに。すてきな結婚相手をたらし込むことばっかり考えているちゃらちゃらした美人ではだめだって。でも、エドワードはお金持ちだけど、自分をつかまえるという意味で言ったんじゃないと思うわ。彼をたらし……彼に気に入られようとした人はいっぱいいるのよ。先生もそうしたら？」

とんでもない、あなたの叔父さまはわたしの理想とはほど遠いわ。オクタヴィアはそう言いたいのをぐっとこらえ、本物の家庭教師らしく考えるよう自分に命じた。耳にした会話をそのまま再現するピップの能力は驚くべきものだが、そういう話は人にもらしてはいけないことを学ばなければならない。

「あなたは長いことほったらかしにされすぎたようね」オクタヴィアはきっぱり言った。「あら、そんな顔をしないで。わたしはミス・フルームじゃないわ。でも、うわさ話やまわりの人がうっかり言ったことはだれにも話さないことを学ばなくては。それを礼儀というのよ」

ピップはため息をついた。「そうするわ。でもむずかしそう。リゼットはエドワードには奥さまが必要で、それには先生がぴったりだって考えているの！　わたしも先生が叔母さまだったらって思うわ。ジュリア叔母さまよりずっとすてきなんですもの」

「フィリパ！　たったいま、わたしはなんと言ったかしら？」

「うわさ話をしてはだめだって。でも、いまのはうわさ話じゃなくて意見よ！　先生ならエドワードにぴったりだわ。アンティグア島のどの女の人よりきれいだし。エドワードがロンドンで会っているレディよりずっときれいよ。だけど、エドワードはその人がとても好きらしいの。贈り物をいっぱいしているわ」

オクタヴィアはあきれ返った。またとんでもない話が飛び出したわ。それに、どうやら愛人らしい女性と会うところをピップに見せるとは、ミスター・バラクラフはなにを考えているのかしら？

「フィリパ、わたしはどんなことがあってもあなたの叔父さまと結婚しようなどとは考えませんからね！　さあ、家に戻りましょう。午後の残りは精神修養をして過ごすのよ。いらっしゃい！」

ふたりは屋敷へ引き返した。ちょうどそこへエドワード・バラクラフがやってきた。彼はふだん以上にあざけるような笑みを浮かべている。オクタヴィアがいま言ったことを聞いたにちがいない。

「ミスター・バラクラフ！」オクタヴィアは真っ赤になった。「そこにいらっしゃるとは……」

「エドワード！」ピップが叔父に駆け寄った。「ロンドンにいたんじゃないの？　どうしてここに？」

「リゼットを捜しているんだ。アンティグア島からリゼットに手紙が届いていてね。家にいないから、きみたちといっしょだと思っていたが」

オクタヴィアはやっとのことで気を取りなおして言った。「部屋にいません？　部屋で本を読んでいるはずですが」

「いない。いますぐ捜してくれないか。リゼットをほったらかしにしてどれくらいになる?」

オクタヴィアはまたもや赤くなった。今度は怒りからだ。しかし穏やかに言った。「一時間ほどです。本を読み終えたいというので、部屋に残してきました。とくに危険なこととは思えませんでしたので」

ミスター・バラクラフはうなずいた。「ずっと部屋にいたなら、いま捜す必要はない。しかし、現実にはいない。呼びかけても、返事もなかった。リゼットはどこにいると思う、ミス・ペトリー? きみがフィリパと……内緒話をしているあいだ、リゼットは一時間も放《ほう》っておかれたわけだ」

「ミス・ペトリーを怒らないで、エドワード。リゼットは無事よ。塔のてっぺんで日向ぼっこしているんだと思うわ。あそこが好きだから」

「塔のてっぺん……」オクタヴィアは屋敷に急いだ。ミスター・バラクラフにすぐに追い抜かれ、オクタヴィアが塔に通じる階段の下まで行ったときには、彼はリゼットを連れて階段を下りてくるところだった。

「なにを怒っているの、エドワード?」リゼットは面食らっている。「あそこは危険なんてないわ! 手すりは高いし、屋根は頑丈ですもの」

「声をかけたのに、どうして返事をしなかった?」

「聞こえなかったのよ」リゼットはオクタヴィアのところへ来た。「ごめんなさい、ミス・ペトリー。心配させるつもりはなかったの」

「いいのよ、リゼット。一瞬気をもんだけれど、よく考えれば、あなたは分別があるから軽率な真似《まね》はしないわ。あなたがいなかったものだから、叔父さまは心配なさったのよ。本は読み終えた?」

「ええ。そのあと日向ぼっこをしているうちに眠ってしまったの。だからエドワードの声が聞こえなかったのよ。怒らないで、エドワード」

「怒ってはいない。きみがいなかったから心配しただけだ」

リゼットは叔父に頭を振ってみせた。「心配しなくていいのに。この家にいれば、まったく安全よ。わたしを捜したのはなぜ?」

「アンティグア島から手紙が何通か届いている。ジュリア叔母さんからのもあるよ。あとでピップといっしょに来なさい。手紙を渡すから。わたしはその前にミス・ペトリーと話がしたい」

オクタヴィアはむずかしい顔をしているミスター・バラクラフを見てから少女たちに微笑みかけた。

「ふたりとも身なりを整えたほうがいいわね。リゼット、塔は安全でも、あまりきれいじゃないわ。それに、ピップは身なりにもう少し気をつけなければね。きれいにしてから下にいらっしゃい」

ミスター・バラクラフのあとから階段を下り、廊下を歩きながら、オクタヴィアはなんの話かしらと考えた。楽しい話でないのはわかっている。外でピップに言ったことを聞かれたのはまずまちがいない。それについてはとにかく謝ることにしよう。でも、リゼットをひとりにしておいたことで文句を言われたのは心外だ。仕事を怠けたともう一度非難されたら、今度は黙っていられそうにない。

ところが驚いたことに、ミスター・バラクラフはオクタヴィアに椅子を勧めた。そして彼女をちらりと見てから、窓辺まで足を運び、こちらを振り向かずにいきなり言った。「きみはわたしがつらく当たりすぎると思っているだろうね」

「リゼットのことでですか? それは……」

「遠慮しなくていい、ミス・ペトリー。わたしはきみからどう思われているか知っているからね。しかしいまは、それはどうでもいい。それより、リゼットのことでなぜこれほど心を砕いているか、話しておきたいんだ」

「え?」

彼は机の向こうに座った。「きみがわが家の歴史についてどれくらい耳にしているかは知らないが、おそらくピップが自分の知っていることを洗いざらいきみに話しているんじゃないかな。ピップはまちがいなくきみが気に入っているようだ」その口調は、自分はピップに同調してはいないが、とにおわせている。「あの子は手がかかるだろうか?」

「そんなことはありません。かわいいお嬢さんです。それに、たいへん利発です」

「ほう! きみはピップから完全に信頼されているようだ。ピップはもちろんリゼットより頭がいい」

「たしかに切れますね。でも、リゼットはとても魅力的です。社交界では大成功を収めるでしょう」

「きみが社交界についてなにを知っている?」ミスター・バラクラフは冷やかすように言った。

オクタヴィアは唇をかんだ。うっかりしていたわ。自分の生徒が社交界にどう迎えられるかなんて、家庭教師にわかるはずがないもの。しかしすぐに立ちなおり、静かに言った。「リゼットの美しさと他人を思いやるやさしさは、出会った人すべてに愛されるにちがいありません。ここでも、もっと広い世界でも」

「それは小説の読みすぎだよ。そんなたわ言をリゼットの頭に吹き込まないようにしてもらいたいね。わたしの経験では、他人を思いやるやさしさは社交界のレディに求められる資質ではない。よくある資質でもない――」オクタヴィアがはっとしたので、ミスター・バラクラフは途中でことばを止めた。「なにか言いたいことがあるかね? ない? では先をつづけよう。リゼットの美しさは大きな長所だが、あの子には実はもっと頼りになる成功への鍵《かぎ》、最も重要な鍵がある。富だよ、ミス・ペトリー。金だ。リゼットは莫大《ばくだい》な財産の相続人なんだ。これが社交界で成功させてくれる」

オクタヴィアはこれを聞き流せなかった。「わたしはだれの頭にもロマンチックなたわ言を吹き込むようなことはしません。それに、いまおっしゃったようなひねくれた世の中の見方を、若い娘に植えつけたくもありません」

「それはそうだろう。しかしきみの経験は限られている。リゼットがすでにあの年齢で望ましくない結婚を危ういところで免れたことがあるとしたら？」

これは驚きだった。リゼットからそんな話は聞いていない。「アンティグア島でのことですね？」オクタヴィアは慎重に尋ねた。

「もちろんだ。近所の若者が、わたしの姪《めい》と結婚すれば簡単に金持ちになれると考えた。その若者リカルド・アランデスは熱烈に求愛した。リゼットは、たぶんきみも気づいているように、すぐに人の言うことを信じ、相手に好意を持つ性格だ。父親のジョンも同じだった。アランデスは婚約させてほしいとジョンを説得した。幸いリゼットがまだ幼かったので、ジョンは婚約を許したものの、娘が十六になるまでは正式な婚約とは認めないと答えた。そしてリゼットが十六歳になる前に、ジョンはアランデスの本性を知ったというわけだ」ミスター・バラクラフは苦笑を浮かべた。「わたしもそれを確認した。ジョンが婚約の許可を取り消し、リゼットは破滅しか待っていない結婚を免れた。アランデスは悪党だ」

「リゼットはその人を愛していたのですか？」

「まさか！　恋をするにはまだ幼すぎた」

オクタヴィアはトム・ペインのことを考え、微笑んだ。「そうでしょうか？」

ミスター・バラクラフはオクタヴィアを見つめた。「わたしはそれを恐れていたんだ。ミス・フルームならわたしの言いたいことを即座に察してくれただろうが、きみはまだロマンチックなたわ言の切れ端を引きずっているようだな。ミス・ペトリー、わたしの考えをはっきりさせてもらおう。きみの仕事はリゼットの世話をすることで、それには、あの子の叔母と交代するまで、あの子が好ましくない相手と知り合わないようにすることも含まれる。まさかアランデスもウィチフォードまで追いかけてはこないだろうが、彼や財産目当ての男が現れたら、即座にわたしに知らせてほしい」

「ここにいるかぎりその可能性は低いでしょうけれど、そうするとお約束します。ただ、そのためにリゼットを囚人かなにかのように一日じゅう見張るような真似はしたくありません」

「もちろんだ。さっき、リゼットが部屋にいなかったことで過剰に反応してしまったのは認めるよ。義姉《あね》から手紙が届いたばかりだったというのがわたしの言い訳だ。義姉は姪たちに過保護で、わたしがちゃんと面倒をみていないと文句をつけたがっていてね。どうやら手紙を読んだ影響がまだ残っていたらしい」彼は口をつぐんだ。

オクタヴィアはほんのつかの間待ってから言った。「お話はそれだけですか？」

「え？　ああ、そうだ。姪たちに来るよう言ってもらえるかな？」

オクタヴィアはドアに向かった。

ドアを開けたとき、彼が言った。「ところで、ミス・ペトリー」オクタヴィアは彼に向きなおった。「ピップを黙らせておくのは無理だとわかってはいるが、わたしのことをピップとあれこれ話すのはやめてもらいたい。とはいえ、たとえどんなことがあってもきみがわたしに言い寄る気がないのがわかって、ほっとしたよ」彼は満足そうな笑みを浮かべて椅子に座りなおし、オクタヴィアは赤くなりながら急いで部屋を出た。

5

エドワードはにやにや笑いを浮かべたまま、手紙を自分のほうへ引き寄せた。義姉から来た手紙だ。案の定、そこには彼の生活態度への辛辣《しんらつ》な意見と、姪《めい》たちについての指示と、不吉な知らせがごちゃまぜに書かれていた。ミス・フルームを首にして、さほど経験のない若い家庭教師を新しく雇ったと知ったらジュリアがどう言うかは、考えたくもない。しかし今回に限っては、ジュリアが気をもむのもある程度しかたがない。リカルド・アランデスがアンティグア島を離れ、ヨーロッパに向かったというのだ。ジュリアはリカルドがリゼットに会おうとするのではないかと心配している。

エドワードはため息をついた。ウィチフォードでの生活は恐れていたほどひどくはない。それどころか、ときとして実に楽しい。しかし姪たちを愛しているとはいえ、ジュリアのけがのせいで生じた隙間《すきま》を埋める役が自分に回ってこなければよかったのにと思う。無防備な少女ふたりのお守りというのは大の男のやる仕事ではない。ひっきりなしに問題が起きるし、その間自分の私生活はないがしろになる。ルイーズは長く放《ほう》っておかれて我慢のできる女ではない。しかもつい最近訪ねていったときは、楽しめなかった。うんざりするほど独占欲の強い女だとわかったのだ。会っていないときにこちらがなにをして過ごそうが、彼女の知ったことではない。もちろん、なにをして過ごしているかは答えなかったが、田舎で若い娘ふたりにさえない服装の若い女性といっしょに暮らしていると話したとしても、なんとばかげた話だと、信じなかったにちがいない。こちらもそう思っているのだから！　しかし、だからといって、会っていないときにこちらがどこでなにをしているか、愛人に知る権利があるというわけではない。ルイーズは美人だが、ときどき声が甲高くなって癇《かん》に障る。それを言えば、わたしは外務省のご老体連中にも我慢ができなくなってきており、時間を浪費しているような気がしはじめている。いったいいつになったらあの連中は十八世紀の政治はもう過去のもので、世の中は十九世紀に入っていることに気がつくのだろう？

しかしこうした状況でも、ひとつだけ見通しの明るい点がある。あまり認めたくはないが、ミス・ペトリーはあれほど若くてきれいなのに家庭教師兼話《コン》し相手《パニオン》としては優秀なようだ。エドワードはついさっきからかったときにミス・ペトリーが見せたとまどいぶりを思い出し、もう一度にやりとした。頬が真っ赤だったぞ。いい気味だ！　自分のことをあんなに蔑《さげす》んだ言い方をされて不快に思わない男などいるものか。たとえちっぽけな家庭教師に言われたのだとしても！

いや、それはちがう。ミス・ペトリーは小柄だが、ちっぽけではない。とても魅力的な若い女性だ。リゼットもピップもミス・ペトリーが本当に好きだし、使用人たちも心から敬意を払って接している。ミス・ペトリーはどんな境遇で育ったのだろう？　推薦状を一通もらったが、ちらりと見ただけでくわしく読まずに片づけてしまった。エドワードは引き出しの鍵《かぎ》を開け、書類ばさみから推薦状を取り出した。書いたのはルートワース・コートのレディ・ドーニーで、知性と教養のある婦人らしい。エドワードは二、三年前にジェラード・ドーニーに会ったことがあるのを思い出した。レディ・ドーニーは明らかにジェラードの母親だ。推薦状はオクタヴィア・ペトリーを文句なしに推薦し、その根気、能力、信頼性、高い教育水準を褒めている。長所だらけで、まさしく理想の家庭教師という感じだ。気むずかしいところのないミス・フルームというわけだ。これではまったく退屈だ。

それなのに、ミス・ペトリーは退屈な人間とはほど遠いという気がしてならない。なぜだろう？　服装は地味で、人を魅了しようという気がないかのようだ。最初会ったときにボンネットからこぼれていたのを見ていなければ、彼女が蜂蜜《はちみつ》色の巻き毛の持ち主だということも知らずにいただろう。髪はいつもひっつめにしているか、キャップで隠している。背はとくに高くはなく、体つきはほっそりしている。忘れな草を思わせる青い瞳を除いて、ルイーズのような女性が好みの男にとって、ぐっとくるところはどこにもない。エドワードは先日会ったときの、やや癇に障るとはいえまだ魅惑に満ちたルイーズの姿を思い出そうとしたが、ミス・ペトリーの面影がそれをじゃました。

ミス・ペトリーは退屈な女性ではない。頭の回転が速くて愉快だ。それにあの尊大な首の傾け方やまっすぐに伸ばした背筋、ほっそりした首というように、あの小柄な姿にはなにかがある。身のこなしは優美で、態度は控えめだが、腰が低いわけでも慇懃《いんぎん》でもなく、卑屈でもない。ピップのように自分の考えを持ち、ピップよりそれを隠すのはうまいが、反対意見を言うべきときには言う。

これはおもしろい。どうせウィチフォードにいなくてはならないのなら、姪たちの家庭教師をもっとよく知るために時間を費やすべきかもしれないぞ。エドワードはにやりとしつつ、自分はまったく安全だと考えた。つかまる危険はない。ミス・ペトリー自身の口から、ミスター・バラクラフを結婚相手として考える気はない、どんなことがあっても、と言うのを聞いたのだから。一瞬、彼はミス・ペトリーがまちがっていることを証明したい衝動に駆られたが、即座に考えなおした。やってみればおもしろいだろうが、家庭教師を誘惑したりはしない。いやしくも紳士ならば。

というわけで、エドワードは姪たちの教育の進み具合を前より気にするようになった。そしてミス・ペトリーの教育法は、ミス・フルームのやり方から見れば型にはまらないものであるのがわかった。しかし驚いたことに、遅れていた分がこの方法でたちまち取り戻せたのだ。午前中の学習用にあてられた部屋から笑い声が聞こえてくるのはしょっちゅうだが、笑い声はすぐにやんで、熱のこもった解説があり、そのあとは静かになったり質疑応答があったりする。ミス・ペトリーがなにかを読み上げることもあり、その声は美しく、低めで、ややかすれている。

お天気がいいと、午後、家庭教師は生徒を外に連れ出した。エドワードはときおりそれに加わって、学習が午前中の教室のなかだけで行われるのではないのを知った。姪たちは外で遊んでいるうちに知らず知らずずいぶん多くのことを学んでいる。芸術家、音楽、歴史、西インド諸島とウィチフォードの植物のちがいなど、さまざまなものが題材に取り上げられ、つまらない話題だとわかればそこで話は終わり、おもしろければ翌日もつづく。最初、ミス・ペトリーは彼がいるのが気になったようだが、慣れてくると、彼を利用して話題の範囲を広げるようになり、エドワードはこれまでに旅した地について三人から細かな質問を受けた。

姪はふたりともノートをつけている。リゼットのは植物を記録するためので、繊細な線で描かれた樹木や葉や最近咲いた花は、きちんと日付を入れて残された。なかには淡い水彩画に変身したものもある。ピップは植物より動物や建物に興味を示し、ノートは鳥や鼠《ねずみ》、昆虫、窓、破風、煙突などの一風変わったスケッチでいっぱいだ。それぞれの寸法や目についた点が丁寧に記され、ミス・ペトリーの点検を受けた。

そしていつも散歩の途中でゲームかなにか、体の運動になる遊びがあった。ピップは促す必要もなかったが、リゼットすらいやがらずに駆けたり飛び跳ねたりした。

ある日の午後、笑い声と大声に引かれてエドワードが外へ出ると、姪たちは特別動きの激しい球技を楽しんでいる最中だった。ミス・ペトリーも含めて三人とも芝生を駆け回っている。リゼットが必死でミス・ペトリーをかわし、ピップにボールを投げた。にぎやかで活発な光景だったが、ミス・ペトリーはエドワードが来るのを見てゲームから抜け、あわてて髪や服装の乱れを直そうとした。髪をねじっていつもの髷《まげ》にまとめようとしているところへエドワードが到着した。「こんにちは。不意打ちですのね」頬が上気し、息を切らしているミス・ペトリーの挑むような態度を、エドワードは愉快に思った。

「ミス・ペトリー、足が速くてけっこうだ。ミス・フルームならあれほど敏捷《びんしょう》には逃げられない」

「お気に召さないということですか？」

「なにが？」

「わたしたちのレディらしからぬふるまいが、です」

エドワードは姪たちを見て首を振った。「イギリスに着いて以来、こんなに楽しそうにしているふたりを見るのは初めてだ。リゼットはとくに。気に入らないはずがないよ」彼はミス・ペトリーの表情を見て笑った。「わたしは鬼のように見えるのかな？」

「お、鬼？　い、いいえ、もちろんそんなことはありません。失礼、ふたりを家に入らせませんと。体が冷える前に着替えなければなりませんので。リゼット！　ピップ！」ミス・ペトリーは妙にぎごちない会釈をして、ふたりのところへ行った。エドワードは姪たちが彼女に駆け寄り、両側から腕を取ってこちらに来る光景に胸を熱くした。リゼットとピップはいつものように情愛をこめて彼に挨拶《あいさつ》をしたが、ミス・ペトリーがもう家に入りなさいと命じると、それに従った。

「きみはよくやっているよ、ミス・ペトリー」エドワードはふたりのあとから家に向かいながら言った。「きみを家庭教師に選んで、結局は正解だった」

「選んだですって？」ミス・ペトリーは冷やかすような表情を浮かべた。「どうせだめだろうとお思いになった印象を受けましたけれど？」

「きみでは美人すぎると思ったんだ。教えてくれないかな。なぜ髪をそんな不格好な髷に結っているんだ？　巻き毛のままのほうがずっと似合うのに」

言ったとたん、エドワードは後悔した。家庭教師が雇い主からこのように個人的な感想を言われたら、とまどうはずだ。ところがミス・ペトリーは顔を赤らめるでもうろたえるでもなかった。ふいに瞳があの忘れな草の色を失って氷の青に変わったかと思うと、冷たい表情でエドワードを凍らせた。「家庭教師にはふさわしくありませんので。失礼」冷ややかにそう言って足を速めた。

エドワードは玄関で彼女に追いついた。「許してほしい。無礼きわまりないことを言ってしまった。どうか詫《わ》びを受け入れてもらいたい」

ミス・ペトリーはまだ氷の衣をまとったままためらいを見せた。「わかりました。では、姪ごさんを見に行かなければなりませんので」軽くお辞儀をして、階段に向かった。

エドワードは書斎に行き、どさりと椅子に腰を下ろした。わたしはなんという愚か者だ。なぜあんなくだらないことを言ってしまったんだ？　いや、そうくだらなくはなかったぞ、と内心でささやく声がある。ミス・ペトリーは髪をひっつめにしていないほうがきれいだ。エドワードはその声を的外れと判断した。彼女は家庭教師なんだぞ。家庭教師にあんな褒めことばはかけるものじゃない。社交界の花形や愛人あたりにお世辞として言うせりふだ。

そもそも、わたしはなんだってあんな状態に陥ってしまったのだ？　詫びまで言ったりして。好きなタイプの女性でもないのに！　ひどいのは、髪型について感想を述べるなんて無遠慮だという気分にさせられてしまったことだ。いったいあの家庭教師は自分をなにさまだと思っているのだ？

エドワードは椅子から立ち上がって部屋を出ると、馬丁を呼んだ。どうにもむしゃくしゃする。野原を馬で思いきり走れば、気が晴れるかもしれない。

オクタヴィアはミスター・バラクラフが馬に乗って出ていくのを窓から見つめた。彼は気分を害したようだわ。オクタヴィアはため息をついた。彼が怒ったとしてもふしぎはない。髪のことを言われて、わたしは思わず四代目伯爵の娘レディ・オクタヴィアとして反応を返してしまったのだから。家庭教師なら、うろたえたとしても、雇い主を怒らせないように気を遣ったはずだわ。雇い主が自分の非を認め、謝ったばかりなのだから、なおさら。本当は、彼から言われたことをうれしく思っている自分に驚き、とまどってしまったのだけれど。社交界でちやほやされていたころはさまざまなお世辞を言われたけれど、心を動かされるような褒めことばは本当に少なかった。なぜエドワード・バラクラフのことばがあんなにうれしかったのだろう？　彼はわたしが好ましく思うようなタイプではないのに。なぜわたしはあれほどうれしかったの？　さっぱりわからないわ！　オクタヴィアは窓に背を向け、室内を行ったり来たりしはじめた。

なんとかしなければ。この状況こそ、わたしを雇うのに乗り気でなかったミスター・バラクラフが恐れていたものだ。若すぎるし美人すぎる。彼がわたしを雇うのを渋った理由はそれだった。頭が空っぽだからと。頭が空っぽでないことはもうわかってもらえたけれど、いまごろ彼は、つい油断して姪たちの教育のしかたを褒めたことを後悔しているにちがいない。オクタヴィアはいらだちのため息をついた。彼の先入観を打ち破るのにたいへんな苦労をしたのに、いまはそれがむだに終わったような気がする。今度彼と顔を合わせたときには、元どおりの立場に戻ってしまうにちがいない。

オクタヴィアは窓辺の椅子に腰を下ろした。この数週間はとても楽しかった。リゼットとピップは思っていたとおり、のみ込みが早くて、心がやさしくて、それぞれ独自の想像力に富んでいる。ふたりを教えるのは喜び以外のなんでもない。それに、最近ではミスター・バラクラフのべつの一面を見てしまった。彼はもはや鬼のようには思えない。午後の散歩に加わるようになってから、前より人間味のある人に思えてきた。彼には思いがけなくユーモアのセンスがあり、しかもそのユーモアには気のきいた皮肉が隠されている。彼との会話を楽しく思うとは、自分でも意外だった。そう、エドワード・バラクラフは最初思っていたよりずっとおもしろい。

そんな気持ちを、わたしは彼に見せすぎてしまったのだろうか？　彼は、義姉が到着するまでどうせここにいなければならないのだから、少しくらい余分に楽しんでもかまわないと考えはじめたのだろうか？　家庭教師に軽口を叩《たた》いてもかまわないと。オクタヴィアは部屋の真ん中で立ち止まった。これはまずい。もしもそうなら、それはまちがいだと、できるだけ早く彼に思い知らせないと。休みをとらなければ。あす彼に話をして、前に約束してもらった休みをもらおう。ここに戻ってきたときには、これまでより抑えたふるまいができるはずだ。

ミスター・バラクラフから、その夜の夕食をリゼットともども、自分ととってほしいという要望があり、オクタヴィアの疑念はふくらんだ。これまで彼はひとりで夕食をとっている。今夜はなぜそれを変更したのだろう？　オクタヴィアはなにか口実を見つけて断ろうと考えたが、リゼットからそばにいてほしいと懇願された。

「断らないで、ミス・ペトリー！　いっしょにいてもらわないと、わたし、なにを言ったりしたりすればいいのかわからないわ」

「なにを言っているの、リゼット。毎日あなたとピップとわたしの三人で夕食をとっているけれど、あなたの作法はいつも完璧《かんぺき》よ」

「いっしょにいてくださらないと、きっと作法を忘れてしまうわ。エドワードは大好きだけれど、とても威圧的になるときがあるのよ。政治の話をしているときはとくに。それに、わたしが階下《した》で夕食をとるのは今度が初めてなの。緊張してなにも言えそうにないわ。だから、どうか断らないで！」

そこでオクタヴィアは折れ、リゼットがドレスを選ぶのを手伝ってから自室に戻り、自分のドレスを調べた。ウィチフォードで過ごすための昼用のまずまず地味なドレスは比較的選び出しやすく、それにショールやスカーフを組み合わせれば、少女たちといっしょにとる夕食にふさわしい装いになる。しかしそれより形式ばったドレスは、大半が派手すぎるか豪華すぎるかで、家庭教師が着そうなものは一着もなかった。結局こちらに持ってきたのは、母が亡くなったあとの喪の期間に着ていた濃いグレーのモスリンのドレスで、胸のくりが浅く、袖《そで》も肘まである。オクタヴィアはこれを着て、母のものだった幅広のレースのカラーで飾った。髪はいつもの髷に結い、同じレースの小さなキャップをつけた。巻き毛を散らしたい誘惑には断固として抗《あらが》った。

夕食の時刻になるとリゼットを迎えに行き、連れだって階段を下りた。階段の下にはミスター・バラクラフがいた。一瞬、彼はにこりともせずにふたりを見つめた。夜会服姿の彼はなんて気品があるのかしら。オクタヴィアはまず最初にそう思った。そしてつぎに、洗練された社交界の衣服がどれだけ似合っても、本当の姿を隠すことはできないわと考えた。金髪で青い瞳をした愉快な初恋の相手と、眉に傷跡のある、日に焼けてたくましくて裕福で、容赦のない雰囲気を漂わせたこの人ほど、対照的な男性もいないだろう。

階段の上はほの暗く、エドワードには最初ミス・ペトリーが見えなかった。リゼットのうしろにいて暗い色のドレスを着ているので、目に入らなかったのだ。ついでミス・ペトリーが動き、白いのどが見えた。手が上がってリゼットの姿勢を直し、励ますように肩を軽く叩いた。ふたりはいっしょに階段を下りはじめた。リゼットは白いドレス姿で、濃いブルーの瞳を星のように輝かせ、興奮で頬を上気させている。エドワードは誇りと喜びで胸がいっぱいになった。驚くばかりの美しさはべつとして、リゼットはちょっと緊張したごくふつうの十六歳の娘に見える。両親が事故死して以来ずっと彼女を包んでいた悲しげなようすはほとんどなくなっている。

エドワードはついでミス・ペトリーに目を向けた。白いレースのカラーのついたグレーのドレスを着て、髪は小さなキャップの下にきっちりとまとめられている。その結果、クエーカー教徒のような慎《つつ》ましさをかもし出しているが、それにもかかわらず、一介の家庭教師からは想像もつかない、なにか形容しがたい品格を漂わせている。それはなんなのだろう？

エドワードはわれに返った。今夜ふたりを夕食に招待したのは、厳格な義姉が来る前にリゼットの教育がどれくらい進んだかを確かめたかったからだ。リゼットの礼儀作法が以前よりひどくなっていたら、ジュリアは手厳しく文句をつけるにちがいない。それに、きょうの午後衝突してから、もっと堅苦しい席でミス・ペトリーがどうふるまうかを見たくてたまらなくなったからでもある。

「リゼット、そのドレスはとてもよく似合うよ」

「ミス・ペトリーが選んでくださったの。それに、ドレスに組み合わせるものを選ぶのも手伝っていただいたの。気に入ってもらえてうれしいわ」

エドワードはミス・ペトリーのほうを向いた。

「それでは食堂に行こうか」

リゼットの礼儀作法が申し分ないことはすぐにわかった。それればかりか、ミス・ペトリーの作法の水準は厳格なジュリアに負けず劣らず高いらしい。自分と同じテーブルについている優美に装ったふたりが、きょうの午後芝生を駆け回っていたのと同じ女性だとは信じられないくらいだ。最初、リゼットは初めて体験する正式な場の雰囲気に緊張し、ことば数も少なかった。しかし、ミス・ペトリーがリゼットの知っていることを話題にしたり、アンティグア島での生活について尋ねたりと、実にうまく会話に誘導しているのにエドワードは気づいた。しばらくするとリゼットは自信を取り戻し、まったく自然にことばを交わしていた。

エドワードは家庭教師に注意を向けた。この家庭教師には会うたびに面食らわされる。リゼットをよく見せようとする努力には驚きもしないが、そうしているあいだのミス・ペトリーの態度、落ち着き、自信はたいしたものだ。それに、地味な装いをしてはいるが、よくよく見るとレースのカラーは高価なものだとわかる。ミス・ペトリーはどんな家庭で育ったのだろう？　レディ・ドーニーの推薦状は熱のこもったものだったが、親戚《しんせき》の年寄りの世話をしなければならないこと以外、家族に触れている箇所はなかった。そろそろ探りを入れてみるとしよう。リゼットが午後のゲームのことを話していた。

「三人ともずいぶんと楽しそうだったね。だれに教えてもらった、リゼット？」

「ミス・ペトリーよ。ゲームをいっぱいご存じなの。きょうだいとよく遊んだんですって」

「お宅は大家族だったのかな、ミス・ペトリー？」

「ええ。わたしが末の子供です」

「八人きょうだいかな？　名前がオクタヴィアだから」

「ええ、もともとは八人でした。でも、兄がひとりワーテルローの戦いで戦死しています」

「ワーテルローは戦死者が多かった。かろうじて勝った戦いだ。お兄さんはどの連隊に？」

「五十二連隊です」

「精鋭部隊じゃないか。お兄さんのことが誇りだろうね。すると軍人一家なのかい？」

「いいえ。軍隊に入ったのは兄のなかではスティーヴンが初めてでした」ミス・ペトリーはそう答え、エドワードがさらに尋ねる暇もないうちに先をつづけた。「前にうかがったお話からすると、あなたはワーテルローの戦い当時インドにいらしたのですね？」

「そう、マドラスにしばらくいた」

「おもしろい体験でしょうね。向こうの生活はうわさどおりにたいへんなんですの？」

リゼットが自分では気づかないうちに質問攻めにら

して協力したおかげで、ミス・ペトリーは話題を自身の身の上からそらし、エドワードのインドでの生活に移した。故意にそうしたのだとすれば、実に巧みなやり方だったが、エドワードは長く待つつもりはなかった。会話がとぎれるとすぐに言った。「ミス・ペトリー、レディ・ドーニーとはどうやって知り合いに？」

ややや間があった。「わたしが働いていたお宅の知り合いだったんです」

「家庭教師として？」

「いいえ。たしか前にもお話ししましたが、あるご老人のお世話をしていたんです」

「なぜその仕事を辞めたんだね？」

「すっかり辞めてしまったわけではありません。しばらく気分転換を図ることにして……。だから今度の仕事は好都合でした。いまはほかの人が世話をしています」

「なるほど。それでレディ・ドーニーはその人の友だちというわけかな？」

ミス・ペトリーはどこか落ち着かなげだった。

「ええと……遠い親戚に当たります」

「きみの友だちでもあるのかい？」

「そう願っています。あの……わたしより年上で、わたしとはちがった生活を送ってきた方なんです」

「ちがうとはどのように？」

ミス・ペトリーはまっすぐ彼を見た。「レディ・ドーニーは裕福な未亡人です。それに、たいへん尊敬されています。推薦状をと言われたとき、真っ先にレディ・ドーニーにお願いしようと思いました。あの推薦状ではご不満でしょうか、ミスター・バラクラフ？　ほかの方にもお願いできますが」

「それは必要ない。あの推薦状は申し分ないものだ。それにわたしはドーニー家を知っている」

「よかった！」

またた。またどこか挑むような辛辣な響きがある。使用人の大半はこういう場合、ほっとして口ごもるものなのに。

ミス・ペトリーが先をつづけた。「実は近いうちにお休みをいただきたいのですが。アシュコムを訪ねたいんです。ときおり家族を訪ねていいという約束でしたし、まだ一度も帰っていません」

エドワードはなぜかこの頼みを断る口実が思いつけばいいのにと思った。しかしなにも思い浮かばない。「もちろんかまわないとも。あすわたしはロンドンへ出かけるが、そのあとなら二、三日こちらにいるようにできる。今週の週末はどうかな？」

「ミス・ペトリー、どうしてお休みをとるの？　ピップとわたしが寂しくなるわ！」リゼットが叫んだ。

「すぐに戻ってくるわ」ミス・ペトリーは微笑《ほほえ》んだ。「長くとも二日よ。ええ、今週末でけっこうです、ミスター・バラクラフ」

「でも――」

「ミス・ペトリーを困らせてはだめだ、リゼット。会いたいのは親戚のご老人だけではないのかもしれないからね。ハンサムな男性とか」

「そんな人がおありなの、ミス・ペトリー？」

「いないわ、リゼット。ハンサムな男性は来年の春社交界にデビューする若くて美しいレディのためのものよ」ミス・ペトリーはリゼットにやさしく微笑みかけたが、つぎにエドワードのほうを向いたとき、その微笑は消えていた。「ミセス・バラクラフのおけがが早く治って、予定どおりイギリスにいらっしゃれるといいですけど。なにか新しい知らせはありました？」

エドワードはいまのところは負けておくことにした。ミス・ペトリーの家庭環境について探りを入れるのはつぎの機会にしておこう。「わたしの知るかぎりでは、脚は順調に回復している。できるだけ早くこちらに来るんじゃないかな。きみはそれほどいまの仕事から解放されたいのかい？」

「いいえ、そんなことは。お約束どおり二カ月はこちらにいます。そのあとは——」

「事情次第だ」

「そうですね、ようすを見ましょう。そろそろわたしたちは失礼します。葉巻とポートワインをお楽しみください。では、リゼット」

「客間でうわさ話のおしゃべりはしないのかい？　あとでわたしも合流するが」エドワードはからかうような笑みを浮かべて尋ねた。

「やめておきます」

彼はそのきっぱりとした態度を挑戦と受け止めた。

「どうしてもと勧めたら？」

「その場合はもちろん応じます。でも、そんなむちゃなことはおっしゃらないでしょう？　今夜のリゼットの礼儀作法には満足なさったと思いますけど、リゼットは夜こんなに遅くまで起きているのに慣れていないんです」

エドワードは姪を見て、目をぱっちりと開けていられない状態なのがわかり、笑った。「きみの言うとおりだ。それに、わたしはリゼットのふるまいをうれしく思っている。きみの教え方に満足しているよ、ミス・ペトリー。ミス・フルームではとうていここまでできなかったはずだ。では、おやすみ」

リゼットが叔父を抱きしめ、眠たそうに言った。「おやすみなさい、エドワード。すてきな夕べをありがとう」リゼットはドアに向かった。家庭教師がそのあとにつづいた。

「ミス・ペトリー」

「はい？」

「いつかお兄さんのことをもっと話してもらいたいね。それともアシュコムまでわたしが送ろうか？」

ミス・ペトリーは一瞬目を丸くしたが、落ち着いて答えた。「その必要はありませんわ。二輪馬車を使ってもいいという許可をいただいていますし、自分で御せますから。お手をわずらわせるわけにはいきません。楽しい夕べをありがとうございました。おやすみなさい」

エドワードはドアまで家庭教師を見送った。ミス・ペトリーは頭のてっぺんが彼の肩に届くか届かないかという背の高さだ。しかし裳裾《もすそ》を引いて優雅に階段を上がっていくその姿勢には意気と誇りが十二分に感じられる。まったく、なんとめずらしい家庭教師だ、ミス・ペトリーは！

6

翌日、オクタヴィアはピップに手を焼かされた。ピップは自分だけ叔父との夕食に招待されなかったことにかんかんに腹を立て、どうなだめてもなんの効き目もなかった。リゼットが、週末の丸々二日間ミス・ペトリーが留守になると告げると、ピップの怒りはさらに増した。午前の学習時間中、ピップは少しも言うことを聞かず、昼食をとろうともしなかった。午後は、ほかのふたりの支度ができる前に外へ出ていってしまった。

オクタヴィアはすぐには追いかけなかった。ピップはもともと聞き分けのいい子だ。少しのあいだなら危ない目に遭うことはないだろうし、しばらくひとりで過ごすのはおもしろくない気分を晴らすのに役立つだろう。そこでオクタヴィアとリゼットは数分たってから湖沿いに対岸の森に向かって歩きはじめた。木々の葉が急速に色を変え、これまで以上にあざやかになっている。リゼットがそれに魅せられ、ノートにはさむ葉を集めたので、思ったより時間がかかった。

屋敷を出発したとき空は快晴だったが、いまは雲が出て、空気もひんやりしてきた。モスリンのドレスに軽いジャケットという服装では肌寒い。オクタヴィアはそろそろピップも機嫌を直しているころだと考えた。ピップを捜し、家に帰らなくては。

ピップを見つけるのに小道や灌木《かんぼく》の茂みを捜しても意味がない。木に登る癖があるのだから。ところがピップのお気に入りの木を残らず捜し、大声で名前を呼んでも、ピップは現れなかった。わざと隠れているらしい。オクタヴィアは腹が立つと同時に心配になった。大粒の雨が降りはじめ、リゼットが震えだした。オクタヴィアはジャケットを脱ぎ、リゼットが抗《あらが》うのを無視してそれを羽織らせた。ふたりはさらに屋敷から遠いところまでピップを捜した。そしてついに、湖の奥のほうの岸辺に枝を伸ばしている木に赤い服がちらりと見えた。

オクタヴィアは激しい怒りを覚えた。湖の岸辺の木には登ってはいけないことになっている。ほかの木はどれも、登っていいのは低い枝だけだ。ピップは大事な規則をふたつも破った。でも、いまは怒りをあらわにしている場合ではない。雨脚は激しくなっているし、三人ともびしょ濡《ぬ》れになりかけている。ピップを緊張させたり怒らせたりしてはならない。こんな状態で木から下りるのはそう簡単ではないだろうから。オクタヴィアはできるだけさりげなく声をかけた。

「よかった！　どこにいるのかと思っていたのよ。

機嫌は直った？　もう下りられる？　そこにいたら濡れるわ。みんなで帰りましょう」

「この木に登ったことで怒らない？　きっと怒られるわ」

「それならなぜ登ったの？」

「すまないと思ってもらいたかったからよ！　先生がどこにも行かないと言うまで、ここから下りないわ！」ピップは挑むように言い、さらにつけ加えた。

「ミス・フルームなら二日もわたしとリゼットだけにしないわ。先生もそうすべきよ」

「わたしを怒らせてもよくはならないわ。もっと長くお休みをとろうと思うかもしれないでしょう？」

「それに、わたしたちだけになるんじゃないのよ、ピップ」リゼットが言った。「エドワードがいるの。エドワードがいてくれたら、うれしくない？」

「エドワードはわたしがじゃまなのよ！　わたしだけ夕食に招待してくれなかったわ」

「エドワードはあなたといっしょにいたいのよ。あんなに忙しいのに、ウィチフォードで過ごす時間はたっぷりとっているわ」

「いいえ、ちがうわ！　エドワードはそもそもわたしたちをここに連れてきたくなかったんだから」

オクタヴィアは前より威厳をこめて言った。「フィリパ、わたしはびしょ濡れで、腹を立てるどころではないわ。それに、かわいそうにリゼットは寒くて震えているのよ。あなたを見上げていたら、首が凝りそうよ。地上《テラ・フィルマ》で話し合いましょう」

「それってどこかわからないわ！」

「知っているはずよ。地面よ。下りていらっしゃい、ピップ。家に戻って、暖炉に当たりながら焼いたマフィンをいただきましょう。退屈なディナーよりそのほうがいいわ」

マフィンが大好きなピップは少し迷ったあと、枝から幹へと移動しはじめた。枝が濡れていて足がすべる。オクタヴィアはただ息を殺して見守るしかなかった。しかしピップはそばの枝につかまり、体を安定させた。そして不安そうに下を見た。「わたし……下りられない！」

「もちろん下りられるわ、ピップ。登ったんですもの、下りられるはずよ」

ピップはそろそろと幹に近寄り、幹に着いたとたん、また足をすべらせた。鼓動の止まるような一瞬、今度こそ落ちそうに思えた。だが今度も体勢を立てなおし、どうにか体をひねって幹にもたれ、しゃがんだ。「ミス・ペトリー！　お……下りられないわ。足がつるつるすべるの。下りられない！」

オクタヴィアの心は沈んだ。恐れていたとおりになってしまった。ピップは怒った勢いで木に登ったが、いまは自分がどれだけ危ない場所にいるかわかっている。勇気がないのではなく、ふつうならちょっとためらったあとで下りてきたことだろう。でもいまはびしょ濡れで寒く、おそらくおなかもすいている。恐怖で文字どおり体がこわばっているのだ。

「ミス・ペトリー！」ピップの声はおびえていた。「どうすればいいの？　わたし、怖い！」

オクタヴィアはリゼットのほうを向いた。「家まで助けを呼びに行って！　わたしはここに残るわ」

リゼットはおびえた目で妹を見上げた。「わたしがいなくていいかしら？」

「走るのはあなたのほうが速いわ。さ、早く！」オクタヴィアがほっとしたことに、リゼットはそれ以上ためらわずに駆けだした。

オクタヴィアはどうすべきかをすでに決めていた。リゼットが屋敷に戻るには湖をぐるりと回らなければならない。そのあいだにピップの感じる寒さは増すばかりで、体もずっとこわばってしまう。ピップをひとり残せば、もう一度下りようとして、ひどい結果を招きかねない。

オクタヴィアは木をざっと眺めた。昔、これより登りにくい木に何度も登っている。彼女は小柄ながら敏捷《びんしょう》だ。でも、長いスカートがじゃまになる。そこでストッキングを脱ぎ、それをサッシュがわりにしてスカートを膝上までたくし上げた。そして靴をはきなおし、木の上に声をかけた。「そこにいて、ピップ。いまわたしが行くわ」それから木を登りはじめた。雨粒が顔に落ち、目に入ったが、そんなことは意に介さず、上でおびえている少女のところまで行くことだけを考えた。ピップのすぐそばの足場のしっかりしたところにたどり着き、少女を引き寄せて幹にもたれたときは、心底ほっとした。ふたりとも寒くてびしょ濡れだったが、ここで助けを待たなければならない。自分ひとりでピップを地面に下ろすのはどう見ても無理だ。

エドワードはロンドンから予定より早く帰ってきたばかりで、玄関ホールで濡れた帽子と外套《がいとう》を脱いでいるところだった。そこへリゼットが駆け込んできた。エドワードはリゼットの取り乱した顔とぐっしょり濡れた服をひと目見るなり声をあげた。「なにがあったんだ？　ピップか？　ピップはどこにいる？」

リゼットは泣きながら事情を話した。支離滅裂な話し方だったが、ピップと家庭教師のいる場所がわかったとたん、エドワードは馬丁に湖まで馬車を出すよう命じた。

最初彼は、リゼットがまちがった場所を教えたのだと思った。言われた木の下には人影などない。ところがそのとき、声が聞こえた。見上げると、木の幹と枝のあいだのくぼみに濡れた服のようなものが見える。ミス・ペトリーだ。それに彼女が抱きしめている赤いジャケットと黒い巻き毛が見分けられた。

「はしごを持ってきてくれ！」エドワードは馬丁に

大声で命じた。「それと人を何人か。毛布もだ！」

彼は上着を脱ぎ、木を登りはじめた。雨はまだ激しく降っており、手も足もすべりやすい。いったいミス・ペトリーはどうやってあのくぼみまでたどり着いたのだろう？

ふたりの近くまで登ったとき、家庭教師の声が聞こえた。「ほら、叔父さまよ、ピップ。よかったわね」穏やかなその声からはうれしさ以外は感じ取れなかったが、ミス・ペトリーの顔にはピップを抱き寄せて木の幹に背中を押しつけている疲れと緊張が表れている。少女をかばいながら自分たちふたりのバランスをとるにはたいへんな労力を要するはずだ。ピップはミス・ペトリーの胸に顔をうずめ、どこにも行かせないというように肩にしがみついて震えている。パニック状態に陥り、地面まで下りられなくなってしまったのだ。まずはピップを安心させなくてはならない。

エドワードはふたりを見上げて笑いかけた。「わたしもそこに行っていいかな？」それから勢いをつけてふたりのそばまで上がっていった。

ピップは顔を隠したまま、ミス・ペトリーの肩にさらに強くしがみついた。ミス・ペトリーが言った。「まずピップと仲直りなさったほうがいいんじゃないかしら、ミスター・バラクラフ？」

「なんのことで？」

「ゆうべのディナーに招待しなかったことで」

「ピップが気に病むとは思いもしなかったよ！　きょうの午後、暖炉の前でマフィンを食べるほうがずっといいだろうと思ったんだ。それできょうは早めに帰ってきたんだよ」

ピップが頭を起こし、小さな声で言った。「本当？　本当に早めに帰ってきたの？　それだけのために？　わたし、マフィンが食べたい」

「それならここから下りよう。ミセス・ダットンは待たされるのが好きじゃないからね。ミス・ペトリー、ピップをこちらに」エドワードの低くて落ち着いた声が功を奏し、ピップはおとなしく彼に身を預けた。エドワードはミス・ペトリーに微笑《ほほえ》みかけた。「残念ながら、きみにはここで待ってもらわなくては。でも、すぐに戻ってくる。ほら、ピップ、はしごがあるぞ。ほんの少し下りればいいだけだ。行こう」

彼はピップを抱きかかえるようにして、馬丁のジェムと庭師が運んで立てかけてくれたはしごまで誘導した。それからいっしょに地面まで下りた。

「ジェムといっしょに行くんだよ」彼はピップを毛布でくるんで抱きしめた。「家に連れて帰って体を温めないと。家にはリゼットがいる。わたしはミス・ペトリーを助けなければならないからね」

ジェムが出発し、エドワードは木に注意を戻した。はしごの最下段に足をかけたとき、ミス・ペトリーが自分で下りようとしているのに気づいた。

「そんなばかなことをしてはだめだ！　待って」彼がはしごを上がりはじめたちょうどそのとき、ミス・ペトリーがはしごまでもう少しのところの枝で足をすべらせた。

心臓が止まるかと思われた瞬間、ミス・ペトリーは頭上の枝につかまり、必死でぶら下がった。手が持ちこたえられなくなる寸前にエドワードは彼女をつかまえ、ひと声うなりながら自分のほうへ引き寄せた。

「待てと言ったのに」

「ま、まずピップを無事家に連れて帰るのが最優先だと思って。寒くて、あなたが戻っていらっしゃるまで待ちたくなかったんです」ミス・ペトリーは歯が鳴るのを一生懸命止めようとしている。「わ、わからないわ。ふ、ふだんなら、これくらいの木は楽楽下りられるのに」

「なにをばかなことを！　いまの状態でそんなことができるわけがない。びしょ濡れで、寒くて、体がこわばっているというのに。できるだけ早くきみを下ろさなければ。家庭教師に病気になられてはたいへんだ。行こう」エドワードははしごに向かって動きはじめた。

ミス・ペトリーは地面を見下ろし、はっと息をのんで首を振った。「少し……時間をください。い、いますぐには下りられないわ。手足に力が入らなくて。こんなばかなことってあるかしら」

エドワードはミス・ペトリーをもっとよく見た。顔が青白く、体のほかの部分同様濡れている。髪はピップにしがみつかれて髷《まげ》がほどけ、乱れた巻き毛となって背中に垂れている。頬にはひと筋汚れがついているし、ドレスの襟元はこれもピップがしがみついていたせいで横に引っ張られ、肩が半ばのぞいていた。それも問題ではない。そもそもドレスは雨に濡れて肌が透けそうになっているのだから。彼はミス・ペトリーがほっそりした美しい足首と形のいい脚の持ち主であるのに気づいた。そしてドレスが膝上までたくし上げられ、脚にはストッキングをはいていないのを知って驚いた。いまはそんなことに気を取られている場合じゃないぞ。エドワードは自分をいさめ、咳払《せきばら》いをして言った。「わたしが先に下りたら、すぐあとからついてこられるかな？　ぴったりうしろにいてくれれば、万一きみが足をすべらせても受け止められる。むずかしくはない。家に着いたらすぐに……」もう一度咳払いをした。「乾いた服に着替えたほうがいい。わたしについてこられるかい？」

ミス・ペトリーは不安げに地面を見下ろしたが、うなずいた。

「よし！」

エドワードははしごを二、三段下りてから、ミス・ペトリーがいちばん上の段に足をかけるのを待った。それからふたりでゆっくり下りはじめた。腕は彼女の腰の両横にあり、顔はウエストのすぐ上にある。ミス・ペトリーは小柄でも、体つきはみごとだ。つい先ほど目にした胸はうっとりするほど完璧《かんぺき》だし、いま目の前にあるウエストはほっそりしている。両腕のあいだにある腰は丸く、足首は……。ミス・ペトリーがいま安心していればいいが。もしもこちらの心を読んだら、ひどく不安になることだろう。それも、地面までうまく下りるという問題とは関係なく！　一段、また一段とはしごを下りる動作でミス・ペトリーの腰が揺れて彼の体と触れ合い、彼の体に驚くほど強烈な作用をもたらした。エドワードは当面の作業に意識を集中し、どうにか地面まで下りた。つい目の前にあるウエストに腕を回し、はしごを倒してしまうといった、あとで悔やむような真似《まね》はせずにすんだ。

エドワードははしごの最後の段から地面に下りるミス・ペトリーに手を貸した。彼女は服がどんな状態になっているかにもまったく気づいていないようすで、ぼんやりしている。庭師のセスを見ると、セスは毛布を差し出したままミス・ペトリーを見つめてにやにや笑っていた。

エドワードは毛布をひったくり、鋭く言った。「猿みたいに突っ立っていないで、はしごを片づけろ！」彼女に向きなおる。「これを体に巻くといい。それからスカートを下げて！」つっけんどんな口調にミス・ペトリーがぽかんと彼を見つめた。彼がいきなり怒ったことが理解できないらしい。エドワードはいらだった声をひとつあげるとサッシュをほどいてスカートの裾《すそ》を下ろし、彼女の体を毛布でくるんだ。ミス・ペトリーは疲れきったようすでぼうっとしている。彼は自分でも止められないうちにミス・ペトリーを抱きしめ、キスをした。

最初、ミス・ペトリーは子供のように突っ立ったままキスを受け入れ、歓迎すらした。抗わないやわらかな唇の感触は魔法のようだった。キスは深まり、その性質を変えた。もっとぴったりと体を触れ合わせたくて、エドワードが彼女を抱きしめなおそうとした拍子に、毛布が落ちた。ミス・ペトリーは身を震わせ、体のぬくもりを求めたのか、彼にしがみついた。

「オクタヴィア!」エドワードはふたたびキスをした。

その声にミス・ペトリーはわれに返った。とたんに腕を振りほどき、彼を押しやった。「だめよ!」彼女の声にはショックと恥ずかしさが入りまじっていた。「こんなことをしてはいけません！　わたしが求めていたと思われたのなら、ごめんなさい。そうではないんです。いけません!」ミス・ペトリーはあわてて毛布を目で捜し、体に巻きつけなおした。

「わたしはそんな女ではないんです。信じてください、ミスター・バラクラフ。そんな女ではありません」

ショックを受けたのはエドワードも同様だった。もう長いこと自分の気持ちをここまであらわにしたことはない。ふだんはどんな誘惑に駆られても、自分の行動を完全に制御している。これはただちに誤解を解いておかなければ。「ミス・ペトリー、こんなつもりでは……。こちらこそすまない」しどろもどろになっている自分を友人たちが見たら、仰天するだろう。「どうやらわたしは動転していたらしい。申し訳ない。こんなことはもう二度としないと約束する。二度としない!」

ミス・ペトリーは疑わしげに彼を見つめたが、彼の表情を見て安心したようだ。目をそらして、うなずいた。

エドワードはまだいくぶん気まずさを覚えながら

言った。「できるだけ急いで家に帰ろう。濡れた服を早く着替えないと、病気になってしまう。わたしの腕につかまって歩けるかな？　それとも抱いていこうか？」彼女をもう一度この腕に抱くところを想像すると、脈は急に速さを増した。ばかな！　いったいわたしはどうしてしまったのだ？　まるでうぶな少年じゃないか。ほっとしたことに、ミス・ペトリーが首を振り、彼はこれ以上うろたえずにすんだ。

ところがミス・ペトリーは数歩歩いただけで立ち止まった。そして彼のほうは見ずに身をこわばらせて言った。「腕につかまらせていただけません？　ごめんなさい」そのようすがあまりにくたびれはて、おどおどしているので、エドワードは自責の念に駆られ、自分自身の気持ちも忘れて腕を差し出した。

雨はすでにやんでいた。ふたりは屋敷をめざして歩きだした。途中で、ピップとリゼットの世話をしたあと家庭教師を捜しにやってきたミセス・ダットンに出会った。家政婦が、ミス・ペトリーはわたしがお連れしましょうと申し出たが、エドワードはそれを断った。ミス・ペトリーは彼の腕に軽くつかまっているだけだが、彼は自分が助けを求められる程度に信頼されているのが誇らしかった。それに、こうしていると妙に心地がいい。この心地よさを手放したくない。

屋敷に近づくと、かすかな日差しが窓に当たった。エドワードには屋敷の窓が湿っぽい光のなかでまぶしくきらめいているように思えた。ウィチフォードはなぜか……満足しているように見えた。

小さな客間の勢いよく火が燃えている暖炉の前にマフィンが運ばれた。オクタヴィアが着替えて下りていったころには全員がそろい、銀のコーヒーポットやホットチョコレートの入ったポット、レモネード、それにもちろんマフィンをのせたティーテーブルを囲んでいた。暖炉の火が銀のポットに映っている。ピップは叔父のそばに座り、リゼットはテーブルの向こうからふたりに微笑みかけている。それは心引かれる光景だった。オクタヴィアは戸口で躊《ちゅう》躇《ちょ》したが、エドワード・バラクラフが即座に立ち上がり、席まで連れていってくれた。

オクタヴィアは彼と目が合わせられなかった。ついさっき、寝室で毛布を取って自分のドレスのありさまを見たときは、たいへんなショックだった。破れているうえ、生地が濡れて透けていた。それに、ミスター・バラクラフがサッシュがわりのストッキングをほどいてくれるまで、スカートの裾は膝上までたくし上げていたのだから！　彼があんなことをしたのも無理はない。肌もあらわなうえに、抱きしめてほしいと頼んだのも同然なのだ。彼がウィチフオードにいるあいだ家庭教師との戯れを求めているなら、わたしはそれをけしかけたことになるわ！

鏡の前で、オクタヴィアは熱い頬を両手で押さえたまま、ひどく自分を恥じた。

あのあと、ミスター・バラクラフは自分が悪かったとはっきり詫《わ》びてくれた。もしかしたら、彼は責められるべきは本当に自分で、わたしがけしかけたとは思っていないのかもしれない。もう二度とこんなことはしないと誓った彼の口調にはとても真実味があった。

でも、それはなんの慰めにもならない。自分が心のなかでは彼に抱きしめられ、キスされるのを望んでいたと知っているから。これはどういうことなの？　わたしはあの人が好きでさえないのに！

いいえ、それは本当ではない。ミスター・バラクラフはわたしが夢見る金髪に青い瞳の理想の男性ではないけれど、わたしは彼に好意を抱いている。きょうの午後彼が見せたピップの扱いはまさに正しかった。このような人なら、好意以上の感情を……。

心のなかで警報が鳴り、オクタヴィアははっとした。こんなことを考えていてはいけないわ。ミスター・バラクラフがあらゆる点で賞賛すべき人だとしても、彼を雇い主としてしか考えるつもりはない。家庭教師の仕事を引き受けた時点で、自分をわざとバラクラフ家の人々とは異なる身分に置いたのだ。雇われた身でいるかぎり、エドワード・バラクラフとのあいだの距離を保っていなくてはならない。

オクタヴィアは鏡のなかの自分を見て、この仮装劇が終わったらどうなるのだろうと考えた。もしも来年ロンドンで出会ったら、彼はわたしに魅力を感じてくれるだろうか？　わたしが実はウィチフォードの持ち主で、ウォーナム伯爵の娘であると知っても。彼はハンサムで、裕福で、結婚相手として望ましい男性だ。社交界には彼を自分のものにしたがるレディがいくらでもいるにちがいない。それでも、髪をきっちりと髷に結っていないときのわたしはとても美しくなれる。それに、家柄も申し分ない。

オクタヴィアは鏡を見つめたが、そこに見えたのは日焼けした男性の顔だった。彼はなんとたくましいのかしら！　あの木を難なく登ってしまったわ。そして、落ちそうになったわたしを救ってくれた。抱きしめられてキスされたときは、彼の腕の力強さ、彼の体のたくましさを感じた。オクタヴィアは唇をそっと撫《な》でた。彼はわたしに腹を立てていたようだったけれど、あのキスは少しも乱暴ではなかったわ。そっと慰めるようで、エドワード・バラクラフの風《ふう》貌《ぼう》や性格から想像されるキスとは全然ちがった。キスが深まっても、どこかふしぎとやさしさがあった。あのキスはわたしの内部にこれまで経験したことのない、怖くなるほどの戦慄《せんりつ》を巻き起こした。危険なキス……。

あんなふうにわたしを抱きしめる資格のある男性に抱きしめられるのは、どんな感じかしら？　抗わなくてはと感じることなく、彼の腕にぎゅっと抱きしめられるのは？　オクタヴィアは生まれて初めて、エドワード・バラクラフのような男性との結婚生活がどんなものになるか考えた。すると激しく恋い焦がれる気持ちがわき上がり、思わず鏡に浮かんだ面影から後ずさった。わたしはなにを考えているの？　たった一度のキスでトム・ペインのような理想の男性像を過去に葬り、黒髪の〝鬼〟をその後釜《あとがま》に据えようとするなんて。ミスター・バラクラフはわたしにとってはなんでもない存在よ。鏡に浮かんだ面影にうっとりしているところを彼に見られたら、どんなに笑われるか。彼のように経験豊富な男性にはあんなキスは日常茶飯事で、覚えてすらいないでしょうよ。そうよ、もう忘れているわ！

オクタヴィアは気を取りなおして固く決心した。あのキスは彼には意味のないものよ。わたしにとっても同じだわ。ウィチフォードで長く過ごしすぎてしまった。やはり休みをとらなければ。そしてここに戻ってきたら、そのときは自分の身分を絶対に忘れないようにしよう。わたしは雇われた家庭教師兼話し相手《コンパニオン》のミス・ペトリーで、雇い主と戯れ合うような女では絶対にないことを。

とはいえ階下に下りると、ミスター・バラクラフと顔を合わせるのは思ったよりうまくいき、オクタヴィアは緊張が解けた。ミスター・バラクラフは礼儀正しく、その態度にオクタヴィアを姪《めい》たちの家庭教師以外のものとして見ているようなところはなにもなかった。オクタヴィアは、あの森の出来事は本当に忘れ去られたのかもしれないと思いはじめた。

ところがリゼットとピップが早めにやすんでしまうと、彼はオクタヴィアにしばらく残ってほしいと言った。オクタヴィアはふたたび不安に駆られた。それを察して、彼の表情が険しくなった。

「緊張しているね、ミス・ペトリー。きょうの午後の出来事はまちがいだった。心から申し訳なく思っているし、お互い水に流せたらと考えている。きみがどう思おうと、わたしはきみに無礼を働くつもりはまったくなかった。今後もきみが姪たちの家庭教師としてここにいてくれるなら、あのことは忘れなければならない。さもないと困った事態になる。許して、忘れてもらえるだろうか？　それとも、あす休みをとったあと、もうウィチフォードには戻ってきたくないのだろうか？　わたしは後悔しているが、きみが戻ってこないとしても、その気持ちは理解する」

オクタヴィアはどきりとした。戻ってこない？　まさか！　戻ってくるわ。いまリゼットとピップを置いてここを去ることなどできない。オクタヴィアは気を落ち着かせながら淡々と答えた。「忘れられると思います。お互いに極度に神経が張りつめていましたし、どちらもわれを忘れていたようですから」

彼の目にかすかな光が表れて消えた。「まさしく」

オクタヴィアはその光が気に入らず、冷ややかに先をつづけた。「たぶん今度のお休みをいい機会に、お互いにすべて忘れることができるでしょう」

「そう願いたい。しかし、わたしが話したいのはこのことだけではないんだ」彼は顔をしかめた。「きみはわたしが期待していた以上に姪たちとうまくやっている。教えるのもうまいし、リゼットもピップもミス・フルームよりはるかに楽しそうだ。しかしきょうの午後、ピップは危険な目に遭った。きみが自分の身の安全も顧みずにピップを救おうとしたからといって、その事実は変わらない」

オクタヴィアは待った。ほかの雇い主ならとっくにがみがみ叱《しか》っているはずだ。ミスター・バラクラフの口調が変わり、オクタヴィアはたじろがないよう心した。

「教えてくれないか、ミス・ペトリー。いったいなんでまた無責任にもピップをあんな危ない目に遭わせたんだ？　彼女の安全を守るための規則や予防策といったものはないのか？」

　オクタヴィアは自分の手落ちであることを痛感した。わたしはピップに勝手気ままをさせすぎてしまった。ピップがそこまで反抗的になると予想できなかったのは弁解の余地がない。「も、申し訳ありません」

「なぜピップをあんな木に登らせたまま放《ほう》っておいた？」

「放っておいたわけではありません。登るのを止めなかったのは事実ですけれど。ピップはとても活発な子です。それに、優越感を持ちたがっているように思えました。べつに害のない習慣ですし、大きくなればきっとやめるだろうと――」

「害のない習慣だって？」

「規則はあるんです、ミスター・バラクラフ。登ってはいけない木があって、あの木もその一本です。湖に枝を張り出している木は登るのを禁じています。きょうピップが登ったような高い枝もです。ピップはそれを忘れてしまったのだろうと思います」

「忘れた？　いや、反抗したのかもしれない。ピップはひどく腹を立てていたとリゼットから聞いている」

「ええ、腹を立てていたのは本当です。でも見つかったときには、わたしの言うことを聞く気になっていました。いつもの度胸があれば、自分で下りてきたでしょう」

「その前に湖に落ちていなければ、だが」

「ええ。たしかにそのとおりです。申し訳ありません。ピップに言い聞かせて――」

「その必要はない。今夜のマフィン・パーティを台なしにしたくないのでね。あす、わたしから話して、高い枝や岸辺の木に登るのは絶対禁止ということにしよう。もう二度としないと思う。ただし、今後、外に出たときはもっと気をつけてもらいたい。きみの仕事はリゼットとピップを安全で楽しく過ごさせることなんだからね。ピップは虫の居所が悪いとかなり強情になる。そのときこそ、厳しい態度で臨まなくてはならない」彼は鋭い視線をオクタヴィアに向けた。「いまでもきみにそうできる自信があるだろうか？」

「ええ、あります。もしもまたあんなことがあったら、そのときの心構えはできています。でも、どうかピップにあまり厳しくしないでください。ピップは脅しではなく愛でしつけるのがいちばんだと、いまも思っています」

彼はむっとしたようだ。「わたしがピップに言い聞かせるというのを、きみはどう考えているんだね？　叩《たた》いて言うことを聞かせるとでも？」

「もちろんそうではありません。でも小柄な者にとっては、あなたはご自分で思っていらっしゃる以上に威圧感があるんです」

「きみは小柄だが、わたしがきみに威圧感を与えられるとはとうてい思えないな」彼は顔をしかめ、なにも言うなというように片手を上げた。「しかしおそらくきみがいま言おうとしたように、それは見当ちがいだ。わたしは木に登るのを禁じるくらいのことでピップをおびえさせたくはない。念のために言っておくと、わたしは姪たちを愛している。ふたりの安全のために必要だと思うことはする。ほかのだれからの干渉も受けずにね。わかったかな？」

これがミスター・バラクラフの本当の姿だわ。甘い気持ちはすぐに忘れてしまう厳格な人！　オクタヴィアは冷静に言った。「わかりました」

「よろしい。では、お互いに忘れることにしよう。

なにもかもだ。さて、出発はいつかな？　二輪馬車と馬丁を使えるようにしておこう」

「馬車だけでけっこうです。自分で御せますから」

「どうぞご随意に。おやすみ、ミス・ペトリー」

　ミス・ペトリーが部屋を出ていったあと、エドワードは机の上の書類を見るともなく眺めた。認めたくはないが、ミス・ペトリーが二日間いなくなると思うと、心底ほっとする。一週間休みがほしいと言われても、喜んで許可したいくらいだ。二日あれば、こちらは立ちなおれるだろう。なにから？　なにかから立ちなおらなければならないんだ？　彼はしばらく思いをめぐらし、ミス・ペトリーに対する自分の気持ちから、ということ以外は考えられないという結論に達した。少なくとも、こんな気持ちはまちがっている。ついさっきも姪たちのしつけについてきわめて正当な非難を口にするのに骨を折った。そして彼女がひどく傷ついたようすなのを見て、立ち上がって慰めたい衝動を抑えるのに苦労した。ばかばかしい！　まったくばかげている。エドワードは落ち着かない気分で姿勢を変えた。いったいわたしはどうしてしまったんだ？　なぜこれほど混乱しているんだ？

　いっそ、あのいまいましい家庭教師が戻ってこないほうがまだましかもしれない。いや、それはだめだ。それは困る。それではとても具合が悪い。ミス・ペトリーが戻ってこないと支障が起きる。

　それでもやはり、自分がいま陥っているこの奇妙な状態から抜け出すために二日あるのはありがたかった。まったくもってわけのわからないことだ。

7

ところがオクタヴィアはアシュコムに帰るのを延ばさなければならなくなった。マフィン・パーティでピップはふだんより口数が少なかったが、翌朝起きたときは顔が赤く、あちこちが痛いと訴えた。エドワードは地元の医師を呼んだ。雨に濡《ぬ》れたのが原因の発熱という診断で、医師は、少なくとも一週間は安静にして手厚い看護を受けなければならないと言った。看護婦を探しましょうかと医師が言うと、オクタヴィアは首を振った。

「看護は慣れています。よろしければ、わたしにおまかせください」

「きっとピップはよく知っている人に看護してもらいたいと言うだろう」ミスター・バラクラフが言った。「きみがついていてくれれば、わたしも安心だ。だが、きみは休みをとるんじゃなかったのかい？」

「それは延期できます。ピップがよくなるまでこちらにいます」

「話は決まった。人手が必要なら、教えてほしい」

最初の三日間、ピップの容態はとても悪かった。子供部屋に移動式のベッドが運び込まれて、夜はメイドがそこで眠り、いつでもオクタヴィアを呼べる態勢をとった。昼間はリゼットかオクタヴィアが付き添い、エドワードも頻繁にようすを見に来た。

しかし三日目の夜、オクタヴィアが縫い物から顔を上げると、ピップが意識を回復し、目を開けていた。オクタヴィアはランプを持ち、ベッドに寄った。

「お帰りなさい」オクタヴィアはランプをそばのテーブルに置いた。「飲み物はいかが？」

ピップは体を支えてもらって水を飲んだ。「わたし、どこにも行っていないけど。頭が痛かったのに、いまは痛くないわ」

「それはよかったわ」

「リゼットはどこ?」

「眠っているんじゃないかしら。昼間ずっとあなたに付き添っていて、疲れたようすだったから、もう寝なさいと言ったのよ」

「エドワードは? エドワードはどこ?」

「何度もいらしたのよ。もうすぐまた見えるわ」

「もう起きちゃだめ?」

「まだだめよ。あすかあさってまでは」

「先生がいなくなっちゃう。出かけてしまうんでしょう?」

オクタヴィアはベッドに座り、ピップの手を取った。ランプの光の小さな円がふたりを閉じ込め、それ以外は暗闇《くらやみ》に包まれている。「あなたがよくなるまでいるわ。すっかりよくなるまでね」

「どこにも行かないでほしいの。お父さまとお母さまは二日間だけ出かけると言って、そのまま帰ってこなかったわ」

「わたしは戻ってくるわ、ピップ。約束するわ」

「どうしてアシュコムとかいうところに行かなくちゃならないの? お年寄りひとりしかいないのに」

「ただのお年寄りではないのよ」オクタヴィアはためらい、ピップの発熱で赤くなった小さな顔を見てやさしく言った。「そのお年寄りはわたしの父で、わたしは父を愛しているの。会って、楽しく暮らしているかどうかを確かめなくてはならないのよ。父はわたしがここに……あなたとリゼットの家庭教師をするためにここに来ることを許してくれたけれど、ときおり顔を見に行かないとがっかりするでしょう。わかってくれるわね?」

「ええ、まあ。お父さまだって知らなかったの」

「あなたにしか話していないのよ」

「かわりにお父さまがここに来ることはできないの？　先生のお父さまに会いたいな」

オクタヴィアは微笑《ほほえ》んだ。「父はとても年をとっていて、長旅はできないの」

「先生のおうちにはきょうだいもいっぱいいるんじゃなかった？」

「それが、いまはひとりもいないの。わたしは末っ子で、兄も姉もひとり以外はみんな結婚しているのよ。そのひとりの兄は軍隊にいるの」

「みんな、なんていう名前なの？」

ピップはまた眠たくなっている。自分の家族のことを少し話してもかまわないだろう。そのあいだにピップは眠るかもしれない。「まず、アーサー。いちばん上の兄ね。娘が四人いるのよ」

「わたしと同じくらいの年？」

「ふたりはあなたより年上だわ。アーサーの下が姉のガシー、エレナー、シャーロットよ。三人とも結婚していて、子供がたくさんいるわ」

「わたしと同じ年ごろの子供はいる？」

「ガシーの子供は全員あなたより年上ね。それにエレナーとシャーロットの子供のうち三人も。あとはあなたより年下よ」

「つづけて。つぎはだれ？」

「そのつぎはエリザベス。結婚したけれど、旦那《だんな》さまは亡くなってしまったの。フランスに住んでいるのよ。でも、もうすぐイギリスに帰ってくるわ」

「エリザベスには何人子供がいるの？」

「ひとりもいないのよ」

「ガシー、エレナー、シャーロット、エリザベス……。お兄さんはほかにいないの？」

「アーサー以外に？　ふたりいたわ。でも上の兄のスティーヴンは軍人で、ワーテルローの戦いで亡くなったの。いまはあとひとりしか兄はいないのよ」

「お姉さまが四人にお兄さまがふたり。本当に多いのね」ピップは眠そうに言った。「早く来ないかしら、エドワード。もう眠ってしまいそうだわ」

オクタヴィアは微笑み、ピップにキスをした。

「いまに現れるわ」

「もう来ているよ」暗闇のなかから声がした。

「ミスター・バラクラフ！」

「じゃまをしたくなくてね」ミスター・バラクラフはベッドに近づいた。「家族の話は実に興味深かった。六人の兄や姉とは！　きみがあれだけゲームにくわしいのも当然だ。気分はどうだい、ピップ？」

「よくなったみたい。でも、先生はわたしがすっかりよくなるまでどこにも行かないんですって。それに、必ず戻ってくるって約束してくれたわ」

「それはよかった」彼の視線が一瞬オクタヴィアにとどまった。「わたしもうれしいよ」

オクタヴィアは頬が熱くなり、部屋がほの暗いのをありがたく思った。「ピップのお相手をしてくださるなら、わたしはリゼットが眠ったどうか見てきます。とてもくたびれたようすでしたから」身をかがめてピップにキスをする。「おやすみなさい、ピップ。おやすみなさい、ミスター・バラクラフ」

翌日と翌々日も同じように時間が流れたが、子供の回復力はめざましく、ピップはまもなく元気を取り戻した。ミスター・バラクラフはかなりの時間をピップと過ごし、リゼットは一度も遠くに出かけなかった。一週間たつと、オクタヴィアはこのようなら二日間自分がいなくても大丈夫だと判断し、アシュコムに戻った。

父については心配は無用だとわかった。ウォーナム卿《きょう》はあれこれ体の不調を訴えながらも、レディ・ドーニーに手当てをしてもらい、とても楽しく過ごしていた。もちろん娘がいないのを寂しがったが、娘が恐れていたほどではなかった。

「マージョリーの煎《せん》じ茶は種類がわたしのよりずっと多くてね。おかげで体調がかなりよくなったよ。マージョリーにもう少し長くいてくれるように頼んでもらえんかな、オクタヴィア。煎じ茶をまだ半分も試していないんだよ」

「少なくとも二カ月はいるとおっしゃったのよ。お願いすれば、滞在を延ばしてくださるんじゃないかしら。冬も特別な予定はないはずだから」

「それはすばらしい！　春までいてもらうとしよう。アーサーの不運のことを知ったときはがっくり来てしまったが、マージョリーがいてくれたおかげでとても癒《いや》されたよ」

「アーサーがどうしたの、お父さま？」

「また女の子が生まれたんだ。結婚前に、ドーソン一族はどこも子供が娘ばかりだと注意したのに、アーサーは耳を貸そうともしなかった。サラはもう子供を産んではいけないと医者から言われたそうだ。これで、娘は五人もいるのに、跡継ぎの息子はひとりもいないことになる」

これはアーサーの自尊心には大打撃のはずだ。

「それはとても残念ね」

「まったくだ。アーサーに同情するよ」

「わたしはサラに同情するわ。アーサーはこのことでサラを許そうとしないでしょうからね」

「これでどうなるか、わかっているかね？　アーサーとわたしが死んだあとは、ハリーが跡を継がなければならなくなるんだよ。おまえはどう思う？」

ハリーは近衛連隊の中尉で、まだ結婚していない。

「ハリーは退役しなければならなくなるの？」

「当然だとも。アーサーはもうハリーに手紙を書いた。アーサーはいつもこういうことには協力的だ」

オクタヴィアは協力的というよりお節介だと思っ

たが、それは言わずにおいた。

「手紙にはなんて書いたの？」

「もちろん退役して家に帰るように、とだよ。一刻も早く花嫁を見つけて身を固めなければならない」

「かわいそうなハリー」

「スティーヴンは陸軍に入るべきじゃなかったんだ。軍人はとても危険な職業だよ。スティーヴンが生きていれば、ハリーも退役せずにすんだのに」

「だめよ、お父さま。それではハリーが危険な目に遭うわ」

ウォーナム卿はけげんそうにオクタヴィアを見てから話題を変えた。「ウィチフォードの話をまだ聞いていなかったね」

「とてもうまくいっているのよ。手入れはだいぶ進んだわ。でも、まだしなければならないことがいっぱい残っていて、あすはまた向こうに戻るの」

「そんなに早く？」

「ええ、残念ながら。戻ってもかまわない？」

「わたしのことは心配しなくていいよ、オクタヴィア。マージョリーが話し相手をしてくれるからね。昔のことを話すんだ。それに、あすはまたべつの煎じ茶を飲ませてくれると約束してくれてね」

父とさらにおしゃべりして、オクタヴィアはレディ・ドーニーにいてもらって大成功だったのを知った。父はかつてないほど満足している。アシュコムを発《た》つときには、もう父を残していくことを少しも心配していなかった。

それよりむしろウィチフォードで自分を待っているもののほうが気にかかり、戻るのは無謀だろうかと自問した。ピップが木から下りられなくなった日の自分のふるまいと、それがエドワード・バラクラフとの関係にどう影響するかについては、これまで何度も考えた。ミスター・バラクラフはすべて自分のせいだと考えたらしく、詫《わ》びのことばも、あのキスは一時的な気の迷いがそうさせたものだ、だから水に流すべきだという彼の考えも、心からのものに思えた。もう二度とあんなことはしない。ミスター・バラクラフは本気でそう言ったのだ。そしてたしかにそのあとの一週間、彼の態度はよそよそしく礼儀正しくなった。

でも、いま心配なのはエドワード・バラクラフの態度ではなく、わたし自身の態度よ！　このままウイチフォードに戻らなかったら、恋しくなるものがいっぱいある。リゼットのやさしさとピップの活発さ。風変わりな家とおかしな窓。湖や古木の林。でも奇妙なことに、なによりも恋しく思えるのは、あのそわそわさせられるエドワード・バラクラフの存在だ。オクタヴィアも例のキスに意味はないと考えてきた。ふつうでない状況がもたらした突発的なものだと。そもそも、彼女は昔から家族のなかでもいちばん冷静沈着で、ロマンチックなところはどこにもない。胸がどきどきしたり、あえいだり、情熱に身もだえするというのはすべてほかの人々に起きることで、わたしには起こりえないわ。われを忘れてしまうようなことはもうないだろう。でも、ミスター・バラクラフとの会話は驚くほど楽しくて、あれはそう簡単に忘れられそうにない。ロンドンの社交シーズン中に出会ったどんな独身男性にもこれほど興味を引かれなかった。

気がかりなことはもうひとつある。オクタヴィアはすぐ上の兄ハリーと幼いころから仲がいい。ハリーがアシュコムに帰ってきたときにわたしがいなかったら、ウィチフォードまで会いに来るかもしれない。そうなったら、鳩《はと》の群れに猫を放つことになる。ハリーがアシュコムに帰るまで、まだ日にちがあるはず。そのときまでにわたしが家に戻らない場合は、ウィチフォードまで捜しに来ないでと伝言を送ろう。ハリーは昔からよくいっしょにいたずらをやった仲ですもの、わたしを裏切ったりしないわ。

その問題が片づくと、オクタヴィアは心構えを家庭教師としての身分にふさわしいものに戻した。二日間ウィチフォードを留守にしたおかげで、男性の温かい体が押しつけられたときの感触や、鏡に浮かんだ黒髪の男性の面影といった家庭教師にふさわしくない記憶は取り除いたという自信がある。これでロマンチストとはほど遠い、もとの実際家のわたしに戻ったはずだわ。わたしの仕事の相手はエドワード・バラクラフではなく、彼のふたりの姪《めい》よ。そして少女たちは、どんな家庭教師も望めないほどの情愛と関心をわたしに向けてくれるわ。

エドワードはミス・ペトリーのいない二日間が自分のいらだちを静めてくれなかったのを知った。なにしろ妙なことに、彼女が戻ってくるのをいまかいまかと待ちわびている始末なのだ。それは、姪の面倒をみるのがたいへんだからではない。二日間はまずまず楽しかった。しかしなにかもの足りず、自分はミス・ペトリーがいないのを寂しく思っているという結論に達したのだ。

彼は約束したとおり、ミス・ペトリーにキスしたときの意外な心地よさを懸命に忘れようとした。彼女が今後もウィチフォードにいるなら、この記憶の領域は立ち入り禁止にしておかなければならない。しかし、問題はこれだけではない。

ふしぎだ。あんなに小柄なのに、ミス・ペトリーはこのわたしに実に強烈な印象を与えた！　昔からいつもわたしは黒髪に黒い瞳の美女に惹《ひ》かれてきた。それも恋愛遊びのうまい美女だ。頭のよさや会話のうまさには少しも興味を引かれない。女性と話をして、やりとりを楽しむなど、しかもひっつめ髪でぱっとしない女性との会話を楽しむなど、ありえないことだったのに。ミス・ペトリーのどこがそうさせるのだろう？

笑ったときに表情が一変するところだろうか？ 冷やかし考えをめぐらすときに目を細めるところ、冷やかしたり皮肉ったりするときに片方の眉を上げるところだろうか？ 敬意を表しつつも挑んでこようとするところだろうか？ それとも、ひと言も発することなく自分の見解を実に明快に示すあのいらだたしい癖のせいだろうか？

しかもミス・ペトリーはぱっとしない女性などではない。顔だちは繊細で美しく、小柄とはいえ体つきは完璧《かんぺき》だ。エドワードは立ち上がって頭を振った。

これはまったくよくない。ミス・ペトリーの完璧な体つきのことなど考えるのはやめて、この異常な状態を脱するためになにかしないと。姪ふたりを同居させるのはどこをとってもすばらしいが、それによってもたらされる禁欲的な生活は男にはまったくよくない。家庭教師に妄想を抱くのも当たり前だ。もっとロンドンで過ごさなければ。さまざまな友人宅で催される秋のパーティへの出席は断らなければならなかったが、ロンドンにはまだまだ娯楽がある。クラブでギャンブルをしたり、友人たちと飲んだり、魅力たっぷりなルイーズとのひとときを楽しんだりしよう。そうすれば、ミス・ペトリーにまつわる妄想などすぐに消えてなくなるはずだ。

そう、オクタヴィア・ペトリーがウィチフォードに戻ってきたら、わたしはすぐにロンドンへ逃げ出すぞ。そしてたっぷりと快楽にふけるのだ。

それは一週間つづいた。エドワードは心に決めたとおり手当たり次第に快楽を求めた。ギャンブルをし、それ以上に酒を飲み、ルイーズと何時間も過ごした。ところが癪《しゃく》に障ることに、ほんの二、三日でいらいらしはじめた。ロンドンという都会が汚らしくて臭く、人々の型にはまった行動様式や会話がわざとらしくて退屈に思えた。ウィチフォードを取り囲む森のさわやかさが恋しくなった。それに姪たちの若々しい話し声や自然な笑い声、生き生きとした会話、ノートに記録を取ったり話し合ったりしながら散歩をしている三人の姿も。

ルイーズと過ごす時間ですら退屈になってきた。ルイーズは相変わらず美しく、快楽を与えてくれる技に長《た》けているが、愛を交わしたあと、なにをしていっしょに過ごせばいいのだろう？　ルイーズの瞳は宝石を見て輝くことはあっても、怒りや挑戦できらめくことはない。エドワードが言ったことに対して、優美な曲線を描く眉が、あら、そうかしらといようにからかいをこめて上がることはない。ルイーズは愛らしく唇をとがらすことはあっても、突然うれしそうな笑い声をあげたり、鼻にしわを寄せて顔をしかめたりすることはない。さらに、なぜもっと前に気がつかなかったのだろうと自分でも思うが、ルイーズにはユーモアのセンスというものがかけらもないのだ。

十月末の雨が降り風の吹き荒れる寒い日に彼はウィチフォードに戻ったが、雨が降るなかでさえ、屋敷は歓迎してくれているように思えた。小さな居間の窓が暖炉の火を映して輝いている。エドワードは窓まで行き、なかをのぞいてみた。リゼットとピップと家庭教師がゲーム盤ののったテーブルを囲んでいる。いつもながらミス・ペトリーは地味な服装で、均整のとれた体つきをドレスで引き立たせる気は少しもないらしい。髪もやはりいつもの不格好な髷《まげ》にひっつめてあるが、暖炉の明かりに赤く生き生きと染まり、エドワードはその光景に思わず微笑んだ。

ミス・ペトリーが顔を輝かせて笑いながらリゼットにチップの山を渡し、万事休すというように両手を上げた。

「リゼット！　あなたってひどい人ね！　これでわたし、破産よ！」

リゼットが愛くるしい顔を一変させて笑い声をあげた。しかしピップがテーブルを回って家庭教師を抱きしめた。「わたしのチップを少しあげるわ、ミス・ペトリー。いっぱいあるから」

「やさしいのね、ピップ。ありがたいけれど、いいわ。払えないなら遊ぶなって兄たちから教えられているの。それに、リゼットを負かすにはあなたのチップが全部必要よ」

「あれはだれ？」チップを賭《か》けながら、ピップがエドワードのいるほうに顔を向けた。窓を指さしてから、それが叔父だと気がついた。「エドワード！」いつものように大声をあげてから、ピップは部屋を飛び出して玄関に駆けていった。

ミスター・バラクラフの姿が目に入ったとたん、自分は感情を抑制できる冷静沈着な人間だというオクタヴィアの自負はたわ言と化してしまった。窓の外に彼の日焼けした顔が見えたとたん、心臓が飛び上がり、鼓動が速まり、あのキスの記憶がいきなりあざやかによみがえって、オクタヴィアは息をのんだ。平然としているように、あれだけ言い聞かせたのに！　それでもまだ感情を抑える力が少しは残っていたらしく、彼が部屋に入ってきたときには、温かさには欠けるものの丁重な態度がとれた。

「旅は寒かったでしょう。お茶かなにか運ばせましようか？」

「ゲームが終わってからでいいよ。これはわたしの知らないゲームだな」

「ミス・ペトリーがおうちからいっぱい持ってきてくださったの」ピップが叔父をテーブルまで引っ張っていった。「きょうだいでよく遊んだんですって。

きょうは寒くて外に出られないから、ゲームをしたのよ。リゼットのチップの山を見て！　ミス・ペトリーを破産させちゃったのよ！」

エドワードはゲームの駒《こま》をひとつ手に取ってみた。使い古されているが、もともとはとても高価なものだとわかる。彼は駒を戻して言った。「それはあいにくだな。さあ、ゲームをつづけて」

リゼットとピップはまたゲームに夢中になった。そのあいだにエドワードはミス・ペトリーを隅に呼び、小声で尋ねた。

「ピップの具合はどうだった？　いまはとても元気そうだが」

「体調はすっかり回復したようです。ただ、ときおり悪夢を見て、おびえて泣きながら目覚めることがあるんです。落ちると言って」

「いまもまだ？　きみがアシュコムに行っているあいだに一度あったが、時間がたてばなくなるだろうと思っていたのに」

「そのうちなくなるでしょう。お天気がよくなって外に出られるようになれば。ピップは元気いっぱいですから、それを発散しませんと。でも、長い時間外に出すのはためらわれて。なにかほかに考えるものがあればと、チェスを教えています」

彼は姪たちに目をやった。「それにバックギャモンも。チェスの駒もやはり高価なものかい？」

オクタヴィアは彼を見つめた。「どういう意味でしょう？」

「ふしぎだなと思っただけだ。そこにある駒は、古びてはいるが、象牙《ぞうげ》でできていて、なかには黒檀《こくたん》や紫檀のものもある。貧しい牧師の子供にしては奇妙なおもちゃだ」

「わたしの父が牧師だと、どなたからお聞きになったの？　わたしからでないことはたしかです」

「わたしが自分で勝手にそう思い込んでしまったら

しい。きみは明らかに教育を受けているが、生活費を稼がなければならない。牧師の娘なら、それにぴったりだ。きみの一家はまわりからとても敬われていたようだし」

「まさにそのとおりです」

「お父上の職業は？　牧師でなければ、学校の教師かなにかかい？」

「いいえ。父は……もう長いこと体が不自由なんです。その前は……土地の管理をしていました」

「なるほど、地主代理か」

「そんなところです。おもちゃは地元の領主館に住んでいた一家からいただきました」オクタヴィアはひどくばつが悪かった。これでは半分嘘《うそ》の泥沼に入り込んでしまっている。ゲームは、寒いあいだリゼットとピップを楽しく過ごさせたい一心で、値段のことなどなにも考えずにアシュコムから持ってきた。それがいま、ミスター・バラクラフから細かな質問を受け、その質問は核心をついている。このへんで話題を変えなければ。「ロンドンでは楽しくお過ごしになりました？」

「そうでもなかったな。ロンドンにはくわしい？」

またやってしまった！「あの……何カ月か過ごしたことがありますけど、もうかなり昔になります。ロンドンはずいぶん変わったでしょうね。最近、義理のお姉さまからお便りはありました？」

エドワードは顔をしかめ、ゲームに熱中している姪たちを見ると、家庭教師を部屋の反対側の隅へ連れていった。

「ジュリアは予定より早くロンドンに着きそうだ。前に話したアランデスのことをとても気にしていてね。彼はヨーロッパまで追いかけてきたらしい」

「リゼットに会うために？　想像以上にリゼットを真剣に愛しているということですか？」

「アランデスが愛しているのはリゼットの財産だ」

「でも、なにもできないでしょう？　リゼットのお父さまは婚約の許しを撤回されたんじゃありませんでした？　リゼットが父親に逆らったりはしないのをご存じだったはずだわ。ピップならいざ知らず、リゼットは絶対に逆らいません」

「それはわたしも同感だが、事情はそれほど単純ではない。ジョンが死んだあと、アランデスは、ジョンが態度をやわらげて、ふたりが結婚することを望んでいたとリゼットに伝えたんだ」

「それは本当ではないとおっしゃるのね？」

「嘘にきまっている！　ひとたびジョンがアランデスはふさわしくないと判断したら、それで決まりだ。ジョンは意見を変えない」

「すると……どうしてリゼットは嘘を信じてしまったんでしょう？」

ミスター・バラクラフはため息をついた。「きみにはすべてを話したほうがよさそうだな。しかし、ここではだめだ。書斎に行こう」

書斎に入ると彼はオクタヴィアに椅子を勧めて、話しはじめた。

「リカルド・アランデスは一見まともに思える。ジョンはリゼットがアランデスに好感を抱いているのを知ると、もっと大きくなって結婚したいと思うほど好きになったら、そのときは結婚を許そうと約束した。この縁談には利点があった。アランデス家はうちと土地が隣り合わせなんだ。しかしジョンはアランデスが義理の息子として望ましくない男だと知り、約束を撤回した。ここまではいいね？」

オクタヴィアはうなずいた。

「そのあとジョン夫婦が事故死した。一週間とたたないうちにアランデスが家に現れ、事故の前夜にジョンと話をしたと言った。ジョンから、約束を撤回したのを後悔していると言われた、リゼットと自分の縁談は復活した、と。ヘンリーとわたしはタイミングがよすぎると感じて、信用しなかった。そしてアランデスを追い返し、リゼットには彼を忘れるように言った」

「それは少し厳しすぎるのでは？　それでなくともリゼットは悲しみに暮れていたはずです。そのアランデスという青年に慰めてもらえたかもしれないのに」

「慰める？　意見を述べる前にわたしの話をすべて聞くことだね！　アランデスはわたしがアンティグア島を発つのを待ってから、ひそかにリゼットに近づいた。リゼットがジュリアに話したところによれば、予定どおりアランデスと結婚してほしいというジョンの手紙をリゼットに見せたらしい。わたしたちはみんな、その手紙は偽物だと考えているが、リゼットしか見た者はいない。しかしリゼットを納得させるには充分だった。リゼットは家族に逆らい、アランデスと駆け落ちしようとした。幸いヘンリーがそれを見つけて、アランデスを追い払ったんだ」

「リゼットが本当にアランデスに恋をしているとはだれも考えなかったのですか？」

ミスター・バラクラフはいらだたしげな声をあげた。「前にも言ったじゃないか。リゼットはまだ幼くて、恋をするような年齢じゃなかった。アランデスはリゼットが突然両親を亡くして動揺し打ちひしがれているのを利用したんだ。リゼットにとってはしがみつける相手だったにすぎない。彼に恋していたわけではない」彼はオクタヴィアが疑わしげな表情を浮かべているのに気づき、もっと真剣に言った。「恋をしていたとしても、問題ではない。ヘンリーもわたしもアランデスとの結婚は許さない」

オクタヴィアはリゼットがアランデスに無関心だったとは思えず、少女のことを考えて胸が痛んだ。リゼットが悲しそうなのは両親の死だけが原因ではないのかもしれない。とはいえ、いまこの話題をつづけるのは得策とは思えなかった。「それで、あなたはお義姉《ねえ》さまが予定より早くこちらにいらっしゃるとお考えなんですね？」

「義姉《あね》はできればそうするだろう。残念ながら、わたしには姪の面倒をみる能力があるとは思っていないのでね」

「その見解には反対です。お義姉さまはあなたがあのふたりといっしょにいるところをごらんになっていないんですもの」

彼は驚いたらしい。「感激だな。きみがお世辞を言うとはめずらしい」

「お世辞ではありません。ロンドン滞在を早めに切り上げられたことだってそうでしょう」

「それはたしかにそうだ。しかし冬のロンドンがひどく退屈なのもたしかで、後ろ髪を引かれもしなかった。ウィチフォードのほうがずっとおもしろいときがある」

彼がなにも考えずに言っているのは明白だが、オクタヴィアは頬が熱くなり、彼を責めるように見た。一瞬彼はけげんそうな表情を浮かべたが、すぐに苦笑した。

「悪気はなかったんだ。約束したとおり、忘れようと懸命に努力している。これ以上むずかしくしないでくれないか」

「なにを……おっしゃっているのかわかりませんわ」

「お互いに極力思い出さないようにしなければならないということだよ。よけいな醜聞を起こさずに今後も同じ家で生活をしていくのならば」

オクタヴィアの神経は限界まで張りつめた。彼が突然帰ってきたこと、家族についていろいろきかれ、それをかわさなければならなかったこと、リゼットへの同情、そしていまもなお彼と自分が強烈に惹かれ合っているとわかったこと。これでは耐えきれない。オクタヴィアは残った自尊心をかき集め、冷ややかに言った。「ご心配なく。わたしのふるまいが原因で醜聞になるようなことはありませんから」そして彼に背を向け、居間に戻った。

ゲームは終わり、リゼットが勝った。

つぎの二日間、オクタヴィアはミスター・バラクラフを避けた。それはむずかしくなかった。一日目は彼が姪たちを連れてギルドフォードにいる友人を訪ねた。いっしょに行こうと誘われてオクタヴィアが断ると、彼は簡単にその言い訳を受け入れた。まるでほっとしたかのようだった。その翌日は彼は一日の大半を書斎にこもって過ごし、ようやく居間に現れたときは、手に持った書類に目を通しながら眉をひそめていた。リゼットとピップはチェスに興じており、オクタヴィアは暖炉のそばに座って縫い物をしながらチェスの試合運びを見守っていた。

「怒っているの、エドワード？」リゼットが尋ねた。

「いや、興味をそそられているだけだよ」

「なにに？」

「この家に。借用権に関係した書類をすべて見てみたんだが、どこにも家の所有者の名前がないんだ」

「ミスター・ウォルターズじゃないの？」

「彼は代理人にすぎない。この家はミセス・カーステアズの姪に遺《のこ》されたんだが、この姪の名前がわからない。借用契約の交渉はすべてウォルターズとやっていて、どの書類にもウォルターズが署名している。ミス・カーステアズだかなんだか知らないが、とても内気な人のようだ。残念だな。ミセス・カーステアズのことを話したかったのに。ウォルターズに手紙を書いて、ミセス・カーステアズの姪と会えないかどうかきいてみるかな」

オクタヴィアは飛び上がった。こちらが許可しないかぎりウォルターズは名前を決して明かさないはずだが、ふいにこう言われたのはショックだった。

「どうかしたのかい、ミス・ペトリー？」

「いいえ、なにも。針で指を刺してしまって」彼にしげしげと見つめられ、オクタヴィアは顔を上げずにすむ口実が見つかってよかったと思った。

「この家のことをなにか知らないかな、ミス・ペトリー？　ミセス・カーステアズの姪のことも。アシュコムはここからそんなに遠くない」

オクタヴィアはうつむいたまま慎重に答えた。

「ミセス・カーステアズはこのあたりでは語り草になっていた人です。でも……ウィチフォードを姪に遺すつもりだったなんて、だれも知りませんでした。わたしの知るかぎり、その姪ごさんという人はここへミセス・カーステアズを訪ねてきたことは一度もないんじゃないかしら」

「なるほど。では、ウォルターズに手紙を書いてみよう。ところで、あすもう一度リゼットとピップを連れてギルドフォードに行くことになってね。ミセス・アラダイスが自分の娘のためにダンスの稽古《けいこ》の手配をしたから、リゼットとピップもいっしょにどうかと言ってくださったんだ。きみも行くかい？」

「いいえ、行かないことにします。このところお稽古事が少々なおざりになっていますものね。いい機会があってよかったと思います」

「好きなようにするといい」ミスター・バラクラフはオクタヴィアに背を向けた。リゼットとピップはもちろん文句を言ったが、オクタヴィアの気は変わらなかった。ひとりで過ごす一日は自分を見つめなおす絶好の機会になりそうに思えた。

ミスター・バラクラフと姪たちがギルドフォードに出発すると、オクタヴィアは来週の仕事の準備をしてしばらく過ごした。心は重かった。ジュリア・バラクラフはもうすぐ到着するかもしれない。これまで聞いたところによれば、かなり気むずかしい人らしい。義弟の選んだ家庭教師に失望しなかったとしても、全員気が抜けなくなる。さもないと、オクタヴィアはここを出ていかなければならなくなるかもしれない。いずれにしてもウィチフォードにいられる時間はもうあまり長くはない。もともと二カ月の約束で、すでにその半分が過ぎていた。

お昼までせっせと仕事をしたが、気分はよくならなかった。午後になると、暖かい服装に着替えて外に出た。散歩をすれば憂鬱《ゆううつ》な気分が晴れるかもしれない。雨はやんでいたが、地面は湿ってやわらかく、空気はさわやかだった。馬車道をきびきびと歩きだす。角を曲がったとき、馬に乗った男性がこちらへ来るのが目に入った。それがだれかわかり、オクタヴィアはびっくり仰天した。

8

「ハリー！　驚いたわ。どうしてこんなところに？」

金髪で長身の若い男が馬から下り、腕を大きく広げてオクタヴィアを抱きしめた。乗馬用のマントがめくれ、近衛連隊中尉の軍服があらわになった。

「ずいぶん久しぶりに会うのに、なんという挨拶《あいさつ》だ、タヴィ。もう少しましなことが言えないのかい？」

「でも……どこから来たの？」

「アシュコムからにきまっているじゃないか。ここできみといっしょに二、三日過ごそうと思ったんだ。家も見たいし。幸運なやつだな！　ここから見たかぎりではすばらしい屋敷だ。ウィチフォードの魔女がきみに遺《のこ》してくれたとはね」

「お父さまはなんとおっしゃったの？」

「きみがここに泊まって家の手入れをしていると。ゆっくり話ができるほどアシュコムにはいなかったんだ。父上に腹が立ってね。アーサーがぼくに退役しろと言ってきたのは知っているかい？」

「そのようなことを聞いたわ」

「まったく、なんでアーサーがこんなことを言ってくるんだ？」

「わたし、お兄さまが悪くとるだろうとお父さまに言ったのよ。たしかにアーサーはお節介だけれど、いまに始まったことじゃないわ。それに、近ごろお父さまはなんでもアーサーにまかせるようになってきたの。当然、跡継ぎのことが心配なのよ。サラがまた女の子を産んだのは聞いた？」

「跡継ぎなどくそくらえだ！　このぼくがなんでそんなことを考えなければならない？　アーサーの命令など聞くわけがないじゃないか。これがアーサーだけなら放《ほう》っておくんだが、父上が同じ意見だからね。父上はぼくの言い分を聞こうとさえしない。そこできみに会おうと考えたんだ。もっとも、きみはあまりうれしそうじゃないな」

ハリーは機嫌を損ねたようだ。オクタヴィアはやさしく兄を抱きしめ、キスをした。「もちろんとってもうれしいわ。ただ……話があるのよ」オクタヴィアはハリーの袖《そで》を引っ張った。「ここではまずいわ。もうすぐみんなが帰ってくるから」

ハリーはけげんな顔をしたものの、逆らわなかった。「みんなって？　なんだか心配そうだな、タヴィ。なにがあったんだ？」

オクタヴィアはハリーと馬を森のなかへ通じる小道に連れていき、ウィチフォードでの冒険談の一部始終を大急ぎで話して聞かせた。ごく個人的な出来事については省略したが。

ハリーは察しがいい。すぐに事の次第をすっかり理解して、愉快がった。

オクタヴィアは憤慨した。「なんで笑うの？　わたしが何者かばれたら、どうなると思っているの！」

「ぼくがバラクラフなら、きみを叩《たた》き出すね。いや、大家にそんなことはできないか」ハリーはまたげらげら笑った。

「ハリー！」

「まったくきみときたら、なにを考えていたんだ？そんな悪ふざけはとっくに卒業したはずなのに」

「だから、悪ふざけをするつもりなどまったくなかったのよ。ところがあの家に、あの少女たち……。どうしてもここに住んでみたくなったの。わたしがどれほどアシュコムを逃げ出したかったか、お兄さまには想像もつかないでしょうね」

オクタヴィアはアシュコムの生活がいかに退屈で不満だったかを話して聞かせた。ハリーはたちまち同情し、それを示したあとで言った。「それでもやはりほかに方法があったはずだよ、タヴィ。まずいことになってしまったな。バラクラフ家の人々はどんな感じだい？」

オクタヴィアは話を中断し、耳を澄ました。遠くから蹄《ひづめ》と鞭《むち》の音、それに車輪が砂利を踏む音が聞こえてくる。馬車はウィチフォードの門をくぐったところだ。「運が悪ければ、もうすぐそれがわかるわ。エドワード・バラクラフの馬車がギルドフォードからいま帰ったようよ。マントを着て。その緋《ひ》色の軍服はかなり遠くからでも見えるわ。それから静かにしていてね。ふたりでいるところを見られてはたいへん。お兄さまの姿を見られては困るのよ！」

オクタヴィアは身をこわばらせて待ち、馬車が通り過ぎると、ほっとため息をもらした。

「ごめんなさい、もう行かないと。家にいなかったもう少しきみと話ができる。心配しなくていい。変名を使うからね。ハリー……ハリー・スミスだ」

「あまりすてきとは言えない名前ね」

「ハリー・スミスは陸軍にいる者にとっては偉大な英雄なんだよ。イベリア半島の戦争とワーテルローの戦いを戦い抜いたんだ」

「なるほど」オクタヴィアは心ここにあらずといったようすで答えた。「ハリー、わたしの英雄になりたいなら、決定的に大事なことをしてもらえないかしら。ミスター・ウォルターズに至急伝えたいことがあるのに、確実に伝えられる方法が思いつかなかったの。途中で伝言してもらえたら、それでわたしの問題は解決するわ。できれば、あす。ミスター・ウォルターズの住まいはギルドフォードにあるの」

「ギルドフォード？　途中どころか、たいへんな遠回りだ」

「お願い。頼まれてもらえれば、わたしの悩みの種ら、ピップかリゼットが捜しに来るわ」

「しかしぼくはどうすればいい？　まだきみと会ったばかりなのに。話したいことが山ほどあるんだ。二年以上会っていないんだからね！　屋敷までいっしょに行ってはだめかい？」

「だめよ！　エドワード・バラクラフになんと言えばいいの？　とても鋭い人なの。お兄さまを見たとたん、これはあやしいと思うにきまっているわ」

「きみとぼくはあまり似ていないから、友人のふりをすればいい」

「屋敷には来ないで。アシュコムでわたしが帰るのを待っていて」

「アシュコムでまた三、四週間も過ごす？　それはないな！　もっと前に連隊に戻らなければならないから。そうだ、こうしよう。今夜はアシュコムに戻る。軍服をほかの服に着替えて、あす、ここの村の宿屋に二、三泊の予定で部屋を取ろう。そうすればがひとつ消えるのよ。ミスター・ウォルターズがわたしに相談せずになにかをするとは思えないけれど、念を押しておきたいの」

「じゃあ、ギルドフォード経由でここへ来よう。伝言は？」

「ミスター・バラクラフがミセス・カーステアズの姪《めい》に会えるようミスター・ウォルターズに手配を頼もうとしているの。ミセス・カーステアズの姪というのはもちろんわたしのことだけれど、会うわけにはいかないわ。だからウォルターズに、絶対にわたしの名前を明かしたり、わたしが何者かをミスター・バラクラフに話したりしないように伝えてほしいの。理解できた？　覚えていられる？　書いている時間はないわ」

「もっと長い伝言を運んだことだってあるんだよ。もっと大事なやつもね」

「わたしにはいまの伝言のほうが大事よ。助かるわ、ハリー。本当にもう行かなくては。あさって会いましょう。午前中は女の子たちを教えるの。午後三時にここで。それより早く来ないでね。お天気がよければ、三時より前に生徒たちと散歩に出るかもしれないわ。そのときに会ったとしても、わたしは知らんぷりをするわね」

オクタヴィアは複雑な思いで屋敷に戻った。ハリーに再会できたのはすばらしいが、兄にこれほど近くにいてほしいのかどうかはなんとも言えない。ウィチフォードの村は小さくて、ハンサムな若い男がひとりでなにをしているのか、あれこれ憶測が流れるのは避けられない。でも、ハリーのおかげでミスター・ウォルターズに伝言できる。オクタヴィアはため息をついた。ウィチフォードでの生活はあれほど単純に始まったのに、いまや刻々とこみ入ってきているわ！

リゼットとピップはダンスの稽古《けいこ》を終えて大はしゃぎで、きょう習ったステップを見せたいとオクタヴィアを音楽室に連れていった。行く前はばかにしていたピップまでが夢中になっている。何日も家に閉じこもっていたせいでエネルギーを持てあまし、ダンスの稽古、それも躍動感のあるステップはとくに楽しんだようだ。

「エドワード、きょう習ったことをミス・ペトリーに見せるから、手伝ってちょうだい！　リゼット、ピアノを弾いてね！」ミスター・バラクラフは笑いながらピップに手を引かれて部屋の中央まで行き、お辞儀をして姪の手を取ると、ステップを踏みながら室内を一周しはじめた。女性の身長が男性の半分もない不釣り合いなカップルのダンスはとても優美とは言えなかった。だが、ミスター・バラクラフは舞踏会の花形を相手にするように姪に接している。

「今度は先生の番よ！」ダンスを終えたピップが叔父をオクタヴィアのそばまで引っ張ってきて、手と手を重ねさせた。「エドワードが踊り方を教えてくれるわ」

「わたしは……ステップなら知っているわ、ピップ。叔父さまもきっとお疲れよ」

「エドワードと踊って、ミス・ペトリー」リゼットが言った。「正しいステップを見たいの」

「ミス・ペトリー」ミスター・バラクラフが片方の眉を上げた。「踊っていただけますか？」

その表情と形式張った口ぶりとの落差がおかしくて、オクタヴィアは笑い声をあげた。「ええ、もちろん」茶目っ気が頭をもたげ、優雅にお辞儀をした。

ミスター・バラクラフが仰々しい身ぶりでオクタヴィアを部屋の中央まで連れていき、頭を下げた。リゼットがピアノを弾きはじめ、ふたりはくるくると回りだした。ピップは心を奪われたように眺めている。

ふたりが踊ったのはカドリールでもワルツでもなく、体がほとんど接触しないカントリーダンスだ。ふたりは意味深長な視線を交わしてすらいない。しかしウィチフォードの音楽室でリゼットのピアノに合わせてステップを踏みながら、オクタヴィアはこれまでロンドンで出席したどんな大舞踏会よりも愉快な気分を味わい、息の合ったパートナーとかすかながらも体が触れ合うたびにぞくぞくする戦慄《せんりつ》を感じた。二曲目が終わると、オクタヴィアはこのへんでやめるべきだと判断した。「リゼットもこれで満足なんじゃないかしら」

「たぶんね。しかしわたしは満足していない」ミスター・バラクラフが不満げに言ってお辞儀をした。

オクタヴィアは頬を赤らめ、とがめるように彼を見た。それがまちがいだった。彼の瞳にはなにか心を引きつけられる光があり、オクタヴィアは微笑《ほほえ》み返したい衝動に駆られた。これではいけない。彼女は容赦なく言った。「ピップははしゃぎ疲れたようですね。ミセス・ダットンに夕食のメニューをきいてきましょうか？」

その夜、オクタヴィアは眠れなかった。しばらく悶々《もんもん》としたあと体を起こし、ドアのそばの小さなランプが投げかける光の輪を見つめた。しかし彼女が見ているのは丸い光ではなく、傷跡のある眉を上げ、男らしい微笑を浮かべた日焼けした顔だった。

オクタヴィアは深い吐息をもらした。エドワード・バラクラフに対する自分の気持ちは理屈で封じ込めることができないらしい。ようやくできたと思ったとたん、カントリーダンスで彼の手が触れただけで、またぱっとよみがえるなんて。男性がそばにいることをここまで意識したのも、これほど心が躍ったこともめったにない。でも、うまくいくはずがないわ！　これは一時的なものよ。もっとしっかり自分を抑えなければ。

そしていま、この初めて感じる気持ちをあらんかぎりの力で押さえ込まなければならないときに、ハリーが現れて事態をさらに複雑にした。兄がウィチフォードにいたら、こちらの素性がばれてしまいかねない。今度ハリーに会ったら、アシュコムに帰るよう説得しなければ。たとえアシュコムでハリーと会うためにまた二日間の休みをもらわなければならないとしても。

隣の部屋からおびえた悲鳴が聞こえ、オクタヴィアはわれに返った。自分の悩みをすべて忘れ、ベッドを飛び出して急いで部屋着を羽織り、ランプをつかんでピップの部屋に行った。ピップは眠っていたが、激しく寝返りを打ち、なにかつかむものを求めるように腕を振り回しながら泣いている。またいつもの悪夢だわ。オクタヴィアは急いでランプを置き、ベッドに座って少女を抱き寄せた。

「大丈夫よ、ピップ。わたしがつかまえたわ。わたしよ。あなたを無事に抱き止めたわ」

ピップが目を開け、オクタヴィアをぼんやりと見つめた。そしてだれに抱かれているかに気づき、オクタヴィアの胸に顔をうずめて泣き声をあげた。

「ミス・ペトリー！　怖くて、怖くて……」

「ええ、わかっているわ。でも、もう大丈夫。夢を見たのよ、ピップ。ほらね？　あなたは塔にある自分のお部屋にいて、わたしは隣の部屋からあなたのようすを見に来たのよ。なにも心配いらないわ」

ピップは一瞬じっとしたあと、頭をもたげてあたりを見回し、安心したらしく微笑んだ。「本当だわ。ここはわたしのお部屋で、先生がいるわ。エドワードが先生を選んでくれて本当によかった」ピップはオクタヴィアに身をすり寄せたが、まぶたが落ち、またすやすやと眠りはじめた。

オクタヴィアはピップの髪に頬を押し当てた。いとおしくてたまらない。ここを出ていくときは、どちらにとってもつらい別れになるだろう。オクタヴィアは枕《まくら》に体を預け、目を閉じた。

エドワードもあまり眠れず、うとうとしているときにピップの悲鳴を聞いた。彼の部屋は少し離れており、最初は森でふくろうかなにかが鳴いているのだと思った。しかしそのあと、いや、いまのはピップの部屋から聞こえてきたのかもしれないとふと思った。そこで耳を澄ましてみたが、なにも聞こえない。屋敷全体がしんと静まり返っている。それでもピップが無事だと確認しなければ安心できそうになかった。部屋着に手を通すと、足早に姪の部屋に向かった。部屋の前まで行って立ち止まる。ドアが開いており、ピップのベッドが小さなランプの明かりに照らされているのが見えた。オクタヴィア・ペトリーが半ば座った格好で枕にもたれ、ピップを抱いていた。家庭教師もピップも眠っている。エドワードは躊躇《ちゅうちょ》した。ふたりを起こしたくない。しかしピップの体には毛布が半分しかかかっていないし、ミス・ペトリーはなにもかけずに、とても不自然な姿勢で眠っている。このままでは起きたときに体がこわばり、しかも寒いだろう。

エドワードはそっと部屋に入り、ベッドのそばまで行った。ピップの黒髪に頬ずりしているミス・ペトリーの顔をゆるく結んだ蜂蜜《はちみつ》色の巻き毛が縁取り、そこをランプの明かりが照らしている。薄い部屋着の下で胸が穏やかな寝息とともに上下していた。これほど心を打つ、無垢《むく》でありながら誘惑的な光景は目にしたことがない。彼は断固として視線をそらし、毛布かなにかミス・ペトリーにかけるものを探して部屋を見回した。ベッドに視線を戻すと、ミス・ペトリーがぱっちり目を開けてこちらを見ていた。

「心配しなくていい。きみにかけるものを探しているだけだ。それでは寒いだろう」

ミス・ペトリーは首を振った。「ピップはよく眠っていますから、ベッドに寝かせます」体をひねると、ピップにかけてある毛布をそっと引っ張り上げた。それから体の向きを変え、立ち上がろうして小さな悲鳴をあげた。

「どうした？」

「脚……脚が。力が入らなくて……」

「つかまって」エドワードは手を差し出し、ミス・ペトリーを立ち上がらせた。「あんな姿勢で――」

「静かに！　ピップが目を覚まします」ミス・ペトリーはドアに向かって足を踏み出したが、押し殺した悲鳴をあげてよろめいた。エドワードは無言で彼女を抱え上げ、部屋の外へ連れ出した。それからミス・ペトリーを下ろし、ピップの部屋のドアを静かに閉めた。

「ここなら話をしていいかな？」彼は小声で尋ねた。

「ええ。でも、なにも言うことはありません。起こしてくださってありがとうございます。あのままだったら、あすは体がこちこちになっていたわ」ミス・ペトリーは彼に微笑みかけた。

エドワードはこらえきれなかった。両腕を回してそっとミス・ペトリーを引き寄せると、片手で彼女の頭を自分の胸に押し当てた。「オクタヴィア、わたしはどうすればいい？」

ミス・ペトリーはつかの間じっとしていたが、そのあと顔を上げて彼を見つめた。エドワードはその目に不安の色がないのを知り、胸を打たれた。絹のようにやわらかな髪とほっそりした体の感触に理性が吹き飛んでしまいそうだが、それでも自分に寄せられた信頼を裏切るまいと覚悟を決めた。

「どれほどきみをわたしの部屋に連れていきたいか、きみにはわからないだろうね」彼はなにか言いかけたミス・ペトリーの唇に指を一本当てた。「だがそうはしない。それはわたしたちにふさわしくない」

「よかった」ミス・ペトリーがささやいた。「もしもそうなったら、わたしは力のかぎり抗《あらが》うでしょうから。わたしはだれの愛人にもなりません。たとえどんなに――」ふいに口をつぐんだ。

「つづけて」

「いいえ、言いません。こんなこと、まちがっています」ミス・ペトリーが腕から逃れようとしたので、エドワードは即座に手の力を抜いた。とはいえ、もう一度彼女を引き寄せてキスをしたい衝動は抑えきれないほど強かった。「おやすみなさい、ミスター・バラクラフ」

「オクタヴィア!」

「わたしの名前はペトリー。家庭教師のミス・ペトリーです。おやすみなさい」引き留める暇もなく彼女は隣の部屋に入り、ドアを閉めてしまった。

エドワードは自分の部屋に戻ったが、ベッドには入らなかった。そして朝が来るまでに手紙を何通か書いた。

エドワードは翌日またギルドフォードに赴いたが、今回は単独で馬を駆って行った。ミセス・カーステアズの弁護士と話し合いたい用件があるということで出かけてきたが、実はそれよりも馬で田舎道を走るほうが大事に思える気分だった。彼はめずらしく混乱した状態にあり、外の空気を吸って体を動かせば頭がすっきりしそうな気がした。ところがギルドフォードへと向かう道すがら、木々のあざやかな紅葉にも、畑で働く農夫たちにも気づかなかった。

彼は初めて味わう愉快でない思いを受け入れるのに悪戦苦闘していた。リゼットとピップがイギリスに来る前は、仕事に興味を持つ裕福な独り者として暮らし、気の向いたときに世界を漫遊して、だれに遠慮することなくロンドン、パリ、ウィーンと好きな場所に居を構えてきた。自分勝手な生活と思われるかもしれない。げんに義姉はそう考えているが、快楽の妨げとなるような他人の意見にはまったく耳を貸さずにきた。三十歳という年齢まで、妻や子供といったふつうある束縛をいっさい受けずにきた自分は運がよかったと思っている。わたしの敵はなによりも退屈だ。

しかしその後、ふたりの姪を一時的にせよ、引き取らざるをえなくなった。以前から姪たちは大好きだったが、ふたりの面倒をみるのは重荷で、気ままな暮らしの妨げに思えた。この何週間か、姪たちはわたしを笑わせ、心配させ、むっとさせ、ときには困らせることもあった。しかしロンドンへ行ったときは、ふたりがいないのが寂しくてたまらなかった。いずれそのときが来れば、心からつらく思いながらジュリアにふたりを渡すことになるのだろう。

とはいえ、ふたりとともにオクタヴィア・ペトリーが現れ、いまではそれが大きな問題となっている。この問題は、ほかのだれかに渡して終わりというわけにはいかない。いまの感情が一時的な気の迷いだとは、もはや自分でも思えなくなっている。これから先もずっと心の平安を脅かされそうな気さえする。それに対してわたしはどうすればいいのだろう？

ひとつだけはっきりしていることがある。たとえ結婚を考える覚悟がついたとしても――もちろんいまはそのつもりはないが、オクタヴィア・ペトリーとの結婚を考えることはありえない。わたしはシンデレラの物語など嫌いだ。階級のちがう男女が結婚した例ならいくつも知っているが、たいがいとても不幸な結末を迎えている。オクタヴィア・ペトリーはおそらく尊敬はされているがあまり裕福ではない専門職の男の末っ子として生まれ、どこか辺鄙《へんぴ》な村でひっそりと質素に育てられたのだろう。ロンドンでの生活になじめるはずもない。

そう、だれかと結婚するということ自体が論外だが、相手がオクタヴィア・ペトリーではなおさらだ。彼女を家庭教師以外の目で見てはいけない。リゼットとピップがここまでミス・ペトリーを慕っていなければ、そして契約期間の終わりがこれほど間近に迫っていなければ、いますぐにでも首にしたいところだ。しかしこれといった理由もなく、誘惑が怖いからというだけで首にするのは公正ではない。ミス・ペトリーが去っていくまで、気を強く持ち、誘惑に負けないようにしなければ。

唯一可能な結論に達したことに満足しつつ、エドワードは重い心でミスター・ウォルターズの住まいへと馬を進めた。予定より早く着き、弁護士が先客との用事をすませるあいだ一、二分待たされた。先客が出てきたとき、エドワードはそれがとてもハンサムで若い男なのに驚いた。明らかに軍人とわかる服装をしている。田舎の弁護士のかび臭い事務所にしてはめずらしい光景だ。しかし執務室に入っていくと、その若い男への興味もたちまち忘れた。

そして挫折《ざせつ》を味わった。どんな弁護士に対しても自分の望みどおりのことをやってもらえるよう説得できるという自信は誤りだとわかった。ミスター・ウォルターズはあくまで愛想がよかったが、依頼人の名前を明かすのは頑として拒んだ。

「依頼主のご一家とは古くからのつき合いなんです、ミスター・バラクラフ。みなさんウィチフォードの持ち主を守っていらっしゃいましてね。なぜ持ち主にお会いになりたいのか、わかりませんね。ミセス・カーステアズは生前、いまのウィチフォードの所有者とはさほど親しい関係ではなかったと思います。そんなわけで、残念ながらお役に立てそうにありません」弁護士は申し訳なさそうに両手を広げた。

エドワードは顔をしかめてから、肩をすくめた。

「それはがっかりだな。ごく簡単な頼み事に思えたんだが。しかし、いま聞いたことを受け入れるしかないようだ。ただ、常軌を逸した家庭のように思えるね。これでは頭がふつうでない女性が相続したと思われかねない」

弁護士がくすりと笑った。「とんでもない。きわめて健全な女性ですよ。ところで、ウィチフォードのご感想はいかがです？　前々から変わった屋敷だと思っているのですが」

「感じのいい家だ。姪たちがとても気に入っていてね。春にあそこを去るときには悲しがるだろう。しかし義姉《あね》がこちらに来たら、できるだけ早く姪たちをロンドンに連れていくことになると思う。少しは都会のことも知らないと」

「まったくです。ほかになにかご用件は……？」

「いや。ウィチフォードの持ち主の気が変わったら連絡をいただきたい。それでは」

このところ毎日がついていないという気がするな。そう思いながら、エドワードは外に出た。

お互いに気がつかなかったとはいえ、エドワード・バラクラフが弁護士事務所でハリーとすれちがったことはオクタヴィアも知らなかった。その朝、ミスター・バラクラフからギルドフォードのミスター・ウォルターズを訪ねてくると知らされて以来、オクタヴィアは気をもんで過ごした。気をもむあまり、フランス語の文法にも、イギリスの州名とそこに住む貴族の名前のおさらいにも集中できず、その結果、授業に支障をきたした。

しかし、これが彼女の最大の心配事というわけではない。ギルドフォードで兄とミスター・バラクラフが出会うかもしれないというのは差し迫った心配の種ではあっても、心が動揺しているのにはもっと深い原因がある。昨夜は勇ましいことを言ったけれど、なにも起きずにすんだのは、自分ではなく彼のほうが二の足を踏んだからなのだ。肩に両腕を投げかけて彼を引き寄せたい衝動はこらえきれないほど強かった。たぶん本当のことを認めるべきなのかもしれない。オクタヴィア・ペトリーはついに恋に落ちたと。それも、およそ自分にふさわしくない相手を愛してしまったと。

そのうえ、ウィチフォードに来た当初の衝動的で愚かな行為のために、自分自身を事実とはまったくちがう階級の人間だと偽っている。だましたことがエドワード・バラクラフにばれたら、どうなるだろう？　ハリーは、自分がバラクラフなら、すぐさま叩き出すと言っていたけれど、ミスター・バラクラフ自身もそうするだろうという気がする。ここは、この家を去るまで素性がばれないことを祈るしかない。そうすれば、来年の社交シーズンに今度は本来の身分でバラクラフ家の人々と会える。そしてひょっとしたら、本当にひょっとしたら、ミスター・バラクラフは許してくれるかもしれない。

これはもちろん、わたしの側の考えにすぎない。わたしのほうは結婚を考えるくらい彼を意識しているものの、彼がわたしをどう思っているかは見当もつかない。でも、対等な立場で会うことができたなら、チャンスはきっとある。彼はわたしが好きだし、ふたりのあいだに強く惹《ひ》かれ合うものがあるのはたしかなのだから。

リゼットとピップがじろじろとこちらを見ているのに気づき、オクタヴィアはイギリス貴族の城や大邸宅をおさらいする仕事に戻った。

午後、ピップが外に出たがり、案の定、散歩にぴったりのお天気よと言った。オクタヴィアはどこにも絶対に登らないと約束させてから許可を出した。三人は暖かい服装をして、馬車道から離れた家の裏手を回って出発した。ギルドフォードから帰ってくるミスター・バラクラフとばったり顔を合わせたくなかったからだ。ピップはまた外に出られて大喜びで、しばらくそのへんを駆け回った。でもそのうちくたびれて、オクタヴィアが家に戻りましょうと言ったときも反対しなかった。ピップの遊び相手をしてくれたリゼットは、ほんのしばらくひとりで外に残って植物採集をしてもかまわないかと尋ねた。オクタヴィアは迷った末に折れた。まだ外は明るいし、リゼットはもともと慎重な性格だ。危険な真似《まね》をするとは思えない。そこで十五分後には家に入るように約束させて、ピップを連れて暖炉の燃える居間に戻った。

リゼットは約束の時間よりわずかに遅れたものの、まるで走ってきたように頰を上気させ、瞳をきらきら輝かせて戻ってきた。リゼットははっとするほどきれいだということを自分でも知っているのかしら、とオクタヴィアは思った。たぶん知らないだろう。

リゼットは本当に控えめな娘で、自分の容姿がまわりにどれだけ威力を発揮するか、気づいているようすがまるでない。社交界にデビューすれば、まわりから受ける賞賛や注目にとまどうにちがいない。オクタヴィアは、エドワード・バラクラフと自分のあいだになにがあろうとも、つぎの社交シーズンには必ずロンドンにいようと心を決めた。社交界で最も排他的なレディたちもオクタヴィアに対してはいつもドアを開いてくれる。なんといっても、そのレディたちの半数は縁続きなのだから。リゼットがうまく社交界に溶け込むために、いつでも必要な手助けをできる態勢でいなければ。

9

お茶のあいだ、リゼットがふだんよりさらにもの静かで、オクタヴィアはなにかあったのと尋ねた。

「なにもないわ、ミス・ペトリー！　きょうの……午後のことを考えていただけよ」

「標本はたくさん見つかった？」

「え？　あの……いえ、あまり。葉の色が褪《あ》せてきたし、ほかにもこれといったものはなかったわ。あすは少し見つかるかもしれないけれど」

「そうね。どこか具合が悪いのでなければいいけれど、リゼット。少し熱っぽそうだわ」

「わたしのことは心配なさらないで、ミス・ペトリー。気分はとてもいいから」

実を言えば、リゼットはいまの気分を形容できることばが見つからなかった。やましくて、そわそわして、浮き浮きして、不安で……。それはすべて、きょうの午後これまで見たこともないほどハンサムな若い男性と出会い、十分間だけ話したせいだ。ミス・ペトリーに洗いざらい話すつもりではいるものの、いまのところはまだ自分の胸に秘めておきたい。リゼットはまたもや暖炉の炎を見つめ、午後の出来事を思い返した。

リゼットは屋敷の正面に回り、馬車道から森に入る小道を歩いていた。そして金髪で背の高い青年とばったり鉢合わせした。びっくりしたものの、怖くはなかった。男性はとてもハンサムだったが、危険はなさそうで、なぜか彼もひどく驚いたようだった。彼は口ごもりながら言った。「す、すまない。その……森のなかを散歩していただけで、驚かせる気はかったんだ。きみはどこから現れたんだい？」ばかばかしいことをきかれて、リゼットは思わず笑い声をあげた。「ここに住んでいるのよ」

「ウィチフォードに？」

「ええ。リゼット・バラクラフです。この森は私有地なのよ」

「本当？　ああ、もちろんそうだ！」若い男性はどこかうわの空で、リゼットはここでぐずぐずしていないほうがよさそうだと思った。

「もう帰らないと。家庭教師が待っているの」

「いや、行かないで！　少々びっくりしたように見えたら、許してほしい。きみみたいに愛くるしい人には会ったことがないから」

率直にこう言われ、しかもこちらに近寄ろうとする気配が相手にまったくないので、リゼットは警戒を解くと同時にとまどい、両手を頬に押し当てた。

「そんなことは言わないで。どう受け取っていいのかわからないわ」それから、急にひどくはにかみながらつづけた。「それより、どこからいらしたの？村に泊まっているの？　それともこの近くの人？」

「二、三日の予定で村に泊まっている。その……友人を訪ねてきたんだ。ぼくの名前はスミス。ハリー・スミス」

「有名な軍人と同じ名前？」

「知っているの？」

「ええ！　本をたくさん読んだわ。すごく勇敢な人で、スペイン人の娘を救って、その人と結婚したのよ。とてもロマンチックなお話だわ！　ええ、ハリー・スミスのことはよく知っているわ。もうひとりのほうだけれど」

「それはすばらしい」若い男性は賞賛をこめてリゼットを見つめた。「スミスはぼくの尊敬する英雄なんだ。だから――」彼は途中でことばを止めた。

「やっぱりきみには偽名を本名だと思ってほしくな

いな。ぼくの名前はスミスじゃない。ハリーのほうは本名だけど。偽名を使うのにはそれなりのわけがあるんだが、いまは言えない。どうかそのことでぼくを嫌いにならないでほしい」

リゼットはけげんな顔で彼を見たが、彼があまりに心配そうなので微笑《ほほえ》んだ。「いまの話を信じるわ。でも、もう家に帰らなければならないことに変わりはないの。すぐに戻ると約束したから」

「あす会ってくれないか？」

「それはだめよ！　作法にはずれるわ」

「作法などくそくらえだ。いや、いまのは本気で言ったわけじゃない」彼は憤慨した表情で頭を振った。「これではばかだと思われてしまうな。こんな状態になったのは初めてだ。とにかくもう一度会わなければ。ほんの数分でいいから。どうかお願いだ」

リゼットはかなり興味をそそられた。男の人はあまり知らないけれど、この人は前につき合ったことのある相手よりずっといい人に思える。「いいわ。午後でなければだめよ。午前中は勉強があるの」

「二時では？」

「ここで？」

「ここで。来てくれるんだね？　すばらしい！」

「リゼット！」居間でリゼットははっとわれに返り、きまりが悪くなった。ミス・ペトリーが心配そうな顔をしている。「心ここにあらずといったようすね。風邪でもひいたんじゃないかしら。なんともないとわかるまで散歩はしないように」

「いいえ、どこもなんともないわ。本当よ！」リゼットはどこも具合など悪くないことを一生懸命訴えた。それはうまくいき、散歩をしてはいけないという話はそこで立ち消えになった。

翌日の午後、リゼットはもう一度ノートに記録する標本を探しに行きたいと頼んだ。ミス・ペトリーは即座に承諾し、これからすぐ三人で行きましょうと提案した。「用事があって、わたしは三時十五分までに戻らなければならないから」

「ご迷惑でなければ、わたしひとりで行けるわ」リゼットは懸命に言った。

「ええ。でも、わたしが用事をすませるあいだ、あなたにピップのお目付役をまかせたら、叔父さまがいい顔をなさらないと思うの」ミス・ペトリーはそう言って微笑んだ。「リゼット、三人ですぐに出ましょう。時間はたっぷりあるわ」

リゼットは言い逃れをする習慣がなかった。外へ出て、知り合ったばかりのあのすてきな男性に会ったとき、ピップにそばにいられるのだけはなんとしても避けたい。いまはまだ一時半。運がよければ、しばらくひとりきりになれる機会があるだろう。そのときにこっそり小道に行こう。

ところが、それ以上についていた。ピップは家のそばにいたがり、そのあたりでは草や木の葉は大半がすでに枯れている。リゼットが家の反対側に行きたそうにそちらを眺めているのを見たミス・ペトリーが、十分間ひとりで行ってもいいと言ってくれた。

「十分だけよ。忘れないでね！」

リゼットは急いで〝ミスター・スミス〟と出会った小道をめざした。彼は待っていた。リゼットは急に恥ずかしくてたまらなくなった。

「こんにちは。きみに会えてうれしいよ。来ないんじゃないかと思っていたから」

「わたし……あの……来るべきじゃなかったわ。あなたと会っていたのがわかったら、先生をがっかりさせてしまうわ」

「まさか！　タヴィはさばさばした性格なんだ。気にしたりはしないさ」

「タヴィ？　ミス・ペトリーのこと？　ミス・ペト

リーをご存じなの？」

「あ！　その……実は、知っているんだ。それどころか、ウィチフォードに来たのはタヴィに会うためなんだ。ただ、それがむずかしくて……」

「ミス・ペトリーのお友だちなの？　だからわたしともう一度会おうとしたの？　伝言かなにかをことづけたくて？」若いリゼットは傷ついたことを隠そうともしなかった。

「いや、そうじゃない」ハリーはあわてて言った。

「それはちがう。そんなことを信じては――」

「では、なにを信じればいいの？」

ハリーが困惑したようすでこちらを見つめるので、リゼットはふいに逃げ出したくなった。

「もう行くわ。でないとミス・ペトリーと妹が捜しに来るから」

「こんな形で行かないでくれ。きみの考えているようなことではないんだ。いいかい、これからあることを話すけど、秘密にすると約束してくれるね」

「どんなことかしら？」リゼットはまだ身をこわばらせたまま言った。

「ぼくの本当の名前はペトリーだ。ハリー・ペトリー。タヴィはぼくの妹なんだよ」

「あなたの妹？」リゼットは満面に笑みを浮かべた。

「本当？　軍隊にいるお兄さま？」

「タヴィはぼくの話をしたのかい？」

「少しだけ。でも、秘密にしなければならないのはなぜ？　あなたがミス・ペトリーを訪ねてきても、わたしの叔父は少しも気にしないはずよ」

「一、三問題が片づけばね。でも、いまはぼくのことばを信じて、秘密にしておいてほしい」

「なにか厄介事を抱えているの？」

「いや、ちがう。誓ってそんなことはない。タヴィがぼくのことをミスター・バラクラフに知られたくないと言うんだ。信じてほしい。ちょっと微妙な状況でね。すべて秘密にしておいてもらえるかい？」

「ええ。なんだかとても興味をそそられるわ。話してもらえてよかった。ミス・ペトリーはわたしが出会った最高の家庭教師なの」

ハリーはくすくす笑った。「そう言っておくよ。喜ぶだろうな。タヴィ自身、家庭教師は何人も経験してきているからね」

「え？　なんですって？」

「あ、何年も経験してきているのまちがいだ。で、つぎはいつ会えるかな？　あす、また抜け出せる？　同じ時刻に」

「やってみるわ」

ハリーは少しためらってから、きまり悪そうに言った。「きみのことをもっと知りたいんだ、リゼット。きみのような人に出会うのは初めてだ」

リゼットは目を伏せた。「ありがとう。わたしもあなたのような人は初めてよ。ミス・ペトリーが叔父にあなたがお兄さまだと話してくだされば、わたしたち、正式に会えるかもしれないわ。でもエドワードはとても厳しいの。来年社交界にデビューするまでは、わたしに新しい友だちを作らせたくないはずよ」

「それなら、そのときまでぼくのことは知られないほうがいいんじゃないかな。来年ぼくがロンドンに行けば、正式に知り合える」

リゼットは疑わしげに言った。「社交界ではいろいろな人たちとおつき合いするでしょうね。でもなぜか、あなたとわたしが同じ場所に出入りするとは思えないの」

ハリーはなにか言いかけてやめ、謎《なぞ》めいた表情を浮かべた。「そうかもしれないな。それまではこっそりと会うしかないね」

リゼットはうなずいた。「あす、きょうと同じ時間にここに来るわ。きょうはこれでさようなら」

「さようなら、リゼット。ぼくがタヴィの兄だときみが知ったことは、いずれぼくからタヴィに話すから、きみからは言わないように。いい気はしないだろうからね」

ハリーはリゼットが木々のあいだを縫うようにタヴィのもとへ戻っていくのを見送った。彼は妹の秘密をリゼットに話してしまったことをうしろめたく思った。タヴィはたいそう腹を立てるにちがいない。しかし、自分はほかの女性に関心があるとリゼットに誤解させたままにしておきたくなかった。リゼットはすんなりと受け止めてくれたようだ。タヴィにも言わないだろう。ああ、なんと可憐《かれん》な娘だろう！リゼット・バラクラフを勝ち取れるなら、父の言うことを聞いて身を固めてもいい！　実は自分はウォーナム伯爵の跡継ぎで、ロンドン社交界のどこにでも出入りできると思わず打ち明けそうになったが、思いとどまってよかった。あれ以上妹の秘密を明かすわけにはいかない。それに、貧しい家庭教師の兄だと身分を偽るのは、少々愉快だ。リゼットは身分のちがいを気にしてはいないらしい。こちらにとても好意を持ってくれたようだ。つかの間、ハリーはリゼット・バラクラフとの薔薇《ばら》色の未来を想像し、幸福感にひたった。それからわれに返った。タヴィに会ったら、自分たちが兄妹《きょうだい》であることをリゼットに話したと言おう。タヴィに隠しておくわけにはいかない。ハリーは森のなかをそっと歩き、三時になるのを待った。

ところがオクタヴィアは三時になっても現れなかった。ハリーは一時間待ち、妹が来られなかったことをしかたなく受け入れると、宿屋に戻った。

ハリーが森で待っているあいだ、オクタヴィアは雇い主とともに書斎にいた。そしてミセス・バラクラフがあすウィチフォードに到着すると知らされた。オクタヴィアは不吉な予感にとらわれた。これまで耳にしたことから判断して、ミス・フルームを首にして、ずっと若いオクタヴィアを雇った義弟の判断にミセス・バラクラフが賛成するとはまず思えない。いままでどおりにはいかないだろう。とはいえ、自分がリゼットとピップに教えてきたことがまちがっているとは思わない。ピップが病気になったこと以外はすべて順調にきている。ピップがダンスの稽古《けいこ》に夢中になっているのを見て、姉妹に社交界のしきたりや礼儀作法を少し教えたくらいだ。これはもちろん初めてエドワード・バラクラフと面談したときに言われたことに反する。でも彼は、レディ・オクタヴィア・ペトリー以上に徹底した訓練を受けた者などいないことを知らないのだ。

「ぼんやりしているようだね、ミス・ペトリー」

オクタヴィアは飛び上がり、書斎に来るよう言われたときに持っていたピップのジャケットを取り落としてしまった。「ご、ごめんなさい」うろたえながら謝り、ジャケットを拾った。「いまのお話をうかがって驚いたものですから」

「わたしも一時間前に知ったばかりだ」

「ミセス・バラクラフがいらっしゃることで授業がどう変わるか、考えてみるつもりでいました。ミセス・バラクラフが直接教えたいこともおありでしょう？」

「教える？　義姉《あね》はなにも教えようと思わないだろうね」ミスター・バラクラフはにべもなく言った。「けがの状態がどうなのか、見当もつかない。おそらく旅ができる程度にまでは回復しているのだろうが、くわしくはわからない。動けない状態でないかぎり、この家の切り盛りやなにやかやをやろうとするのはまちがいないし、わたしは不要になる。来週以降は、わたしがウィチフォードで過ごす時間はずっと減りそうだ」

オクタヴィアは目を伏せた。そのほうがいいわ。だれにとってもそのほうがいいはずよ！

ミスター・バラクラフはピップのジャケットを握りしめたオクタヴィアの両手を見つめて言った。

「ジュリアが突然来るのはいろいろな点から見て具合が悪いが、わたしにとってはちょうどいいタイミングだ。わたしときみにとって。お互いに顔を合わせる機会が少なくなればなるほどいい」

オクタヴィアはうなずいた。「ええ。このままではは面倒なことになりかねませんもの。それに、わたしはあなたにご迷惑をおかけしたくありません」

「ご迷惑！」ミスター・バラクラフは立ち上がり、窓の外を見つめた。「迷惑かどうかという問題ではない。わたしがきみへの思いを簡単に振り払ったとは思わないでもらいたいね。しかしわたしは、愛人になってほしいと頼んできみを侮辱したくはない。いまのところ、わたしには結婚する気がない以上、ほかに関係を保つ方法は皆無だ。わたしはできるだけきみを避ける。理性的な解決法はそれしかない」

オクタヴィアは突然怒りがこみ上げるのを感じた。〝ほかに関係を保つ方法は皆無だ。わたしはできるだけきみを避ける〟もしも彼が思い込んでいるとおり、わたしが本当の家庭教師だったら、こんな残酷な仕打ちはないわ。なんの相談もなければ、未練もなければ、慰めのことばひとつないなんて。あるのはただ、こちらの気持ちなどおかまいなしに下された、良識的で冷静な決断だけ。家庭教師にはなんの選択肢もない。なんてひどい人なの！

一瞬、オクタヴィアは〝理性的な解決法〟を突っぱね、自分の素性を明かしたい衝動に駆られた。わたしは身分で言えばあなたより上の階級に属していて、社交界の最上層部にはあなたよりなじみがあるのよ、と。しかも、この家の持ち主はわたしなのよ、と。しかし、ふたつのことがそれを思いとどまらせた。ひとつは、自分の血筋を誇りに思っていても、それを自慢する性分ではないことだ。しかしそれよりずっと強く働いたのは、もしも素性を明かせば、彼に目的を誤解されかねないという危惧《きぐ》だった。身分のちがいという障害さえなくなれば、彼がこの場で愛を宣言してくれるのを期待していると受け取られかねない。それはできない。彼にはロンドンで再会するまで待ってもらわなければ。ロンドンで会ったら、彼のほうがひれ伏せばいいわ！

エドワード・バラクラフがひれ伏している光景を想像し、オクタヴィアは思わず笑みを浮かべた。ちょうどこちらを振り返った彼がそれを見た。

「おかしいかね？」

「いいえ。あなたはとても……分別がおありだと思います」

「オクタヴィア、わたしは——」

「もうなにもおっしゃる必要はありません。これで失礼してよろしいでしょうか？」

彼は肩をすくめ、沈んだ声で答えた。「もちろん」

あんまり腹が立ち、みじめな気分だったので、そのあとオクタヴィアはリゼットとピップに根気よく接することができなかった。夕食の席では静かに座り、家庭教師らしいこと以外はなにも言わないようにした。それは楽ではなかった。ミスター・バラクラフの顔は雷雲を思わせる。それに、リゼットのようすもいつもとちがう。今夜のリゼットはどこかうわの空で、オクタヴィアが自分の問題にとらわれていなければ、おかしいと思ったはずだ。ピップも夕食の席に加わらせてもらったが、ジュリア叔母がいよいよ到着すると知らされてから、いつもの元気のよさは影をひそめていた。夕食のあと、オクタヴィアはピップがやすむのを見届けてから、頭痛がすると言って自分の部屋に引き取った。

　ところがまもなくドアを叩《たた》く音がして、リゼットが現れた。「頭痛、お気の毒に。ミセス・ダットンに薬草湯を煎《せん》じてもらったの。効くかもしれないわ」

　窓辺の椅子に座っていたオクタヴィアはトレーを受け取ってテーブルに置き、どうにか微笑んでみせた。「ありがとう。本当にやさしいのね、リゼット」

「ミス・ペトリー、打ち明けたいことがあるの」

　オクタヴィアは目を閉じた。深刻な話ではないだろう。リゼットは行儀がよすぎるくらいだから。でも、きょうは厄介な問題はもうたくさんだ。

「どうしたの？」オクタヴィアは親身になっているような口調で言おうとした。

「先生のお兄さまのことが好きになってしまったの」

　オクタヴィアは頭が痛いのも忘れ、ぱっちりと目を開けた。「なんですって？　もう一度言って、リゼット。ちゃんと聞いていなかったの。だれが好きになったんですって？」

「先生のお兄さまのハリーよ。好きなの。でも、好きになってはいけないわ」

　オクタヴィアはまた目を閉じた。もうたくさんだわ。こんな話は聞きたくない。

「ミス・ペトリー？」リゼットが不安そうに言った。

　問題は放《ほう》っておいても消えてはくれない。オクタヴィアは覚悟を決めてふたたび目を開けた。「ハリーに会ったの？　いつ？　どこで？」

「ご存じだとばかり思っていたわ。きょうの午後会ったときに自分から話すと、彼が言っていたから」

「きょうは会っていないのよ。リゼット、あなたはわたしの兄に会って、そのことをわたしに話さなかったということなの？」オクタヴィアは腹が立ってきた。きょうは厄介な問題はもうたくさんだと思っていたのに。ハリーまでもがわたしを打ちのめすなんて。なぜハリーはリゼットに近づいたの？　しかも、わたしが妹だとリゼットに打ち明けてしまうとは！

「きのう、植物採集をしているときに偶然出会ったの。とてもすてきな人だと思ったけれど、もちろんそのときは彼が先生のお兄さまだなんて知らなかったわ」

「ハリーにひと言言っておかなくては」

「彼を責めないで！　とても丁重で礼儀正しかったのよ。でもエドワードはきっといい顔をしないわ」

「いい顔をするはずがないでしょう？　それに、リゼット、わたしも感心しないわ」

リゼットはあっけにとられた表情でオクタヴィアを見た。「喜んでもらえると思ったのに。彼でもだめなの？　エドワードがそう思うのはわかるけれど、先生がそうおっしゃるなんて」

「それとは関係がないの。たとえハリーが……伯爵かなにかの息子だったとしても、そんなふうに彼と会うのは感心しないわ」

「そのことで、ききたいことがあるの、ミス・ペトリー。打ち明けたいことが」

「打ち明けたいことって、いま聞いたことではなかったの？　まだあるの？　どんなこと？」

「ペトリー中尉が好きになるのはとても悪いことなの？　ほかの人と婚約しているのに、彼ともう一度会いたいと思うのはよくないことなのかしら？」

「ほかの人と婚約している？」オクタヴィアは完全に頭痛を忘れた。「それはどういうこと？」

「イギリスに来る前に、アンティグア島で婚約していたの。その人と結婚してほしいというのが父の最後の願いだったわ」

「よくわからないわ。ご両親はあなたをイギリスに来させたかったんじゃないの？」

「ええ。でもリカルドから、父が亡くなる前の日に話をした、父はわたしをすぐにも彼と結婚させたがっていたと言われたの。父の手紙も見せてくれたわ。父の最後の願いは破ってはいけないものなのかしら？　リカルドはいけないって言うの」

「お父さまはあなたの幸せを願っていらっしゃったと思うわ、リゼット。リカルドと結婚しなさいとお父さまから直接言われたことは？」

「ないわ。わたし、父はわたしをイギリスに行かせたいのだと思っていたの。エドワードとヘンリー叔父さまもそう言うわ。ただ手紙が……」

「その手紙はあまり重く見ないほうがいいわね。その手紙がいつ書かれたものとか、その夜話したことかについては、リカルド以外なにも知らないわけでしょう。あなたに恋い焦がれているとすれば、リカルドは、叔父さまたちの言うことを聞かないようにあなたを説き伏せるために、事実を少し誇張したのかもしれないわ。そうしなければ、あなたが納得しないとわかっていたのよ。でも……あなたはどうなの？　あなたはどうしたいの？」

リゼットは首を振った。「わからないの。アンティグア島にいればリカルドと結婚していたでしょうけど。イギリスではちがうわ。わたしはまだ婚約しているのかしら？」

「それなら答えは簡単よ。婚約していないわ。二十一歳になるまであなたは叔父さまたちの庇護《ひご》の下にあるし、叔父さまたちの同意がなければ婚約はできないんですもの」

とたんにリゼットが微笑んだ。「じゃあ、先生のお兄さまにもう一度会いたいと思っても、それはふしだらなことではないのね？」

「ふしだらだとは思わないわ。でも、やはり彼とは会わないほうがいいわね」オクタヴィアは身を乗り出した。「わたしの意見はこうなの。あなたの後見人である叔父さまたちのおっしゃるとおりよ。外の世界を見てみる機会もないうちにだれかに惹《ひ》かれすぎるのはよくないわ。これは、身分のちがいとか、ふさわしい相手かどうかとか、すでに婚約しているかどうかという問題ではないの。あなたを愛している人ならだれもが、あなたにそのようなまちがいを犯させないよう、できるかぎりのことをするわ」

リゼットはうなずき、目を伏せた。「もうペトリー中尉にはお会いしないわ」

「ロンドンに行くまではね。社交界に出たあとなら会っていいのよ。ほんの二、三カ月の辛抱だわ」

「でも……会えないんじゃないかしら？　彼とわたしは住む世界がちがうんですもの」

オクタヴィアはリゼットの手を取った。「あなたは必ず兄に会えるわ。本当よ。でも、それまでは彼と会わないと約束してほしいの。約束できる？」

リゼットはしぶしぶうなずいた。

「ありがとう。前にあなたは、ミスター・バラクラフはいったん決めたら、まず心変わりはしないと話してくれたわね？　もしもいまあなたがハリーと会っていることがわかったら、叔父さまはきっとひどくお怒りになって、ハリーを追い払い、二度と彼に会ってはならないとおっしゃるわ。そうなっては困るでしょう？　でも社交界に出てからなら、叔父さまもあなたの言い分に耳を傾けてくださるんじゃないかしら。焦らないことよ。思っている以上にいい見通しが待っているかもしれないわ」

「さようならも言えないの？」

「わたしがハリーに会って事情を話すわ。直接さようならを言うのは危険すぎるでしょう？　あす、叔母さまがいつ到着されるかわからないし、到着したときにはあなたも出迎えなければならないわ。それに人も多くなるでしょうし。あすの朝、わたしが宿屋までハリーに会いに行って話すわ。そんな顔をしないで、リゼット。わたしの約束を忘れないで！」

翌朝はてんやわんやだった。ミセス・バラクラフが急に予定より早く来ることになったのは、ミセス・ダットンにはまさに不意打ちで、午前中いっぱいをかけて臨時の使用人を増やしたり、メニューを決めたり、最上の寝室を準備したりした。オクタヴィアが自分の部屋を出ると、家政婦は男の使用人ふたりに大型の椅子をピップの寝室の上にある部屋まで運ばせているところだった。

「この椅子はミセス・カーステアズが愛用されていたもののようですね、ミス・ペトリー」ミセス・ダットンが言った。「ミスター・バラクラフが、初めてミセス・カーステアズを訪ねてきたときは塔のいちばん上の部屋にあった、そこへ戻したいとおっしゃるんです。ミセス・カーステアズはまだお元気だったころ、塔の部屋で過ごす時間が多かったようですね。この椅子は古びて醜いけれど、お気に入りで、病気になってからは寝室に移してお使いでした。でもあの寝室はミセス・バラクラフがお使いになることになっているし、ミスター・バラクラフは、この椅子はお義姉《ねえ》さまの好みではないだろうと。それでまた塔の部屋に戻すことにしたんです」

すると、塔の最上階にある部屋はカーステアズの伯母のお気に入りの場所だったのだ。それは容易に想像できる。オクタヴィアは一度ちらりとなかを見たことがあるが、とても興味をかき立てられた。天井が傾斜し、四方に窓のある変わった部屋で、眺めがすばらしく、テーブルや棚には本や絵画や土産品などさまざまなものがぎっしりと並んでいた。いつかこの部屋をゆっくり見てみたいと思っていたが、ふだんは鍵《かぎ》がかかっている。鍵はミスター・バラクラフが持っており、これまで鍵を開けてほしいと頼みそびれたまま来てしまった。かといって、いまは部屋のなかをゆっくり眺めている場合ではない。まず村の宿屋に行って、ハリーと話をしなければ。

ようやく屋敷を抜け出せたのは思ったより遅い時刻だった。オクタヴィアは宿屋に着くと、ミスター・スミスを呼び出した。ありがたいことに宿屋にほかに客はなく、小さな談話室で兄を待った。ハリーはこんな早い時刻に来客があるとは思ってもいなかったらしく、上着を着ながら階段を下りてきた。幅広のネクタイ《クラバット》もまだ結んでいない。

オクタヴィアはあきれて首を振った。「従僕はどうしたの？　着つけは従僕の仕事でしょう？」

「ばかなことを言わないでもらいたいね、タヴィ！　ぼくは変装中だぞ。クロッカーはアシュコムに帰したよ。こんな時間にいったいどうしたんだ？」

「わたしが結んであげましょうか」オクタヴィアはクラバットを結ぼうとしている兄の手つきを冷やかすように見つめた。「結んであげながら話ができるもの。時間がないのよ。きょうはミセス・バラクラフが到着する予定で、わたしもその場にいなければならないの。でも、ききたいことがあって。どうしてリゼットにわたしの兄だと話したの？」

「きみの恋人かなにかだと思われてしまったからだよ。誤解されたままにはしておけなかった。知り合いもしないうちから対象外にされてはね！　きみならわかってくれると思ったんだ」

「リゼットと話なんかしてはいけなかったのに。でも、いまさらそんなことを言っても始まらないわ。それよりもっと大事なことがあるの。ひどいへまをしないよう、注意しに来たのよ」

「リゼットのことなら時間のむだだぞ。あんなすばらしい娘は見たことがない。結婚するつもりだ」

「ライバルがいたとしても勝ち抜けるように、幸運を祈っているわ。ただし、結婚するには後見人の同意が必要なのよ。それとも、リゼットをさらって駆け落ちでもするつもり？」

「だれがそんなことをするものか。なんと不謹慎な入れ知恵だ」

「だったら、わたしの言うことを聞いて。わたしはエドワード・バラクラフの人柄を知っているの。彼はリゼットをとても大事にしていて、こっそり会っていると知ったら、姪《めい》にふさわしい相手だとは絶対に考えてくれないわ。それも当然よ。リゼットはまだたったの十六歳なんだから。それにしても、お兄さまには驚かされたわ。いったいなにを考えているの？」

「最初は偶然出会ったんだ。そしてそのあとは、あする以外リゼットと知り合うすべがなかった」

「リゼットを相手にどんな夢を描いたとしても、ミスター・バラクラフに見つかったら、すべてぶち壊されてしまうわ。ハリー、わたしは本気で言っているのよ。ウィチフォードではもう二度とリゼットと会わないで。いま以上のつき合いをするには、リゼットはまだ若すぎるし、純真すぎるわ。でも、お兄さまは自分がなにをしているか、わかっている年齢よ。そして、いましていることはまちがっているわ。大切な姪にふしだらなふるまいをさせようとしているとわかったら、ミスター・バラクラフはお兄さまのことをどんな男だと思うかしら？」

ハリーは恥じ入った顔をし、そんなふうに考えたことはなかったと言った。

オクタヴィアは口調をやわらげた。「そうだと思ったわ。でも、わたしの助言に耳を貸す気があるなら、焦らないで。わたし、リゼットに、ロンドンに行けばハリーにまた会えると請け合ったの。リゼットが社交界にデビューしさえすれば、正式に交際を申し込めるわ。それまで待って」

「だが、あれほど美しい娘なんだ。きみには恋に落ちた者の気持ちがわからないんだよ、タヴィ。リゼットが相手なら、いますぐ除隊して身を固めてもいい」

こんなハリーは初めてだわ。オクタヴィアは思わず胸をつかれ、穏やかに言った。「それなら辛抱強く好機を待つべきよ。でも、いまリゼットを追いかけたら、好機はつぶれるわ」

「リゼットはどう考えているんだろう？　きょうの午後また会う約束をしたんだが」

「リゼットは事情を理解したわ。わたしがここへ話しに来ることも知っているの。わたしを信用して」

「そうするしかないようだな。きょうの午後会うのにきみが反対なのは明らかだ」

「反対せざるをえないの。会おうとしても止めるわ。そろそろ戻らないと。できるだけ早くここを離れて。一週間か二週間後にアシュコムで会いましょう。それまで行儀よくふるまってね」オクタヴィアは兄を抱きしめた。「にっこりしてちょうだい！　三カ月くらいすぐに過ぎるわ。お父さまがなんとおっしゃるか、考えてもみて」

ハリーはにやりとした。「父上は仰天するだろうな。前回会ったときは、アシュコムにいろと言われても聞かなかったのに、いまは……」

オクタヴィアは笑い声をあげ、兄にキスをした。「きっとなにもかもうまくいくわ！」それから急いで宿屋を出た。

オクタヴィアとハリーが話に夢中になっているあいだ、外では豪華な馬車がほんのつかの間とまっていた。御者が宿屋の亭主に道を尋ねたあと、馬車は動きだした。ジュリア・バラクラフがウィチフォードに到着したのだ。

10

ジュリア・バラクラフは鋭い顔だちをした女性で、手足が細いのは生まれのよさの表れだと自慢にしていた。好んで貴族階級特有のゆっくりした話し方をしたが、話す内容はその鼻と同様鋭かった。ジュリアは義弟のすることひとつひとつに懐疑的で、家庭教師の選び方ばかりでなく、家庭教師を自由にさせていることも気に入らなかった。ウィチフォードに到着するとまもなく、自分の考えを明らかにしはじめた。

「そのミス・ペトリーという人はどこ?」エドワードや姪《めい》たちと挨拶《あいさつ》を交わしたあと、ジュリアは尋ねた。「ここにいて仕事の説明をしてくれると思っていたのに。どこに行ったの?」

「ミス・ペトリーは散歩に出かけたんだと思うわ、ジュリア叔母さま」リゼットがおずおずと言った。

「散歩? なにを考えているのかしら? 雇い主が到着するというのに家庭教師が散歩だなんて! あなた、知っていた、エドワード?」

「いや。でもわたしは気にしていませんよ。ミス・ペトリーはとてもまじめだから。義姉《あね》上は予定より早く着かれましたからね。彼女は義姉上が少し休んで家族と話をする時間が必要だろうと考えたんじゃないでしょうか。ミス・ペトリーとは夕食の席で話ができますよ」

「夕食の席で? まさか使用人を家族といっしょに食事させたりしているんじゃないでしょうね?」

エドワードが平静な口調で答える前に、ほんの少し間があった。「ミス・ペトリーは使用人ではありません。リゼットもピップも食卓での彼女との会話

「ミス・フルームに会ったんですか？」

「会うはずがないでしょう。でもここに来る途中、ロンドンでレディ・レッドバリーに会ったのよ。ご主人には会わなかったけれど。ご主人は友だちといっしょに田舎にご滞在なの」

「それは驚いたな。いずれにしても、ミス・フルームは姪たちにはまったく合わない。辞めてもらったときは、わたしも姪たちもほっとしたんです」

「そうよ、ジュリア叔母さま。ミス・フルームはすごくいやな人だったわ」これ以上黙っていられなくなったピップが言った。「それに、ミス・ペトリーは最高の家庭教師なんだから！」

「フィリパ！　話しかけられるまでは黙っていなさいと、ミス・ペトリーから教わっていないの？」

「ミス・ペトリーはわたしの話を聞くのが好きなのよ！」

リゼットが妹の手を握った。「ミス・ペトリーがからずいぶん多くを学んでいる」

「わたしが来た以上はやり方を変えなければ。田舎娘との会話から学ぶなんてまっぴらよ」

「それは残念だ。わたしにはどうすれば義姉上を満足させられるのかわからない。わたしがウィチフォードにいるかぎり、ミス・ペトリーはこれまでどおりわれわれといっしょに食事をします」エドワードは丁重ながらもきっぱりと言った。

「いつまでもつづかないように願いたいわね。でも、いまリゼットもピップもと言わなかった？　フィリパを夕食に同席させるなんて！　夜の催しに出席させるにはまだ幼すぎるわ。家庭教師といっしょに子供部屋にいるべきよ。ミス・フルームならちゃんと心得ているのに。レッドバリー家で長年家庭教師を務めてきましたからね。あなたがミス・フルームをお払い箱にした話をしたら、デイジー・レッドバリーがひどく怒っていたわ」

帰ってこないか見てきましょうか、エドワード？」

「頼むよ」エドワードはほっとしたようすで答えた。

「ジュリア叔母さまは少しお休みになりたいだろう。義姉上、けがはすっかり治りましたか？」

リゼットとピップは叔母からうまく逃げ出した。

「ひどいことになりそう」ピップが顔をしかめた。

「ジュリア叔母さまがどんな人か、すっかり忘れていたわ。ヘンリー叔父さまといっしょですらないのよ。叔母さまより叔父さまのほうがずっといいわ」

「ヘンリー叔父さまはもう二、三日ロンドンにいたかったのよ。わたしたちのために借りる家を探してくださることになっているの。でも、ジュリア叔母さまはわたしたちのことが心配だから、叔父さまを置いてひとりでウィチフォードにいらしたのよ」

「わたしがヘンリー叔父さまなら、二、三日どころかずっとロンドンにいるわ！　叔父さまもそうしてくれればいいのに。エドワードはヘンリー叔父さまがこっちに来たらすぐにロンドンに行くって言ってたわ。エドワードがいなかったらどんなふうになるか、わからないわ！」

「困ったわね」リゼットがため息をついた。

「ミス・ペトリーがもう少し長くいてくれないかしら？」

「いてくれるといいけれど、ジュリア叔母さまがいてほしがらない気がするの。ようすを見るしかないわね、ピップ。みんなでロンドンに行くのもそう遠い先のことじゃないわ」

「ああ、どうしていまのままでいられないの？　エドワードとミス・ペトリーのいるウィチフォードはとっても楽しかったのに！　わたし、ロンドンなんか行きたくないわ。この家が大好きなの！」

「わたしもよ。でも、ロンドンも見たいわ。あら、ミス・ペトリーが馬車道を来るわ。ピップ、ジュリア叔母さまがミス・ペトリーについて言ったことを話しちゃだめよ」

「話さないわ。ミス・ペトリー！　ミス・ペトリー！」ピップはいつものように大はしゃぎで馬車道を駆けだしていった。

オクタヴィアはピップを抱きしめてから、向こうで待っているリゼットに視線を移した。初めてウィチフォードを訪ねてきたときとそっくりの光景だ。あのときもまずピップと出会い、そのあと、いまとほぼ同じ場所にリゼットがいるのに気づいた。屋敷がどこかよそよそしく見える。天候によって屋敷のようすが変わるのには本当に驚かされる。

「こうやって迎えてもらえるのはいいものね」オクタヴィアはピップに腕を引かれてリゼットに近づいていった。「もっと頻繁に散歩に出かけなくては！」

「散歩は楽しかった？」リゼットが尋ねた。オクタヴィアにはその意味がはっきりわかった。暗に、ハリーに会いに行ったことを言っているのだ。

「完全にうまくいったわ、リゼット」オクタヴィアは微笑《ほほえ》んだ。「すっかり気分転換ができたわ」

リゼットは安心したようにほっとため息をついた。「散歩中にジュリア叔母さまがいらしたのよ。骨折した脚は思っていたほどひどくなかったみたい」

「すると、叔父さまはもうすぐここを去られるの？」オクタヴィアはさりげなく聞こえるように尋ねた。

「まだよ。ヘンリー叔父さまがまだロンドンにいらして、ジュリア叔母さまはひとりでは動けないから。あと一週間くらいでヘンリー叔父さまがいらしたら、エドワードはここを出ていくの」

オクタヴィアは喜んでいいのか悲しんでいいのかわからなかった。もちろんジュリア・バラクラフがいたのでは、いずれにしても事情が変わる。「急がないと。叔母さまは着いたときにわたしがいなかったことをよく思っていらっしゃらないでしょう」

「そうなの」ピップが言った。「とっても」オクタヴィアはリゼットがピップに顔をしかめて首を振ったのを見て笑い声をあげた。

「心配しなくていいのよ。よく思われなくて当然なんだから。さあ、行きましょう！　これ以上ミセス・バラクラフをお待たせしてはいけないわ」オクタヴィアは足を速めた。リゼットとピップも笑ったり文句を言ったりしながらついてきた。

その夜の夕食には以前のような緊張が戻っていた。ミセス・バラクラフはオクタヴィアが夕食に同席するのに反対で、エドワードとリゼットにしか話しかけなかった。リゼットはオクタヴィア以上に叔母の態度を失礼に思い、ひどく気まずそうで、ほとんどなにも話さなかった。オクタヴィアは平静を保ち、エドワード・バラクラフから話しかけられたときにはごく冷静に答えたが、その会話をさらに発展させようという気にはなれなかった。ピップですら静かだった。食事が終わるとミセス・バラクラフが冷やかに言った。「ミス・ペトリー、十分後に書斎で会いたいわ。その前に家族だけで話がしたいの」

「わかりました。では十分後に」オクタヴィアは食堂を出た。これがこの先の生活の前触れだとすれば、家庭教師としての生活がもうすぐ終わるのは幸いと言うしかない。ミセス・バラクラフは思っていたよりひどかった。鼻持ちならない俗物だ。ところが、ひどさはこの程度ではすまなかった。

書斎で、オクタヴィアはミセス・バラクラフから容赦のない尋問を受けた。なかには不快な質問もあり、それに対しては冷ややかな軽蔑《けいべつ》をこめて答えた。雇い主からは嫌われる態度だ。オクタヴィアがミセス・バラクラフの質問に含まれる数々の罠《わな》をうまくかわしている自分をよくやったと思いはじめたそのとき、そんな自己満足はミセス・バラクラフがだしぬけにこう言って、終止符が打たれた。

「けさ、あなたを村の宿屋で見かけたように思うんだけれど、あの若い男性はどなた？」

オクタヴィアは頬が熱くなるのをどうすることもできず、時間を稼いだ。「ごらんになったのですか？」

「そうよ。だからわたしをだまそうとしてもむだですからね。あの男性はだれ？　あなたに恋人がいることをミスター・バラクラフは知っているの？　知っているとは思えないわね。わたしは使用人にそんなことを許したことは一度もないわ」

「自由時間になにをしているか、ミスター・バラクラフからきかれたことはありません。でもその男性については、これ以上ご心配なさる必要はありません。わたしは別れを告げにあそこへ行ったんです。彼はきょう村を離れます」

「その男性との関係はいつからつづいているの？」

「関係などありません」オクタヴィアは怒りをこらえた。「彼はほんの三日間しかこの村に滞在していないんです。彼についてはこれ以上お気をわずらわせる必要はありません」

「気をわずらわせるかどうかはわたしが自分で決めるわ！　で、彼はだれなの？　名前は？」

オクタヴィアはためらった末に答えた。「ミスター・スミス。昔からの家族ぐるみの友人なんです」

「本当？　ミスター・バラクラフとちがって、わたしはなにが目的かわからない散歩に出かけたり、隠れて逢引《あいびき》したりするのは許しませんからね。それから、あなたがここで働く残りの日数のことだけれど、出ていく気になったら知らせてちょうだい」

「散歩には姪ごさんたちと出かける午後の散歩も含まれるのでしょうか？」

「もちろんよ！　これで伝えたいことはすべて伝えたわ。義弟《おとうと》が望んでいる以上、夕食にはこれからもあなたが同席することになるわね。ただし、義弟がウィチフォードにいるときだけですからね。それ以外のときはだめよ。会話にはどんなときも加わらないで。あなたの意見に関心はないの。少なくともわたしはね。もちろんミス・フルームならそのあたりはよく心得ていたでしょうよ。使用人として身のほどをわきまえていますからね。これで話は終わりよ。あすかあさって、わたしの姪にどんなことを教えているか、それを見てからまた会いましょう。もう行っていいわ」

オクタヴィアは怒りに身を震わせながら書斎を出た。こんなふうにものを言われたのは生まれて初めてだ。それに、母が一度でも家庭教師にこのような接し方をしたとは思えない。ミセス・バラクラフは礼儀も知らなければ育ちも悪い蛇のような人だわ！

少し外の空気を吸わなければ、気持ちが爆発してしまいそうだった。そこで急いで階段を上がり、厚いショールを取って横手のドアからテラスにそっと出た。空は荒れ模様で、冷たい風が吹いていた。雲が月にかかり、テラス全体に不気味な影を投げかけている。それにもほとんど気づかず、オクタヴィアは激しい怒りを静めようと、呪《のろ》いのことばを口にしながらテラスを行ったり来たりした。そして風に飛ばされてきた折れ枝を蹴飛《けと》ばした。枝は固く、はいている室内靴は薄かった。オクタヴィアは罵《のの》りことばをつぶやきつつ、痛む足を撫《な》でた。

足を地面に下ろしたころには、心も静まり、自分のばかさ加減を笑えるようになっていた。小さいころから、わたしはペトリー家のなかでもいちばん自尊心に欠けると思っていたわ。アーサーの尊大さをハリーといっしょによく笑ったものだ。それがいま、植民地から来たどこかの女性に侮辱されただけで激しい怒りに駆られるなんて。レディ・オクタヴィア・ペトリーってなんてお高いのかしら！

「いつまでもそこにいたら風邪をひくよ」テラスの端の暗がりから声がした。エドワード・バラクラフだ。「さっきはずいぶんとかんかんに怒っていたね。なにが——というよりだれが原因かはわかる。あんな不愉快な女性になにを言われても気にかけないことだよ、オクタヴィア」

「そう言われても。彼女はこの家の女主人ですよ」オクタヴィアははっとわれに返った。「こんなやりとりは礼儀にはずれています。いまのようなことをわたしにおっしゃってはいけません。ミセス・バラクラフはあなたの義理のお姉さまですよ」

「わたしとジュリアの闘いの歴史は長い。ジュリアはわたしが自分をどう思っているか知っている」

「あなたは少なくとも言い返せる立場にいらっしゃるわ！」

彼がこちらにやってきた。彼は葉巻を吸っていたようだ。「どうした？　これまできみはわたしが言ったことをしょっちゅう不服に思っていたじゃないか。言い返すのを我慢しているきみを見るのは楽しかったよ。しかし、いまほど腹を立てているのは見た覚えがない」

「それは、あなたには召使いのような気分にさせられたことがなかったからです。ミセス・バラクラフにはそんな気分にさせられます。とても耐えられません」

彼がかすかに微笑んだ。「きみのそのつんとした雰囲気は実に魅力的だ。どこで身につけた？」

オクタヴィアは無表情に答えた。「おっしゃることがわかりませんわ」

ミスター・バラクラフは肩をすくめ、葉巻を投げ捨てた。「ジュリアは多くの人にいやな思いをさせている。そもそもが想像力がきわめて乏しい冷たい女なんだ。わたしとしては、きみにできるだけ姪たちといっしょにいてやってほしい。あのふたりにはきみが必要だ。きみの情愛と温かさが」

彼はすぐそばにいた。彼の体がオクタヴィアを風から守っている。その体にもたれてみたいという誘惑があまりに強く、オクタヴィアは彼から少し身を引いた。「さあ、そうできるかどうか……。二カ月の雇用期間はもうすぐ終わります。やはりそれ以上長くいるのは無理です。それどころか、お約束の二カ月だって最後までいられるかどうか。ミセス・バラクラフはわたしを認めていらっしゃいませんから」

「困ったものだ。なぜなにもかも変えなくてはならないのだろう？　なぜ事がこれほど複雑になってしまったんだろう？　最初はあれほど楽しかったのに」彼はオクタヴィアに目を戻した。「あすから二日間ロンドンに行く。ジュリアに負けてはだめだ、オクタヴィア。ロンドンから戻ってきたときもまたきみと会えるのを期待しているよ。さあ、なかに入ろう」

ジュリアは最初からミス・ペトリーが嫌いだった。姪たちがこの家庭教師に示す情愛が気に食わない。ミス・ペトリーの若さと魅力が気に食わない。それになんといっても、面談しているあいだじゅう、こちらを無作法な人間だと思わせたあの態度が気に食わない。たかが使用人のくせに！　書斎を出るだけの落ち着きを取り戻すのに数分かかった。そして階段を上がり部屋に戻ると、ジュリアは室内を見回した。なんてひどいところなの、この家は！　家具は古ぼけているし、部屋は暗いし、廊下はかび臭いし。早いところここを出て、ロンドンに行くにかぎるわ！

メイドたちのいい加減なことといったら。テラスに面した窓のカーテンがきちんと閉まっていなかった。閉めなおそうと窓まで行って、ジュリアは外にいるふたつの人影に目をとめ、そっと窓を開けた。エドワードとミス・ペトリーだわ。寄り添うように立っている。これは、これは！　エドワードはこうやってウィチフォードでお楽しみだったというわけね。なるほど夕食にあの家庭教師を同席させたがるはずだわ！　ジュリアは家に入るふたりを窓から身を乗り出すようにして見つめた。エドワードは片腕を家庭教師に回している。そして家庭教師のほうは……。

ジュリアは窓から飛びのき、水滴を散らしながらうめき声をあげた。頭上の雨樋《あまどい》がいきなりその中身を浴びせたのだ。なんて恐ろしい家なの！　ジュリアは悪臭のする雨水をかぶり、濡《ぬ》れた落ち葉にまみれた。キャップはびしょ濡れで、髪から肩へ雨水が伝い落ちた。ジュリアは怒り声でメイドを呼んだ。

メイドが小走りに現れたが、女主人の格好を見て足を止め、悲鳴をあげた。その悲鳴を遮り、ほかのメイドを呼んできてタオルとお湯を用意なさいと女主人の命令が飛んだ。てんやわんやの数分後、メイドたちはジュリアに風呂を使わせ、そのあと温かい飲み物とともにベッドに入らせた。メイドたちが、やれやれこれで逃げ出せると部屋を出ていったあと、室内はふたたび静かになった。

ジュリアは枕《まくら》に頭を預け、ほっとため息をついた。ベッドに落ち着いたころには、自分の判断は正しいと確信した。ミス・ペトリーはここを出ていくべきだ。〝ミスター・スミス〟と宿屋で密会していたことといい、この家で雇い主と関係を持っていることといい、あの家庭教師は尻軽女以外の何者でもないわ！　ミス・ペトリーを追い出すのは簡単にはいかないにちがいない。エドワードはこちらの非難を受け入れようとしないだろうし、腹が立つほどかたくなになることがある。ミスター・スミスとの密会について話しても、証拠を求めてくるかもしれない。そう、証拠を見つけておこう。あす、メイドを宿屋に行かせて探らせよう。ジュリアは蝋燭《ろうそく》を吹き消し、眠る態勢に入った。

翌日はオクタヴィアにとってみじめな一日になった。エドワード・バラクラフが朝早くロンドンに発《た》ち、ミセス・バラクラフがなにかと口実を見つけてはリゼットとピップをオクタヴィアに近づかせまいとした。授業は休みになり、暇で困るだろうからと、洗濯物の一覧表と請求書の点検を言い渡された。午後になって、いつものようにふたりを散歩に連れていきたいと申し出ると、ミセス・バラクラフは、お天気が散歩には向かない、ふたりを自分のそばに置いておきたいと冷たく答えた。広い客間の暖炉に火が入れられて、叔母と姪たちはそこで午後を過ごし、オクタヴィアは小さな居間にひとりでいた。沈む心をさらに沈ませるように、客間のドアが開き、なにか言い返しているピップの張り上げた声が聞こえてきた。そのあとにミセス・バラクラフが叱《しか》る声がつづき、人の動く気配がしてドアがばたんと閉まった。リゼットとピップに会いたくてオクタヴィアの胸は痛んだが、自分にはどうすることもできないと感じた。それに、ひどく当惑してもいた。ミセス・バラクラフがわたしを嫌っているのはたしかだとしても、まるでわたしがペストにでもかかっているかのような扱いだ。どうしてこんなことになってしまったのだろう?

オクタヴィアとピップは教室で夕食をとった。これはもちろんつらいことではなかった。しかしその夜、オクタヴィアは明け方近くまで眠れず、朝目覚めたときも気分はすっきりしなかった。

その日も前日とたいして変わりはなかった。朝食時、ミセス・バラクラフは姪たちをギルドフォードに連れていくと告げた。

「よかった！」ピップが言った。「ミス・ペトリーもいっしょに行きましょうよ。ダンスの先生に会ってもらいたいの」

「それはどうかしら」ミセス・バラクラフが言った。「そのあとお友だちを訪ねるのよ、フィリパ。みんな、家庭教師には興味がないんじゃないかしら」

「でも――」

「黙って！」ミセス・バラクラフはオクタヴィアのほうを向いた。「フィリパに人前でのふるまい方を教えていないのね、ミス・ペトリー。前々からむずかしい子供だったけれど、あなたに預けてからよけいひどくなったみたいだわ。きょうはフィリパをうちに置いていこうかしら」

「まあ、本当？　どうかそうして、ジュリア叔母さま！」ピップは瞳を輝かせ、懇願するように両手を合わせた。「わたしはミス・ペトリーと一日過ごせるし、叔母さまとリゼットは静かにミセス・アラダイスを訪ねられるわ。どうかそうして！」

ミセス・バラクラフは自分が期待していたような返事ではないのに驚いて、一瞬絶句した。「あなたはわたしの目の届くところにいたほうがいいわ、フィリパ。朝食をすませて支度をなさい」

オクタヴィアは部屋に向かうピップについていった。「きょうはお行儀よくふるまうのよ。ジュリア叔母さまは厳しいけれど、あなたのためを思っていらっしゃるからよ。わたしからこれだけしつけられたというところをお見せして」

「ジュリア叔母さまは先生が嫌いなのよ。先生を傷つけたいんだわ」

「ピップ！」オクタヴィアはピップの着替えを手伝った。「正直に話すわ。あなたはもう大きいから、わたしから聞いたことを人に話さないわね？」ピップがうなずいた。「なぜかはわからないけれど、叔母さまはわたしにご不満らしいの。わたしにはどうすることもできないわ。でも、それはたいした問題じゃないの。大事なのは、叔母さまがあなた方のことを、ふたりが立派なレディに育つことをとても気にかけていらっしゃるということよ。あなたもリゼットも、わたしがいなくなったら叔母さまと暮らさなければならないわ。できるだけ叔母さまの考えを理解するように努めれば、ずっと楽しくなるのよ。そうしてみてくれない？　きょうの夕方ギルドフォードから帰ってきたとき、叔母さまがあなたのふるまいに満足されたと知ったら、わたしはどんなにうれしいか」オクタヴィアはピップにキスをした。「さあ、行ってらっしゃい。ダンスのお稽古《けいこ》でつまずかないようにね」

ピップはオクタヴィアを抱きしめた。「ああ、ミス・ペトリー、大好きよ！　そうしてみるわ」

「よかった」オクタヴィアは廊下を駆けていくピップを微笑んで見送った。「あわてないで、ピップ。ゆっくりよ」

走りだした馬車の音がやがて聞こえなくなり、オクタヴィアは屋敷にひとりで残った。使用人たちですら身をひそめているように思える。たぶん暖かい裏の台所にいるのだろう。

オクタヴィアは魂の抜け殻のように屋敷のなかを歩き回り、ふと気がつくと、塔のいちばん上の部屋に通じる階段の下まで来ていた。もちろん部屋には鍵《かぎ》がかかっているはずだけれど、ちょっと見るだけ見てみよう。オクタヴィアは狭い階段をゆっくり上がっていった。思ったとおりドアは閉まっていた。ところがそっと押してみると、驚いたことに開いた。

オクタヴィアはなかに入った。

かすかな香りが漂っている。香草のような乾いた香りだ。先日ここに運ばれてきた椅子は暖炉の正面に据えてあった。暖炉には火が残っていて、燃えつきかけているが、芯《しん》がまだほんのりと赤い。椅子を運んだ使用人が燃やしたのだろうか？　ミセス・ダットンが部屋を乾燥させるために指示したのかしら？　もしそうなら、ずいぶん長いあいだ燃えていたことになる。たぶん、そのときドアの鍵もはずしたままにしておいたのだろう。

オクタヴィアは暖炉の火をかき立て、そばの籠《かご》から薪《まき》を一、二本足した。それからこまごまとした置物がいっぱいのったテーブルのほうへ足を運び、小さな額に入った自分の肖像画がそこにあるのに気がついた。少女を描いた肖像画はもうひとつあった。〝ジオファニア・カーステアズ、一七七〇年誕生、一七七八年没〟と記されている。するとこれはカーステアズの伯母のたったひとりの子供だわ。伯母がウィチフォードをわたしに遺《のこ》したのは、わたしが遠い昔に失った娘を思い出させたからかしら？　ため息のようにふっと息をつく気配がして、オクタヴィアはあたりを見回した。窓はきちんと閉まっているが、この部屋はずいぶん高いところにある。隙間《すきま》風が入ってきてもふしぎはない。

オクタヴィアは椅子に座った。なんだかとても悲しい。重い心でふたたびジュリア・バラクラフのことを考えた。ジュリアの到着がリゼットとピップにとってどんな意味を持つかを。ピップは一風変わった子供だ。口やかましくて高飛車で洞察力に欠け、規律を重んじるジュリアのような人では、ピップの欠点を引き出してしまう。叔母とどう折り合いをつけていくかを学ぶまで、ピップはひどく苦労するにちがいない。そのあいだにあの子のあの伸び伸びとしたすばらしい性格はどうなってしまうだろう？

そしてリゼットは……。人との衝突を避け、相手のいちばんいい面を見ようとするリゼットが叔母の不興を買うことはまずないだろう。けれども、彼女のあのやさしさ、あのみずみずしさはジュリアの威圧的な性格のもとでは損なわれてしまうだろう。リゼットはただおとなしいだけのつまらない女性となり、叔母の考える〝良縁〟を押しつけられることになるかもしれない。機会さえあればハリーがリゼットを救ってくれるかもしれないけれど、そのためにいまわたしにできることはなにもない。それにかぎらず、わたしにできることはほとんどないわ。

オクタヴィアは膝に涙がひと粒落ちたのを見て驚いた。わたしはこれまで一度も泣いたことがないのに！　オクタヴィア・ペトリーは泣かないので有名だったのに。でも涙の粒はそれを知らないのか、あとからあとから膝に落ち、やがて唇からは嗚咽《おえつ》がもれた。とまどいつつ、また自分を恥じつつ、オクタヴィアはハンカチを捜した。だが、ハンカチは見つからなかった。それで堰《せき》を切ったように、両手で顔を覆って思いきり泣いた。手についたほこりで顔が汚れるのもかまわずに。どうせここにはだれもいないのだから。

やがて涙がおさまると、奇妙なことに気分がよくなった。室内の香草の香りがさっきより強く感じられる。オクタヴィアは目を閉じた。日焼けした男性の面影が浮かぶ。彼は片方の眉を上げたあの独特の笑みを浮かべ、いっしょに愉快な思いをしようと誘いかけるように瞳をきらりと輝かせた。それから真顔になり、きみを愛している、なにもかもうまくいくと告げた。オクタヴィアは幸せな気分になり、同時にひどく眠くなった。

エドワードがロンドンから帰ると、家にはだれもいなかった。使用人から、みなさんでギルドフォードにお出かけですと聞いて、ほかのだれよりも自分自身に腹が立った。朝自分を襲ったいますぐ帰りたいという衝動など、無視すべきだったのだ。だれもいないのでは、急ぐ必要などまったくなかった。

彼は落ち着かない気分で屋敷のなかをうろうろと歩き回った。この家には、なぜかわからないが、なにかを期待しているような空気がある。やがて彼は教室に来た。興味をそそるようなものはなにもなかった。教科書がきちんと積み上げてあり、机の上の用紙も四隅をそろえて置いてある。彼は用紙を表に返した。洗濯物の一覧表？　それに請求書？　どちらもオクタヴィアの筆跡で書いてある。エドワードは紙を机に戻した。ジュリアはなんという意地悪女だ！　どういうわけかオクタヴィアに感情を害して、家庭教師に事務の仕事をさせてその仕返しをしたのだ。

きょう、オクタヴィアはどんな扱いを受けたのだろう？　アラダイス家を訪問することで、ジュリアにはオクタヴィアを侮辱するチャンスがいくらでもできたにちがいない。ラヴィニア・アラダイスはジュリアに負けないくらいの俗物だ。エドワードは宙をにらんだ。わたしはいったいどうすればいいだろう？　ジュリアに苦しめられているのはオクタヴィアばかりではない。ピップとリゼットもだ。オクタヴィアがいなくなれば、さらにひどくなるだろう。オクタヴィアはピップとリゼットに本当によくしてくれた。ピップはかつてのような陽気で活発な少女に戻ったし、あれだけ自分を悩ませたリゼットの瞳の悲しげな陰りもほぼ消えている。このことひとつをとっても、オクタヴィアには感謝しなければならない。そしてわたしにとっては……。エドワードは毒づいた。どうやらわたしはオクタヴィア・ペトリーのことを考えずにはいられないようだ。なぜロンドンからこれほど急いで帰ってきたのかも、自分ではわかっている。それも、これが初めてではない。

彼女がいるかぎり、ウィチフォードを長く離れてはいられないのだ。ところが、帰ってみたらオクタヴィアは外出していて、夕方になるまで戻ってこない。なんという時間のむだだ！

窓のひとつがばたんと閉まり、エドワードは驚いてわれに返った。この屋敷にはだれもいないはずだ。だれか侵入したのだろうか？　教室を出てあたりを見回したが、邸内は静まり返っている。さっきの音は上から聞こえた。塔のほうから聞こえたような気がする。彼は塔のてっぺんに通じる階段の下まで行って耳を澄ました。なにも聞こえない。それでもやはり……。鍵束を取り出して上の部屋のを選び出すと、静かに階段を上がった。

鍵は必要ないのがわかった。ドアがわずかに開いており、暖炉の火明かりがその隙間から見えた。

11

エドワードはドアを押し、鍵束《かぎ》をこぶしで包み込んだ。侵入者がいた場合の対処のしかたは心得ている。彼はそっと部屋に入った。暖炉に火が燃えていたが、部屋にはだれもいなかった。戸口に立つと強い芳香が漂ってきて、ミセス・カーステアズの姿を脳裏にまざまざとよみがえらせた。あれは初めてこの家を訪ね、ちょうどこの部屋で会ったときのことだ。ミセス・カーステアズは暖炉のそばにある椅子に座っており、エドワードはいまと同じように戸口でためらっていた。ミセス・カーステアズの黒い瞳が彼を見てきらきらと輝いた。

「お入りなさい。座ったままで失礼するわ。この部屋まで上がってくるだけでもたいへんなのよ」ミセス・カーステアズはやせてはいたが、まだ病気でやつれてはいなかったし、意気軒昂《けんこう》だった。「こちらにいらっしゃい。あなたを見たいから」

彼は部屋のなかまで足を進めた。

ミセス・カーステアズはうなずいた。「ええ、あなたが来てくれると思っていたわ。あなたらしい人が頭に浮かんだところだったの。また会えてうれしいわ、ミスター・バラクラフ。わたしにはあなたが必要なの！」エドワードがなんと答えていいかわからないでいると、老婦人は先をつづけた。「あなたはもちろん金髪ではないけれど、そんなことはかまわないわ。わたしは濃い色の髪をした男性のほうが好きよ。いまでもまだ、ご家族がイギリスに渡ってきたらウィチフォードを借りたいとお思いなの？」

ミセス・カーステアズの話すことはいつもどこか奇妙だった。しかし退屈とはほど遠く、エドワードには楽しかった。その後、何度かここを訪ねたが、来るたびにミセス・カーステアズは衰弱していくようで、やがて使用人に体を支えてもらっても塔の部屋まで上がれなくなってしまった。椅子が寝室に下ろされたのはそのときだ。そしてつい先日、また塔の部屋に戻された。

エドワードはさらに部屋の奥に進んだ。そして人がいたのに気づいた。オクタヴィア・ペトリーが椅子でぐっすりと眠っている。小柄なので、椅子に隠れて戸口から見えなかったのだ。窓が音をたてて閉まったときに、なぜ目を覚まさなかったのだろう？オクタヴィアはピップの寝室で見た夜と同じような姿勢で寝ていた。あの夜は寝間着に薄い部屋着という格好だったが、きょうはのど元までボタンのついた地味なブルーのドレスを着ている。しかしあの夜と同じように、その光景は心を奪うほど魅惑的だ。彼は椅子のそばにひざまずいた。するとオクタヴィアの顔に残る涙の跡が目に入った。胸が熱くなり、そっと彼女の頬に手を伸ばしてささやいた。「オクタヴィア」

オクタヴィアが目を開け、彼に気づいて目を見開いた。それから微笑《ほほえ》んで首を振った。「ここにいるのは本当のあなたじゃないわ。見えるのは気のせいよ。あなたはロンドンにいるんですもの。でも、幻でもここにいるのはいいわ」

「ここにいるのは生身のわたしだ。幻なら、いまわたしが感じているように感じられるはずがない」彼は身を乗り出し、オクタヴィアにキスをした。

オクタヴィアはまだ夢うつつだったが、かすかにためらったあと、唇から力を抜いた。エドワードは彼女の顔を両手でそっとはさみ、今度はもっと強くキスをした。そして即座に返ってきた情熱的な反応に血潮が熱くたぎるのを覚えた。彼女の頬を、まぶたを、鼻を、あごをキスで覆い、震える手でドレスのボタンをゆっくりはずすと、今度はのどや肩、胸の谷間に口づけした。これでも足りない。彼は椅子からオクタヴィアを抱き上げた。彼女はそよ風にでも吹き飛ばされそうなほど軽く思え、エドワードは急に不安になった。オクタヴィアに痛い思いをさせはしないだろうか？　わたしの気持ちの激しさにオクタヴィアは怖がるのではないだろうか？　エドワードはためらいながらも彼女をそっと椅子に戻した。

一瞬オクタヴィアはショックを受けたように彼を見つめたが、すぐに彼の目を見て微笑んだ。そして両腕を彼の首に投げかけ、自分のほうへ引き寄せて唇をふさいだ。熟練したルイーズの手管にさえ、エドワードは自分が男だとこれほど感じさせられたことはない。体の隅々の神経までこれほど意識させられたことはない。自分を抑えなくてはと、これほど必死に感じたことはない。それに、自制するのがこれほどむずかしかったこともない。彼はオクタヴィアを抱き寄せた。やわらかい感触が熱い欲望をもたらし、その欲望が全身を駆けめぐった。なんとしてもここでやめなければ。いますぐ！

「オクタヴィア」彼はかすれた声でささやいた。

「しゃべらないで。しゃべったら台なしになってしまうわ。もう一度キスして、エドワード。どうかもう一度キスを」

もうだめだ。応《こた》えなければならない。唇を重ねたまま、ふたりはぱちぱちと燃える暖炉の前に体を沈めた。彼はオクタヴィアの肩からドレスを押し下げ、あらわになった胸のサテンのような肌にキスをした。

窓から吹き込んだそよ風が室内を通り抜け、オクタヴィアが身を震わせた。かすかに震えただけだったが、エドワードはわれに返った。

「しまった！」彼はうめいた。「禁じていたことなのに！　きみは自分がなにをしているかわかっていないんだ、オクタヴィア。きみはわたしの自制心を奪ってしまう。もうここでやめなければ」彼は首からオクタヴィアの腕をほどき、ドレスを肩まで引き上げた。それから立ち上がり、怒ったように彼女を立たせた。

オクタヴィアは困惑して彼を見つめたあと、いま目が覚めたかのように表情を変えた。目に恐怖の色を浮かべ、小さく悲鳴をあげてうなだれた。そして向こうを向き、ドレスのボタンをはめた。

「オクタヴィア――」

彼女は背を向けたまま首を振った。

「オクタヴィア！」

彼女は両耳を手でふさいだ。「なにも言わないで！　またこんなことになってしまって！　自分がどうなったのか、わからないわ。そんな気はないのに。ああ、恥ずかしくてたまらない。あなたにどう思われるかしら？　あんなふうにキスを許す……いいえ、キスを求めるなんて。愛撫《あいぶ》を許すなんて。なんてふしだらな……。そんなふうにわたしを見ないで。耐えられない。耐えられないわ」

オクタヴィアは身を翻し、悪魔にでも追いかけられているように部屋を飛び出して、階段を駆け下りていった。

エドワードはあたりを見回した。部屋は女性を誘惑するような雰囲気とはほど遠い。それでも、オクタヴィアを誘惑してはならないと自分を抑えるのに、ありったけの力を要した。誘惑するのはまちがいだとわかっているのに。彼は相反する気持ちのせめぎ合いに疲れ果てた。

しばらくしてようやく部屋を出ていく気になったが、それでもまださっきの出来事について理性的に考えられなかった。暖炉の火を点検し、ドアに鍵をかける前に、全部の窓を、掛け金がゆるんでいないか、隙間《すきま》はないかと調べて回った。なにもなかった。窓が音をたてて閉まったのはこの部屋ではないのだろう。あとでほかの部屋の窓を調べさせよう。しかし、だとすると、あのそよ風はどこから入ってきたんだ？　エドワードは首を振った。どこから入ってきたにせよ、わたしもオクタヴィアもあの風に感謝しなければ。

ミス・ペトリーから、頭痛がひどいので夜まで部屋で休んでいると伝言があったのは、意外ではなかった。ジュリアはもちろん、夕食に同席させるかどうかの闘いに自分が勝ったのを喜んだ。

「ああいった人たちはいつも同じよ、エドワード。ちょっと自由を与えたとたん、つけ上がるんだから。でもこちらが断固としていれば、すぐに降参するわ。ミス・ペトリーは、きょう一日、自分の立場についてよく考えてみて、自分に勝ち目がないと悟ったのよ。もうこれからは夕食に同席しようとはしないでしょうね。ミセス・アラダイスも何度か同じような経験があるんですって。家庭教師というのは、自分はほかの使用人より優れていると思いがちなのよ。ラヴィニア・アラダイスがレッドバリー家の遠縁に当たるって知っていた？」ジュリアは姪《めい》たちをちらりと見た。「リゼット、ミス・ペトリーは頭痛がして、自分の役目を果たせないそうだから、あなたがフィリパを部屋に連れていってちょうだい。きょう一日外出して、フィリパは疲れているわ。それに、わたしは叔父さまと話があるの。そのあとはここに下りてこなくてもいいわ」

エドワードは横から言った。「下りてきたければ、下りてきていいんだよ、リゼット。きょうのダンスの稽古《けいこ》がどうだったか、聞きたいからね」

「それはあすにしていい？」リゼットは沈んだ声で言った。「ピップが眠るまでそばにいてやりたいの。叔母さまのおっしゃるとおり、ピップはくたびれているわ」

姉妹は食堂を出て階段を上がった。ピップが小声で言った。「ミス・ペトリーに会ってはだめ？ジュリア叔母さまにはだめだって言われるにきまってるから、きかなかったの。きょう、どれだけお行儀よくしていたか、ミス・ペトリーに話したくて」

「先生のようすを見てみましょう」リゼットは微笑んだ。「きょうはあなたのことが誇らしかったわ、ピップ。ミス・ペトリーも喜んでくださると思うわ。会えるかどうか、きいてみるわね」

ミス・ペトリーはふたりが半ば期待していたとおりベッドには入っておらず、窓辺の椅子に座って暗がりを見つめていた。それでもリゼットがドアから頭をのぞかせると、振り向いて微笑んだ。

「お入りなさい。ピップは？」

「ここよ！」リゼットはまだピップを入らせまいと通せんぼをした。「また頭が痛いなんて、お気の毒に。おじゃまじゃなかったかしら？」

「全然！　お入りなさい」

「ジュリア叔母さまは、先生は本当は具合なんか悪くないって思ってるの」ピップはミス・ペトリーの青白い頬とだるそうな目を見ながら言った。「でも、本当にとても具合が悪そう。エドワードにお医者さまを呼んでもらったほうがいいんじゃない？」

「そこまでしなくて大丈夫よ。ただの頭痛だから。きょうはどうだったか、話してちょうだい」

「わたし、お行儀よくしていたわ！　一日じゅうずっと！」

「叔母さまは喜んでいらした？」

「そうは言ってないけど、喜んだはずよ。でも、アラダイス家ではとても退屈だったわ」

「かわいそうなピップ」リゼットが微笑んだ。「よくがんばったのよ。わたし、本当に誇らしかったわ」

「それを聞いてうれしいわ。ご褒美に抱きしめてあげましょう、ピップ」

ピップは家庭教師の膝によじ登って抱きついた。ミス・ペトリーが目を閉じたので、リゼットはあわてて言った。「もうそれくらいでいいでしょう、ピップ？　先生にきょうのことをお話ししたんだから、これでおやすみなさいを言わなくては」ピップがしぶしぶミス・ペトリーの膝から下り、姉とともにドアに向かった。リゼットは足を止めた。「なにかお入り用なものは？」

「ありがとう。なにもないわ。今夜は早めに寝て、あすの朝は元気いっぱいで、きょうの話を聞くわね。おやすみなさい、リゼット、ピップ」

家庭教師の部屋を出たあと、ピップはひどくおとなしかった。ピップがメイドに体を洗ってベッドに入れてもらうまでリゼットは付き添っていた。メイドが行ってしまうと、妹におやすみのキスをした。

「リゼット」ピップが不安そうな声で言った。「ミス・ペトリーは泣いてたわ」

「そんなことはないわ」

「いいえ、泣いてたわ。窓のそばは暗くて見えなかったけど、頬が濡《ぬ》れていたの。あれは涙よ」

「頭痛のせいだと思いたいわ。あなたも病気だったとき、ひどく頭が痛かったでしょう？　あしたにはミス・ペトリーの具合がよくなっているといいわね。おやすみなさい、ピップ」

リゼットはそっと妹の部屋を出た。ピップには言わなかったが、ミス・ペトリーが予定より早くいなくなるのではないかと心配でたまらなかった。


その間、ジュリアは戦闘を開始しようとしていた。

「ラヴィニア・アラダイスの話だと、デイジー・レッドバリーは妻として不当な扱いを受けているんですって。知っていた？　レッドバリーはめったに家に帰らなくて、ふだんはどこかのいかがわしい女といっしょにいるのよ」

「そのような話を耳にしたことがあるな」エドワードはそっけなく答えた。ジュリアは道徳的な説教を始める気だが、そんなものは聞きたくもない。

「もちろんイギリスではモラルが低下しているわ」ジュリアがつづけた。「手本になるはずだった人たちでさえね。若い人はとくによ」

「本当に？」エドワードは抑えた口調で言った。

ジュリアは気にもとめない。「わたしは前々から、家庭教師のような人々はほかより高い行動規範を持つべきだと思ってきたわ。でも、実際はそうはいかないようね。ミス・ペトリーをごらんなさい」

エドワードは身をこわばらせた。塔の部屋の出来事をジュリアが知っているはずがない。きょうの午後は使用人ですらひとりもあのあたりにはいなかったし、義姉と姪たちはギルドフォードに出かけていたのだ。すると、いまのはどういうつもりで言ったのだろう？　彼は冷ややかに答えた。「ミス・ペトリーについて不愉快なことをおっしゃるつもりなら、それには及びません。義姉上《あね》が彼女を買っていないのはわかっていますから。しかし、わたしは最初から彼女に満足していますのでね」

「ええ、そうでしょうよ」ジュリアは意味ありげに言った。「でも、あなたはミス・ペトリーに恋人がいるのを知っていた？」

「恋人？　それはまたばかなことを」

「ばかなことじゃないのよ。慎重に調べたんですもの。ミス・ペトリーの恋人は村の宿屋に泊まっていて、わたしが到着した日に引き上げたわ。つい二日前のことよ」

エドワードは立ち上がった。「気をつけてものを言ってくださいよ。わたしは自分が最高の評価を与えている女性が中傷されるのは聞きたくない」

「ミス・ペトリーはあなたも罠《わな》にかけたようね」

エドワードはジュリアの首を絞めてやりたいのをかろうじてこらえた。きょうの午後の出来事は自分を根底から揺るがし、いまもまだ平静に戻れていない。あの塔の部屋で自分になにが起きたのか、いまだに把握できていないのだ。しかし、昔から軽蔑《けいべつ》し嫌っている義姉がいまのようにオクタヴィアを誹謗《ひぼう》するのは我慢ならない。

「これ以上は聞きたくありません。そういう話はひとりで勝手にするんですね。わたしはごめんだ」

「証明できるのよ！」ジュリアの声に、ドアに向かいかけたエドワードは足を止めた。

彼は振り返り、ゆっくりと言った。「根も葉もないことを言うなら、義姉上を破滅させますよ。夫もろともに。むずかしくはない。あなた方の財政状態は、あなたが考えているほど安泰ではありませんからね」

「なんて不愉快なことを言うの！　実際はどうかがわかっていなかったら、死ぬほど心配するところだわ」ジュリアは義弟をしげしげと見つめた。「わたしが思っていた以上にミス・ペトリーが気に入っているようね。それなら事実を知ったほうがいいわ。あの女はふた股をかけているのよ、エドワード。わたしが着いた日、彼女は散歩に出かけただけじゃなかったの。宿屋でミスター・スミスとかいう男と恋愛遊びを楽しんでいたのよ。スミスとは！　もう少しましな偽名を思いつかなかったのかしら！」

「先をつづけて」エドワードは無愛想に言った。

「ふたりが会っているところをこの目で見たの。ミス・ペトリーは否定しようともしなかったわ。ふたりきりでとても仲むつまじそうに話し込んでいたわ。しかもそれだけじゃないの。調べてみたら、ふたりがキスをしたり抱き合ったりしているのを見た人がいるの。ミス・ペトリーは男が服を着る手助けまでしたそうよ！」ジュリアは勝ち誇ったように義弟を見た。「ミスター・スミスは何者か、彼女にきいてごらんなさい！　ちゃんと答えるかどうか、見てみようじゃないの」

エドワードはあっけにとられてジュリアを見つめた。「なにか事情があるはずだ。オクタヴィアが……そんなことをするとは信じられない。外に行かなければ。ここでは考えられない」彼は部屋を出て玄関ホールを通り、外に出た。

ジュリアはエドワードのあとから外に出ると、義弟が小道を歩いていくのを眺め、満足げな笑みを浮かべた。かわいそうに！　いつも自信たっぷりで、人をけなしてばかりいる彼が、いまは立場がすっかり逆だわ。さぞかし苦しんでいるにちがいない。

笑みを浮かべたまま、ジュリアは家のなかに戻ろうとしたが、突然強い風が吹いて、樫《かし》材の扉が目の前でばたんと閉まった。ジュリアは信じられない思いで扉を見つめた。いったいいまの風はどこから吹いてきたの？　家のなかから？　まさか。いらだたしげな声をあげながら、ドアベルを力まかせに引っ張った。だれも出てこない。使用人はどこに行ってしまったの？　きっと台所で暖をとっていて、ベルの音を無視しているんだわ。ジュリアはさっきよりも力をこめてベルを引いた。するとベルの柄が抜けてしまった。うなり声をあげて柄を投げ捨て、冷たい風に身を震わせながら、屋敷の横手にある台所に向かう。このままでは凍え死んでしまうわ。だれのしわざか突き止めなくては！　それにしても、この家ときたら、わたしを追い出そうとしているみたいじゃないの。いいわ。家がその気なら、できるだけ早くここを出て、ロンドンでそれ相応の家を探すから。その前にまずあのミス・ペトリーをなんとかして……。はて、台所のドアはどこだったかしら？

エドワードはしばらく外を歩いた。オクタヴィアの態度に裏表があることについては必死で考えるのを拒んだ。誠実さ、自尊心、やさしさ、機知。エドワードが貴重に思っているオクタヴィアの性質は、どれも義姉の非難と矛盾する。自分の判断がそれほどまちがっているはずがない。そんなことはありえない。しかし怒りが静まると、理性が働きはじめた。たしかな根拠がなければ、ジュリアはあんな非難をしなかったはずだ。ジュリアは意地は悪いが、ばかではない。どこかでなにか手ちがいがあったはずだ。それをはっきりさせるためには、自分で宿屋まで行って確かめなければ。

彼は村に向かった。すぐに謎《なぞ》は解けるだろう。いわれのない非難だとわかったら、ジュリアにはそれ相応の償いをさせるぞ！

だいぶ夜も更けていたが、宿屋はまだ開いており、亭主は話好きだった。はい、たしかにスミスという名の若い紳士をお泊めしました。たいへんに感じのいい紳士でしたよ。しかも男前で。軍人ですね、雰囲気でわかります。いや、誰か会いに来たかどうかはわかりませんが、メイドのマギーが若い女性がミスター・スミスといっしょにいたのを見ています。あのお屋敷の家庭教師だとマギーが言っていたように思いますが、まちがっているかもしれません。マギーに直接おききになりますか？

エドワードはいまもまだなにかの誤解であることを願っていた。オクタヴィアは宿屋でミスター・スミスに会ったことを認めているが、もしかしたらメイドの見まちがいかもしれない。宿屋の亭主に呼ばれたマギーに、彼はそのことを尋ねた。

「いいえ」マギーはえくぼを浮かべて微笑んだ。

「抱きしめ合ったりキスし合ったりして、たいへん仲がよさそうでした。いっしょに泊まったわけではないんですが、かなり親しい仲だっていうのはだれの目にも明らかでした。それに、最初、ミスター・スミスはきちんとした服装ではありませんでした。そう、ふたりがお互いにとても好きなのはたしかです。見ていてすてきな組み合わせでした。男の人は本当にハンサムだし、女の人は本当に美人だし」

エドワードは宿屋を出て、ウィチフォードまで呆《ぼう》然《ぜん》としたまま歩いて帰った。帰るとまっすぐ書斎に行き、ブランデーをたっぷり注《つ》いだ。さらにもう一杯。理解できない。なにかがまちがっているという気がしてならない。オクタヴィアは正直だ。誓ってそう言える。しかし証拠が……。ほかの男と関係を持ちながら、どうしてわたしのキスにあれほど情熱的に応えられるのだろう？　自分のふるまいがどう見えるかに気づいたときに、どうしてあんなふうに心を痛めているように見せられるだろう？

いや、わたしのほうがどうしようもなくお人好《ひとよ》しなのか？　最高級の娼婦《しょうふ》のなかには清純さを巧みに装って客の心をつかむ女がいるのを忘れたのか？しかしオクタヴィアはちがう。絶対にちがう。エドワードは頭を抱えて、彼女が自分を引き寄せてキスを求めたことを思い出すまいとした。あれが純真無垢《むく》な女のすることだろうか？　今夜までなら、そうだと答えただろう。あれは、初めて肉体的な愛の激しさと誘惑を経験し、その瞬間まで自分のなかに情熱的なところがあるのを知りもしなかったうぶな人間の反応だ、と。オクタヴィアが最後に見せた狼狽《ろうばい》と慎みが偽りのものだったはずがない。しかし、もしもあれが偽りだったとしたら？

彼の疑念はふくらんだ。家庭教師としての雇用期間がもうすぐ終わるので、彼女は雇い主を誘惑して結婚を申し込ませようとしているのだろうか？　そんなことができると本気で考えているのだろうか？もしもそうなら、成功寸前のところまでいった！

エドワードは考え込んだまま夜を過ごした。この理性と判断力の欠如が恋に落ちたせいなら、恋などまっぴらごめんだ。清純であろうとなかろうと、オクタヴィアはここを出ていくべきだ。ただちに！

朝になると、彼はオクタヴィアに書斎まで来てほしいと伝えた。

オクタヴィアもまた眠れぬ夜を過ごした。きのうの自分の行動を思い返すのは、まさに拷問だった。ふしだらな女のようにふるまってしまったわ！　まるで塔にあるあの部屋ですっかり別人に変身してしまったようだった。慎みも恥じらいも自尊心もない女に。どうしてあんな真似《まね》ができたのだろう？エドワード・バラクラフはつねに自分の立場をはっきりさせてきた。相手が姪の家庭教師だろうとほかのだれだろうと、結婚する意思はないことを。それなのに、わたしは彼に身をゆだねようとしてしまった。それればかりか、自分のほうからキスを求めてしまった。そんな女ではないと言ったところで、どうして彼が信じてくれるだろう？　もしかしたら、彼は木から下ろしてくれたときを思い出し、ふしだらな女に見えるのはあのときと同じだと思ったのでは？　そんな女ではないと言っても、なんの役にも立ちはしない。ことエドワード・バラクラフが相手だと、わたしはそんな女になってしまうのだから。

　自分は何者で、どんな女だと告げたとしても、彼はわたしをものにしやすい女、簡単に遊べる相手と見なすにちがいない。家庭教師であろうと貴婦人であろうと、あれほど簡単に慎みを忘れてしまっては、敬意など示してもらえるはずがない。

　さらにまずいことに、もしも彼にもう一度キスをされたら、同じ失敗をそっくり繰り返してしまいそうな気がする。


　答えはひとつしかない。誘惑から遠ざかること。ウィチフォードを去り、アシュコムに帰ること。

　ミスター・バラクラフから書斎で会いたいと伝言をもらったとき、オクタヴィアはいまこの場でウィチフォードを去りたい衝動に駆られた。彼と顔を合わせることを考えただけでも怖くてたまらなかった。それでも歯を食いしばり、最後までやり抜く決意で階段を下りた。彼からどう見られても文句は言えない。軽蔑されても。愛人にならないかと言われても。でも、決心は変わらない。彼からなんと言われようと、あす馬車の手配がつき次第、ウィチフォードを去るつもりだと告げよう。そしてこれだけは断固として決心している。自分の本当の身分は彼に言わない。わたしの品行で家族の評判を汚してはならない。

　エドワードは机の向こう側に座っていた。顔色が悪く、やつれて見え、オクタヴィアの胸は痛んだ。

彼がこちらを見ずに声をかけた。

「座って、ミス・ペトリー」

オクタヴィアは椅子に腰を下ろし、膝で組み合わせた両手を見つめた。沈黙が流れ、ふたたび彼が話し出したとき、オクタヴィアは最初、彼がなにを言っているのか理解できなかった。ミセス・バラクラフの苦情？　それだけなの？　ミセス・バラクラフがわたしに不満を抱いていることがなぜいま問題になるの？　いまに始まったことではないのに。

しかし彼がさらに話すと、オクタヴィアは心が冷えきっていくような感覚にとらわれた。

「義姉から、きみの友だちが宿屋に泊まっていたと聞いた。本当かい？」オクタヴィアがうなずくと、彼は先をつづけた。「わたしに知らせようとは思わなかったのかね？　あるいは、ここに連れてきて紹介するとか。男性だったんだろう？」

「彼は……ウィチフォードには来ないことになっていました。ここに連れてきたくなかったんです。彼が来てすぐに、わたしは帰るように言いました」

「しかし彼はすぐには去らなかった。もうしばらくいて、とても感動的な光景を繰り広げた」

オクタヴィアははっと顔を上げた。彼はハリーがリゼットと出会ったことを知っているのかしら？　だからこんなに怒っているの？　ほっとしたことに、そうではないとわかった。

「宿屋でだ。きみたちはとても……親しいようだった」

なんという皮肉！　彼が怒っているのはリゼットのことではなく、わたしが自分の兄と会ったことだとは！「わたしは……その……わたしたちはとても親しい友人同士なんです」

エドワードが机をどんと叩《たた》いたので、オクタヴィアは飛び上がった。「はぐらかすんじゃない！　宿屋のメイドは恋人同士だと思ったと言っている」

オクタヴィアはあっけにとられ、怒りをこめて答えた。「そうじゃありません！　メイドが嘘《うそ》をついているんです。それを信じるなんて！」

「宿屋に行ったのを否定するのか？」

「いいえ」

「宿屋で男と会ったのを否定するのか？」

「いいえ」

「きみたちが会ったとき、その男がちゃんと服を着ていなかったのを否定するのか？　きみたちが抱き合ったのを」

「いいえ。でもそれは――」言いかけて、オクタヴィアははっとした。自分自身が幸せになる望みはすっかり消えてしまったけれど、ハリーのほうの望みにはまだ可能性がある。でも、エドワード・バラクラフの機嫌がいまみたいなときにハリーのことを話したら、その可能性もつぶれてしまう。「それは、わたしが行ったとき、彼が起きたばかりだったからです。わたしたちは別れの挨拶《あいさつ》を交わしました」

「なんと感動的だ！　きのう、あれほど魅惑たっぷりにわたしを求めたときも、彼が恋しかったのか？　それとも、わたしのほうが見込みがありそうだと考えたのか？　あわよくば結婚できると？　わたしがどうにかきみを誘惑するのをやめたときは、ずいぶんがっかりしただろうな」

彼の口調が急に荒くなり、ことばは残酷で、オクタヴィアは一瞬息ができなくなった。これがきのうあれほどやさしくわたしを抱きしめ、思いやりのあふれることばをささやいた人だなんて！　胸が鋼鉄の手で締めつけられるようだった。軽蔑されるだろうと半ば予想していたとはいえ、それで痛みが軽くなったわけではなかった。

「疑われるのはわかります。こう言ったところで信じてはもらえないでしょうけど、でも、それはちがいます。ハリー・スミスはわたしの恋人なんかではありません。それから、きの——」ことばにつかえ、オクタヴィアは言いなおした。「きのうのことですが、わたしは自分のふるまいを口では言い表せないほど恥じています。あなたは誤解なさっていますが、わたしのことをひどくお思いになっても、責めるわけにはいきません。わたし自身、自分にあきれ果てているのですから」

エドワードは黙ってオクタヴィアを見つめた。

「こんなことがあった以上、きみをここに置いておくわけにはいかない。それはわかっているね？」

「わたしを首にする口実をお探しなら、その必要はありませんわ。わたしたちのあいだであんなことがあったからには、わたしはここにはいられません。姪ごさんたちと最後まで過ごしたいと思っていましたけれど、ここを去らなくてはならない理由を、あなたからリゼットとピップに説明していただかなくてはならないようですね。ふたりがわたしに抱いている幻想を壊さないようにお願いします」オクタヴィアの声は震えた。「あのふたりが本当に好きになってしまいました」

エドワードは立ち上がり、窓辺へ行った。それから振り向き、激しい口調で言った。「くそ、どうしてこんなことになってしまったんだ？　生まれて初めてわたしが——」彼はそこで言いなおした。「いや、それはいい。起きてしまったことはしかたない。二輪馬車を使いなさい。ジェムに御させよう。一時間後でいいかな？」

オクタヴィアはうなずき、ドアに向かった。

ふいに彼が言った。「リゼットとピップにはできるだけうまく説明する。ふたりともきみを恋しがるよ」

オクタヴィアはことばもなかった。もう一度うなずき、部屋を出た。

　オクタヴィアが去るときは、ウィチフォードの窓からいくつも顔がのぞいた。馬車が遠ざかると、ジュリアは笑みを浮かべた。あんなふしだらな女をこのままここにいさせたら、わたしはリゼットとフィリパを立派なレディに育て上げるという務めを果たせなくなるわ！

　リゼットは困った顔で馬車を見送った。ミス・ペトリーが突然去っていった裏にはなにがあるのかしら？　ジュリア叔母さまが嫌っているからという理由だけでは絶対にないわ。

　ピップは塔にある自分の部屋の窓辺にいたが、涙でなにも見えなかった。ジュリア叔母さまなんか大嫌い！　世界でいちばん好きな人がひとりいなくなったのに、お行儀よくしてなんになるの？

　エドワードの顔は窓になかった。彼は書斎で仕事に専念していた。オクタヴィアのことは断固として考えないつもりだった。あの蜂蜜《はちみつ》色の髪のことも、情熱に色の濃さを増す瞳のことも、ほっそりした体を抱きしめた感触も。彼は悪態をついてペンを投げ出し、机を見つめた。乗りきってみせる。オクタヴィアと出会う前の生活は申し分なく幸せだった。あの生活に戻るのだから、また申し分なく幸せになれるはずだ。このひどい喪失感もいずれ消えるだろう。

　その夜、夕食の席には三人しかいなかった。ピップは自分の部屋にいた。食事が終わりかけたころ、リゼットがエドワードを見つめ、静かに言った。

「なぜミス・ペトリーは行ってしまったの？」

「言ったじゃないか。家で急用ができたんだ」

　リゼットは叔父のぶっきらぼうな口調に少したじろいだが、勇敢にもつづけた。「それは口実だと思うわ。こんなに突然去るなんて、ピップもわたしも信じられないの。わたしたちに事情も話さずに行ってしまうなんて」

「放《ほう》っておくんだね、リゼット」

「リゼットの年齢なら事実を話してもいいんじゃないかしら」ジュリアが言った。「話してやりなさいよ。ミス・ペトリーへのあこがれが消えてちょうどいいわ。褒められた女性じゃないんだから」エドワードが黙ったままなので、ジュリアはリゼットのほうを向いた。「わたしたちは、ミス・ペトリーはあなた方をまかせるのにふさわしくない人だと考えたの。さあ、代わりに言ってあげたわ、エドワード」

リゼットの頬が紅潮した。「そんなこと、信じないわ！　ジュリア叔母さまに嫌われたから出ていかなければならなかったんでしょう！」

エドワードは驚いてリゼットを見つめた。これまでリゼットは人を批判したり人に逆らったりしたことが一度もないのだ。

ジュリアの顔も紅潮した。「自分の姪からこんなことを言われるなんて！　あなたの無作法さにはことばもないわ、リゼット。ミス・ペトリーの悪影響がここにも表れたというわけね。あの人は自分の意志で出ていったのよ。もっとも、出ていかなければ、わたしが追い払っていたわ。さすがに推薦状をほしいと言い出すずうずうしさはなかったわね。頼まれたところで、書くつもりはないけれど！」

「義姉上、わたしは――」

「いいえ、エドワード、リゼットがなにを言ったか聞いたでしょう？　自分の子供のようにかわいがっている姪に言いがかりをつけられたのよ。事実を話したほうがいいにきまっているわ」ジュリアはリゼットのほうを向いた。「あなたの大切なミス・ペトリーは若い男とこっそり関係を持っていたの。まともな後見人なら、そんなことをする家庭教師を大目に見るわけにはいかないわ。その男にキスをしているところまで見られているのよ！」

リゼットの頬から今度は血の気が引いた。「その若い男の人ってだれ？　名前はなんていうの？」

妙なことをきかれて、エドワードは目を鋭くした。裏になにがあるんだ？

「知らなくてもいい――」ジュリアが言いかけた。

「スミス」エドワードは言った。「ハリー・スミスだ」

リゼットが飛び上がった。「それでミス・ペトリーを首にしたのね！　なんということをしたの！

ああ、なんということを」

「どうした、リゼット？　どういう意味だ？」

「ハリー・スミスはミス・ペトリーのお兄さまなのよ！　ピップとわたしにとってあれほどやさしくてすてきな人はいないのに、ピップもわたしもミス・ペトリーが本当に好きなのに、お兄さまにキスしたせいで首にするなんて！」

12

リゼットはわっと泣き出し、ドアに駆け寄ろうとした。エドワードはすばやく立ち上がってリゼットをつかまえた。

「あんなことを言って、そのまま出ていってはいけないよ。ミスター・スミスがミス・ペトリーの兄だとどうやって知ったんだ？　ミス・ペトリーから聞いたのか？」

「いいえ」リゼットは泣きながら答えた。「ミスター・スミスから聞いたの。本当はハリー・ペトリーという名で、スミスではないと」

「本人から聞いた？　いつ？　いつ会ったんだ？」

ジュリアがなにか言いかけたが、エドワードはそれを遮った。「この件はわたしにまかせてください。これはミス・ペトリーの品行という問題とは関係ない。リゼットは二カ月近くわたしと暮らしてきたんです。後見人として目下わたしが気になるのは、リゼットになにがあったかだ」彼は姪《めい》の状態を見て、ことばをやわらげようとした。「座って少し落ち着きなさい、リゼット。水を飲むかね？」リゼットがきた。しばらく待って、エドワードはつづけた。「ハリー・ペトリーとどこで会ったんだ？　宿屋か？　宿屋で彼と会ったのか？」

リゼットは激しく首を振った。

「では、どこだ？」

「森で……森で会ったの。このウィチフォードで」

「ミス・ペトリーに紹介されたの？」ジュリアが尋ねた。

「いいえ。偶然ハリーと出会ったの」

「ハリーですって！　森で出会って、彼をハリーと呼ぶようになったの？　すばらしいこと！」

「義姉上《あねうえ》、横から口をはさむのはやめてもらえませんか。リゼットが自分から話してくれるでしょうから、黙っていてください。さて、リゼット、ハリー・ペトリーとは森で偶然出会ったと言ったね？」

「ええ。ミス・ペトリーはそのことはなにも知らないの。スケッチに描《か》く植物を探していて出会ったのよ。ピップが病気になったあとのことで、みんなで外の空気を吸いに出たときに。ピップが疲れて、ミス・ペトリーはピップと家に戻ることにしたけれど、わたしがスケッチ用の植物を探しているのをご存じだったから、馬車道の近くで十五分探してもいいと言ってくださったの。十五分だけだったわ」

「つづけて」

「彼は馬車道のそばの森にいたの。わたし、ぎょっとしたわ。でもとても紳士的な人で、しばらくすると、彼が……好きになったの」

「森でお兄さんに会ったと話したとき、ミス・ペトリーはなんと言った？」

「彼がミス・ペトリーのお兄さまだなんて知らなかったのよ！　名前はスミス、英雄と同じ名だと彼は言ったわ」

「当然ミス・ペトリーは知っていたわよ。お膳立《ぜんだ》てをしたのだから」ジュリアがふんと笑った。

「知らなかったわ！　最初はわたし、ミス・ペトリーになにも話さなかったの。本当にごめんなさい、エドワード。反対されると思って。でも悪気はなかったのよ。彼はとても礼儀正しくて親切な人なの」

「ミス・ペトリーにはいつ話した？」

「彼と二度目に会ったあと。そのとき彼は、わたしに嘘《うそ》をつきたくない、自分の名前はスミスではなくペトリーだと言ったの。ミス・ペトリーの兄だと」

「おやおや！」

「ジュリア！」エドワードは義姉をたしなめてから、ふたたびリゼットのほうを向いた。「ミス・ペトリーはなんと言った？」

「とても困っていたわ。内緒で会ったのはまちがっている、叔父さまに知られたら怒られるだろう、怒られて当然だって」リゼットは悲しげにつけ加えた。

「もう彼に会ってはいけないと言われたの。お別れすらさせてもらえなかったわ」

「その後、彼と会ったのか？」

「まさか！　会うはずがないわ。ミス・ペトリーに会ってはだめだと言われたのよ。きっぱりと」

「どうやら害はほとんどなさそうだ。それにしてもきみがわたしやジュリア叔母さんになにも言わなかったことには驚くが」

「わたしにふさわしくない相手だと思われるのが怖かったの」

「そのとおりよ！　家庭教師の兄だなんて、なんとすばらしい組み合わせかしら！」ジュリアがあてこするように言った。「向こうにとってはさぞすばらしい組み合わせでしょうよ。ミス・ペトリーが兄のためにしめしめと思ったとしても責められないわ」

「彼はただのお友だちよ！　それに、ミス・ペトリーはなんの関係もないわ。どうして叔母さまはミス・ペトリーをそんなふうに悪く言うの？　ミス・ペトリーはそんなことを考える人じゃないわ」

「わたしはあなたより長く生きているのよ、リゼット。ミス・ペトリーの動機は完全に理解できるわ。相当な財産を持っている娘と自分の兄が結婚した場合の利点がわからないとしたら、そのほうが問題よ」

リゼットは怒りに頬を染めて立ち上がった。「エドワード、これですべて話したわ。内緒にしていてごめんなさい。わたしのせいでミス・ペトリーが不当な扱いを受けたことは、それ以上に申し訳なく思うわ。もう部屋に行ってもかまわないかしら？」

エドワードはジュリアを腹立たしげにちらりと見た。「そうしたければ、もちろんかまわないよ。きみはとても正直に話してくれた」彼はさらに言った。「ミス・ペトリーが辞めたのを自分のせいだと考えてはいけないよ。彼女はそれ以前に辞めるつもりだったんだ。きみのふるまいだけが原因じゃない」

「ミス・ペトリーのことは忘れて、あなたのふるまいがほかにどんな結果を引き起こしかねないか、そちらのほうをよく考えなさい、リゼット」ジュリアが言った。「相手としてふさわしくない男性ともうかかわってはだめよ。アンティグア島のアランデスとのことで懲りたと思っていたのに」

「アンティグア島でのこととはまったくちがうわ！　本当を言うと、リカルドのことはミス・ペトリーにも話したの。そしてほかのだれよりも力になってもらったわ。ジュリア叔母さまはわたしにリカルドと二度と会ってはいけないと言うだけだから、わたし、どこかお父さまに背いているような気がしていたの。ミス・ペトリーは、お父さまが本当はなにを望んでいたかを、わたしにわからせてくれたわ」

「ミス・ペトリーの兄と結婚することじゃないの？」ジュリアが嫌みたっぷりに言った。

「ちがうわ！　もう叔母さまとは話はできないわ！」

「話してくれないか、リゼット」エドワードは穏やかに促した。「ミス・ペトリーはどう言った？」

「リカルドに言われたことはもう気にしなくていいと。お父さまはわたしが幸せになることを望んでいる、大事なことを決める前に世間を見てごらんなさいと。リカルドへの気持ちはいまもわからないの。でも、もう婚約はしていないわ。ミス・ペトリーは少なくともそれをわからせてくれたのよ。それなのに追い出してしまうなんて！」リゼットは部屋を飛び出していき、ドアがばたんと閉まった。


「あんなことを言う必要があったんですか？」エドワードは義姉にうんざりした口調で尋ねた。「ただでさえ動揺しているリゼットにリカルド・アランデスのことを思い出させるとは。リゼットにとってはいちばん苦しい経験だったはずなのに」

「あら、あなたがなぜそう言うのか、わかるわ」ジュリアは言い返した。「あなたはまだあの家庭教師にのぼせているのよ。このまま放《ほう》っておいたら、あなたの姪はミス・ペトリーの兄と結婚してしまうわ。でも、わたしがそうはさせませんからね。リゼットにもいまそう言ってくるわ」ジュリアはさっと部屋を出ていった。エドワードが追って部屋を出たときには、階段を半分ほど上がっていた。

「義姉上！」

ジュリアが悪意にゆがんだ顔で振り向いた。「止めないで！　あの家庭教師のせいでリゼットはわたしたちに反抗するようになったのよ。このままにしておくわけにはいかないわ！」

ジュリアはエドワードに背を向けてさらに階段を上がろうとした。だが、踏み板の一枚ががたんとはずれ、開いた穴に落ちそうになって悲鳴をあげた。エドワードは階段を駆け上がり、悲鳴をあげつづけるジュリアを抱き上げた。そしてどこもけがをしていないのを確かめると、寝室に運んだ。ジュリアはまだ足をばたばたさせ、こんな家にはもう一分もいられない、この家はわたしを殺そうとしているとわめいた。

メイドがやってきたが、どうなだめてもジュリアはわめきつづけた。しかたなくエドワードは義姉をひっぱたいた。それもかなり荒っぽく。

ジュリアはわめくのをやめ、彼をにらみつけた。

「あす、この家を出ていくわ、エドワード！　こんな危ない家はないわ。三度わたしを殺そうとしたのよ。懲り懲りだわ！」

「動転なさったんでしょう。家が人を殺そうとするなんてくだらない」

「なにがくだらないよ！　こんな家には住めないわ。あすロンドンに帰りますからね。でなかったら頭がどうにかなってしまうわ！」

「それなら、帰ったほうがいいかもしれない」彼はしばし考えた。「だれにとってもそのほうがいいようだ。義姉上はあすリゼットとピップを連れて発《た》ってください。わたしは家をきちんと閉めてから、一両日中に発ちます。さあ、いまは眠るといい。わたしは階段を見てこないと。すぐに直したほうがよさそうだ」

彼は部屋を出て階段まで行った。この屋敷の雑用係が破損箇所を調べていた。

「おかしなこともあるもんですね」雑用係は首をかしげた。「こんなことは初めてですよ。ミセス・カーステアズは家の手入れをなにもかもきちんとなさってましたから！」

ピップはあすロンドンに発つと聞いて、わたしはもう少しここに残ってエドワードといっしょに行きたいとせがんだ。

「お行儀よくするわ。ロンドンには行きたくないの。ジュリア叔母さまといっしょだったらよけいに」

「きみはすぐにロンドンに行かなくてはならないよ。全員がウィチフォードを離れるんだ。しかしわたしがきみを連れていっていいかどうか、叔母さんにきいてみよう。一日か二日遅れるだけのことだが」

階段の事故のことですっかり動揺していたジュリアはすぐに承知した。「これ以上いらいらさせられるのはごめんよ。ロンドンまでずっとフィリパと馬車に閉じ込められるのかと思うと、ぞっとするわ。フィリパはあなたが連れていってちょうだい。でもリゼットはわたしが連れていきます」

「もちろん。いまのリゼットと仲直りするよう心がけてください。いまのリゼットは気持ちが沈んでいる。去年のような憂鬱《ゆううつ》状態に陥っては困りますからね。具合がよくなったら、社交界デビューのときに着るドレスのことを考えてくださいよ。リゼットもそれで元気になるでしょう」

「ドレスについてはいいことを考えているの。マダム・ローザに何着か作ってもらえないか、きいてみるつもりよ。デイジー・レッドバリーは作ってもらえるかどうかわからないと言うの。マダムはとても人気があって、客を選ぶのよ。レディ・レッドバリーに紹介状を書いてもらわなくては」

エドワードはジュリアとリゼットが出発するのをほっとして見送った。リゼットは口数が少なかったが、昨夜感情を高ぶらせたことを後悔しているようだった。しかし、もちろん昨夜リゼットが言ったことは正しい。一方的に家庭教師を中傷したジュリアの非難には、まぎれもなく悪意があった。なぜかはわからない。わからないといえば、オクタヴィアに対する自分の気持ちもよくわからない。彼女が恋人らしい男と会っていると聞いたときは、もちろん公明正大ではいられなかった。一瞬、嫉妬《しっと》と激しい怒りに駆られ、冷静に考えられなくなった。これまで経験したことのない荒々しい感情に自分でも動揺し、彼女がここを出ていったときはほっとした。オクタヴィアはすぐに問題を引き起こす。わたしが昔から求めてきたのは、問題のない人生だ。妻のいない生活、義務で縛る者のいない生活、だれにも責任を負わなくていい生活だ。

ただ……問題の種は去ったが、それといっしょになにかとても大事なもの、なくすのが惜しいものも去ってしまったような気がする。

その後の二日間は内省的になっている暇もなかった。しなければならないことが山ほどあり、なかでもいちばん大事なのが階段の修理だった。なぜ踏み板がはずれたのだろう？　残りの踏み段はすべて良好な状態で、虫に食われたり腐ったりした形跡はありませんと雑用係は言った。しかし、虫食いでも腐ったのでもなければ、原因はなんだろう？　この家がジュリアを殺そうとしているという考えはもちろんくだらない。ヒステリックなたわ言だ。

ほかにもしなければならないことはあった。ウィチフォードは大きな屋敷で、滞在予定の六カ月のうちまだ四カ月近く残っているが、バラクラフ家ではだれももうここには戻ってきそうにない。それでもエドワードは修理をきちんとしておきたかった。ピップはどこへ行くにもついてきて、たえず話しかけてくる。姪のおしゃべりはミス・ペトリーのこと、ミス・ペトリーといっしょにしたことばかりだ。

「もちろんミス・ペトリーはロンドンでまた会いま

しょうって約束してくれたわ。わたし、ロンドンでまた会えると思うの。ミス・ペトリーはいまなにをしているのかしら？　だれの家庭教師もしていないと思うわ。だって、本当は家庭教師じゃないはずだもの！　最初ここに来たときは、家庭教師の口を探してはいなかったんですものね」

エドワードはいきなり立ち止まった。「なんだって？」

「ここにリゼットとわたしがいるのを見て、驚いたみたいだったわ。家庭教師になるつもりでここに来たのなら、わたしたちがいるのを知っていたはずでしょう？　でも、わたしたちの名前は知っていたの。変だと思わない？　ミス・ペトリーがまた戻ってくればいいのに！」

最後の夜、ピップがベッドに入ると、エドワードはなにもかもきちんとしているかどうか、屋敷のなかを見て回った。そのあと、ピップがよく眠っているのを確認してから、塔の部屋に通じる狭い階段のそばで足を止めた。あの日以来、部屋には上がっていない。これ以上避けるわけにはいかない。それに点検もしなければ。彼は階段を上がり、鍵《かぎ》を開けて部屋に入った。

持ってきたランプの淡い明かりで見ると、部屋のなかは薄暗くてぼんやりしていた。暖炉にはオクタヴィアが燃やした火が灰になって残っている。これはそのままにしておいてかまわない。エドワードは椅子を見下ろした。あのとき、この小さな部屋にはなんと熱く激しい感情が満ちていたことだろう。まるで炎に包まれたようだった……。彼は体の向きを変えた。その拍子にランプの明かりがテーブルに飾ってある小さな額にきらりと反射した。彼はその額を手に取った。ミセス・カーステアズの娘シオファニアだ。ピップより小さいときに亡くなり、ミセス・カーステアズにほかに子供はなかった。

　テーブルにはほかにも彩色したものや素描の小さな肖像画があった。ミセス・カーステアズの家族や友人を描いたものだ。エドワードは若い女性を描いたスケッチに目をとめた。知っている顔のように思える。その絵を明かりのそばへ持っていった。それはオクタヴィア・ペトリーの肖像画だった。

　彼はその絵を見つめた。なぜオクタヴィアの肖像画がここに飾ってあるのだろう？　彼はしばらくその場にたたずんでいた。部屋は寒かったが、それも感じなかった。ピップのことばが頭のなかを駆けめぐる。

〝最初ここに来たときは、家庭教師の口を探してはいなかったんですものね〟〝ここにリゼットとわたしがいるのを見て、驚いたみたいだったわ。家庭教師になるつもりでここに来たのなら、わたしたちがいるのを知っていたはずでしょう？　でも、わたしたちの名前は知っていたの〟

　だからオクタヴィアは自分の素性について曖昧《あいまい》にしか答えなかったのか？　ピップに話しているのを立ち聞きしなかったら、家族に関していっさいわからなかっただろう。銀行業界でエドワードに大成功をもたらした鋭い分析能力が働きはじめた。ピップの言ったことが正しいとすれば、オクタヴィアはウイチフォードを見に来ただけなのかもしれない。そしてバラクラフ家の者がすでにこちらに来ているのを知って驚いた。しかしそれなら、なぜそう言わなかったのだろう？　エドワードはオクタヴィアと面談したときのことを思い返した。そしてくわしく思い出せば思い出すほど、彼女が職を求めて現れたのではないことがはっきりした。なんのことはない、家庭教師などではなかったのだ。オクタヴィアは一度も自分から家庭教師だとは言っていない。こちらが早とちりしたのだ。しかし、それならなぜ誤解を解こうとしなかったのだろう？　なぜ脱線したままにしていたんだ？

　彼は頭を振った。さっぱりわからない。しかし自分のようなまぬけにもひとつだけははっきりとわかる。オクタヴィアは実に巧みにわたしをだましたのだ。このエドワード・バラクラフをこけにし、おそらくそれを楽しんでいたのだ。彼女にはさぞかしすばらしい冗談に思えたことだろう。自分の借家人に雇われるというのだから！　オクタヴィアの目にからかうような色が浮かび、その態度にどこか挑発するようなところが感じられたのも当然だ。心のなかで大笑いしていたにちがいない。

　その結果、自分でも抑えきれないものにとらわれ、自分も生身の人間だと知ったときは、ショックを受けたにちがいない。偽家庭教師が真っ赤に燃えさかる本物の情熱にとらえられてしまったのだから。そしてもちろん逃げ出した。まさにぺてん師だ。ひょっとすると、自分の目的のために兄をリゼットに紹介したのかもしれない。エドワードはオクタヴィアの肖像画を荒々しくテーブルに戻し、暖炉の灰を足で炉床に広げた。そして部屋を出てドアに鍵をかけた。あの家庭教師とはこれで完全におさらばだ。わたしにとって、オクタヴィア・ペトリーは暖炉の灰と同じく死んだも同然だ。これで人生最大の過ちを犯さずにすんだぞ！

　翌日、エドワードとピップはウィチフォードをあとにした。曲がり角まで来るとピップは馬車をとめてもらい、最後にもう一度屋敷を眺めた。きょうは曇り空で、屋敷は例の奇妙な笑みを失っていた。

「なにを見ている？　家にはだれもいないんだよ」

「でもウィチフォードは死んではいないわ。まるで……まるでなにかを待っているみたいに見える」

「へえ、なにを待っているのかな。われわれが戻ってくることはなさそうだ」

「見て！　おうちがまた笑ったわ！」

「そんなことばかり言っていると、頭がおかしいと思われるぞ。窓に当たる日差しの加減でそう見えるだけさ。さあ、もう家の話は終わりにしよう。ロンドンが待っている」

オクタヴィア・ペトリーとその兄のことを金輪際頭から追い払う前に、ひとつだけしておくべきことがある。エドワードはそう判断した。リゼットがハリー・ペトリーに惹《ひ》かれたのは明らかだ。万が一この男がふたたび現れた場合に備えて、リゼットのためにも彼についてもう少し調べておかないと。ジュリアの考えているような財産目当ての男だとすれば、おそらくロンドンでリゼットに会おうとするだろう。

宿屋の亭主は軍人のようだと言っていた。そこでエドワードは以前何度か頼まれ事をしたことのある陸軍の消息通に会うことにした。サー・チャールズ・スティンフォースは喜んで協力を申し出た。「ペトリー？　ペトリー……。ちょっと待ってくれ……」

「兄のスティーヴンがワーテルローで戦死している」

「ワーテルローでは何人戦死したと思う？　待てよ。ペトリーというのはウォーナム伯爵家の名字だ。その縁者かもしれないな。一日二日待ってくれないか。調べてみるよ」

つぎに会ったとき、サー・チャールズは得意げだった。「思ったとおりだった！　近衛連隊のハリー・ペトリー中尉。それでまちがいないだろう。兄がワーテルローで戦死している」

「ウォーナム家の親戚《しんせき》だと言ったな」

サー・チャールズは笑った。「親戚どころか、ハリー・ペトリーはいずれウォーナム伯の爵位を継ぐよ。兄のアーサーに息子が生まれないかぎり。まあ、いまの状況ではまず生まれないだろう」

「するとハリー・ペトリーは伯爵の息子か？」

「そのとおり！　子供が多くて――」

「八人だ」

「七人だよ。ひとり戦死しているから。いまは息子がふたりしかいない。あとは娘ばかりだ」

「名門なのか？」

「名門中の名門だ。イギリスの貴族の半分と縁続きだ。母親はキャヴェンディッシュ家、父方の祖母がポンソンビー家の出で、五人いる姉妹のうちひとりがモンティース公爵と結婚し、もうひとりはロッシュフォア侯爵夫人だ。三人目はフランスの伯爵だったかな、外国人と結婚した。もうひとりは忘れたが、同じような名家に嫁いでいる。末娘だけが未婚だ。二、三年前まで社交シーズンの花形だったが、心にかなう相手とは出会わなかった。残念だな。美人で金持ちで名家の娘で、男にとっては最高の結婚相手なのに。ところがいやに冷静なんだ。喜ばせるのがむずかしい」

「ほう。本当に？」エドワードは尋ねた。

「そうだよ。レディ・オクタヴィアは心が頭を支配することはない。社交シーズンが終わる直前に母親が亡くなって、その後ロンドンには一度も戻ってきていないんだが、結婚したという話は聞かないな。いまはもちろん彼女の価値はさらに上がっている。名付け親から立派な屋敷を相続したそうだからね」

これでオクタヴィアの話は充分に聞けたとエドワードは判断した。「ハリー・ペトリーについてなにか知っているか？　ギャンブルはするのか？　酒は？」

「人並み程度かそれ以下というところだね。なぜそんなにハリーに関心があるんだ？　きみに娘がいれば、彼に狙《ねら》いを定めているのだろうと考えるところだが、きみには娘はいない」

「身内の娘が彼と出会ってね。一応調べたかったんだ」

「ペトリーは軍隊に辞表を出すらしい。彼が結婚市場に参入したら、その娘の母親にすばやく動くように言っておいたほうがいいぞ。来年の社交シーズンの大当たりくじになるはずだから」

「まったくだ。助かったよ、ステインフォース。わたしで役に立てることがあったら言ってくれ」

エドワードは少なくともリゼットがよくある策士につかまったのではないことにほっとしつつ、ノース・オードリー・ストリートに戻った。相手がハリー・ペトリーなら、どんなうるさ型の後見人もよしとするはずだ。それでもやはり、正直なところリゼットにはべつの相手を見つけてほしいと思わずにいられない。レディ・オクタヴィア・ペトリーとその家族とは無縁でいられるに越したことはない。ウィチフォードの持ち主であるばかりか、伯爵の娘で、社交界の花形で、イギリスの名家の半分と縁続きだったとは！　なんという名女優だ！　ジュリアとわたしから受けた扱いにどれだけ憤慨したことだろう。しかし自分が貴族だとほのめかしたことは一度もない。オクタヴィアはなぜあんなことをしたんだ？　お手軽な冒険というやつだろうか？　平民と交わるご令嬢というわけか？

どんな理由にせよ、こちらは憤慨している。彼女にだまされたこと、こけにされたことに腹が立つ。なにも気づかなかった自分自身にも腹が立つ。しかしなにより癪《しやく》なのは、いまもオクタヴィアが心のなかを歩き回り、抱きしめたときの感触を思い出させて悩ませたり、満たされない欲求をよみがえらせたりすることだ。美人で裕福で、イギリス貴族の半分と縁続きのオクタヴィア・ペトリーなどくそくらえだ！　なぜ彼女のことが忘れられないのだろう？

オクタヴィアのほうもウィチフォードでの出来事について考えるのは後回しにしなければならなかった。アシュコムの門の前で馬車から下り、ジェムの御す馬車が遠ざかるまで待ったあと、門番に頼んで母屋まで連れていってもらった。母屋ではびっくり仰天しているレディ・ドーニーに迎えられ、そのあとすぐに自分の部屋に上がって着替えをした。

「そのくたびれたドレスはどこで手に入れたの？それに、いったいどうしたの？元気がなさそうだわ」

「この二、三日、いろいろとたいへんだったの。ミセス・バラクラフが到着して、わたしのいる理由がなくなってしまって……。それで帰ってきたの」

「これからどうするつもり？」

「しなければならないことが二、三あるの。約束したことが。そのあとはまた考えるわ。アシュコムはどうだったか、話してくださらない？ハリーが戻ってきたのは知っているわ。ウィチフォードまでわたしに会いに来たから」

「するとウィチフォードに行ったのね！最初にハリーが戻ってきたとき、ひと悶着《もんちゃく》あったのよ。それでハリーはだれにも行き先を告げずに飛び出していったの。アーサーっていつもあんなに尊大なの？」

「そうよ。ハリーもわたしもアーサーが苦手なの。お父さまがうるさく言わなかったらいいけれど」

「うるさくはなかったわ。でも、アーサーと同意見だということははっきりしていたわ。かわいそうなルパート！かなり動揺していたのよ。ハリーがかんかんになって飛び出していったときはとくに。翌日は一日じゅう彼をなだめて過ごさなくてはならなかったわ」

オクタヴィアは微笑《ほほえ》んだ。「あなたがいてくださってよかった。父には頼りになる存在ですもの」

「そう言ってもらえるとうれしいわ。実のところ、お父さまとわたしは……」

オクタヴィアはレディ・ドーニーの表情を見て笑った。「わたしに当てさせて！　結婚することにした、でしょう？」

「かまわない？」

「ちっとも。それを願っていたんですもの」オクタヴィアはレディ・ドーニーを抱きしめた。「とてもうれしいわ」

「お互いにいっしょにいてすごく楽しいので、わたしがずっとここにいることにしたの。大ロマンスと呼べるようなものじゃないけれど。でも、わたしの年齢になれば、大ロマンスなど求めないわ」

「わたしにはとてもロマンチックに思えるわ！」

「これでいろいろなことが変わるとは思わないでね。これまでどおり、ここは自分の家だと思ってほしいの」

「ありがとう。でも、しばらくようすを見るべきね」

レディ・ドーニーが出ていったあと、オクタヴィアは窓腰掛けに座り、外を見つめた。今回の朗報は心からうれしいけれど、レディ・ドーニーがああ言ってくれたにもかかわらず、変化は避けられない。新しい伯爵夫人がアシュコムの女主人になれば、わたしはようやく自由になって自分の好きなことができる。二カ月前なら飛び上がって喜んだことだろう。でもいまは……。しばらくして、オクタヴィアは階下に行き、父に祝いを述べた。自分の将来について考える時間ができるまでに、急いでしなければならないことがいくつもあった。

翌日、オクタヴィアは長姉のガシーに会いに行った。モンティース公爵夫人のオーガスタは三十代後半だが、二十年前ロンドンの社交界に旋風を巻き起こし、そのシーズンで最も注目された独身男性モンティース公爵の心を射止めた美貌《びぼう》と魅力の名残をいまもとどめている。公爵は知的なことにほとんど興味のない人で、一方、ガシーは活力と才気に富んだ女性であるにもかかわらず、結婚はまずまずうまくいっている。健康な四人の子供に恵まれ、末っ子がイートン校に入る年齢になったいま、お互いに相手の生活には干渉しなくなり、どちらもそれで満足していた。オクタヴィアはふたりともそれぞれ愛人を持っているのではないかと思っているが、もしそうだとしても、醜聞を耳にしたことはない。もっとも、オクタヴィアはこのような結婚には少しも魅力を感じない。

公爵は狩猟に出ていて留守だった。公爵夫人は退屈しており、妹に会えて大喜びだった。ふたりはしばらくおしゃべりし、父がレディ・ドーニーに求婚したのはとてもいいことだとうなずき合ったり、アーサーの態度を嘆き合ったり、ほかの家族の近況を伝え合ったりした。やがてガシーが椅子に身を預けて言った。「あなたが訪ねてきてくれてうれしいわ、タヴィ。でも、この裏にはなにかあるという気がするのはなぜかしら？」

オクタヴィアは頬を染めて微笑んだ。「お姉さまにはなにも隠せないわね。お姉さまとモンティースは来年のシーズン、ロンドンに行くの？」

「行くと思うわ。毎年行っているから。あなたも行きたいというんじゃないでしょうね？　もうロンドンには行かないと思っていたわ。それとも、お父さまの結婚であなたも気が変わったの？」

「そうじゃないわ。でも、社交界に戻りたいけれど、アーサーからはロンドンの屋敷に招かれないようにしたいのよ」

「その気持ちはよくわかるわ。ぜひわたしたちのところに泊まりなさい。あなたがいてくれたらうれしいわ。モンティースはロンドンではクラブに入りびたっていて、めったに会うことがないの。これで話は決まりね」

「実は、頼みたいことがまだあるの。ある人に……家庭教師を推薦してもらいたいのよ」ガシーがあっけにとられた表情を浮かべたので、オクタヴィアは急いで先をつづけた。「とても気に入った少女がいるの。その子の後見人が新しい家庭教師を探すはずなのよ。それで、わたしとしては、その少女によく合ったやさしくて有能な家庭教師がつくようにしたいの。ピップは特別な子供なのよ。お姉さまのところの末っ子はちょうど家庭教師がいらなくなるでしょう？ ミス・チェリフィールドはもうつぎの生徒を見つけたの？」

「まだよ。できるものなら、いつまでもうちにいてもらいたいわ。その後見人にチェリーのことを話してもいいわよ。理想的な家庭教師ですもの」

「それはできないの。わたしがそこで顔を出すわけにいかないのよ。ピップの家庭教師を選ぶ女性がわたしを嫌っているの。でも、公爵夫人の推薦状が発揮する威力は絶大だわ」

ガシーはオクタヴィアを厳しい顔で見た。「なにか企《たくら》んでいるんじゃないでしょうね？ わたしたちはみんなチェリーが大好きなの。いたずらや冗談に巻き込むのはお断りよ」

「なにも企んでなんかいないわ！ ピップに会えば、わたしがなぜ手助けしたいか、わかってもらえるはずよ。後見人の妻を見れば、わたしが直接推薦できないわけがわかるわ。どうかお願い、お姉さま。とても大事なことなの」

「なにか事情がありそうね。ピップってだれなの？ それに、あなたとどんな関係があるの？」

「お父さまには内緒だけれど、この二カ月間、わたしはウィチフォードでピップの家庭教師をしていたの」

ガシーは簡単にショックを受けるタイプではない。椅子の背に身を預けると、愉快そうに妹を見つめた。

「家庭教師とはね！ ウィチフォードでなにをしているのかしらと思っていたのよ。でも、いったいなぜ家庭教師を？ それに、ピップってだれ？」

「フィリパ・バラクラフ。バラクラフ家には娘がふたりいるの。ピップと姉のリゼットよ」

「銀行家のエドワード・バラクラフの身内？」

「姪よ」

ガシーは顔をしかめた。「オクタヴィア、わたし、最悪の事態を想像しはじめたわ。くわしく話してちょうだい」

「最悪？ どういう意味なの？」

「エドワード・バラクラフはロンドン社交界でも結婚相手として最も好ましい独身男性のひとりよ。それに、最難関のひとりでもあるわ。この二カ月間、そのハンサムな野獣とウィチフォードで生活をともにし、姪を教えていて、ただそれだけだと言うの？ そんなはずはないわ！」

「でも本当なのよ！」

「彼がレディ・オクタヴィア・ペトリーを家庭教師として雇った？ そんなことを社交界で言ってごらんなさい」

「それは少しちがうの。彼はわたしが何者か知らなかったのよ。牧師の娘だと思っていたわ」

ガシーは体を起こした。「わたしが退屈していることをお忘れなく。さあ、白状なさい、タヴィ！ 洗いざらい聞かないと気がすまないわ」

13

オクタヴィアは折れ、ウィチフォードでの出来事を語って聞かせた。全部ではなく、一部は省略した。

語り終えると、ガシーが言った。「驚いたわ。信じられないような話ね」それから首をかしげた。「それでも話はそれですべてじゃないという気がするわ。エドワード・バラクラフと二カ月間もいっしょにいながら、少しも惹《ひ》かれなかったとは信じられないわね」

オクタヴィアはちょっと苦々しい口調で答えた。「そのとおりよ。家庭教師の例にもれず、わたしも雇い主に恋をしたの」

「それで社交界に戻りたいの？　彼をつかまえるためめに？　こんなことは言いたくないけれど、彼をつかまえようとする女性はあなたが初めてじゃないのよ。でも彼に近づければ、初めての快挙だわ！」

「そんな気はないわ。理由は言えないけれど、ミスター・バラクラフはわたしを蔑《さげす》んでいるの」

「彼があなたと愛し合おうとし、あなたはそれを許したというわけね」ガシーは鋭く核心を突いた。

オクタヴィアはうなずいた。「おまけに、わたしの素性を知ったら、彼はわたしをぺてん師と呼ぶでしょうね。エドワード・バラクラフがわたしの魅力に屈することはないと思うわ。わたしが社交界に戻りたい理由はそれではないの」

「では、なに？」

「ピップとリゼットがとても気に入ったからよ。リゼットが来年の春、社交界にデビューするの。その手助けをしたいのよ。お姉さまはサリー・ジャージーに影響力があるから、それを使って、バラクラフ家のために〈オールマック〉の切符を手に入れられない？」

「サリー・ジャージーならわたしよりエドワード・バラクラフのほうが影響力が強そうだわ。サリーは魅力的な男性に弱いのよ」

「でも、それは入場券を融通してもらうのとは話がちがうでしょう。リゼットはまだ十六歳で、見たこともないほど愛らしい娘なの。それに生まれつきやさしい性格なのよ」

「それは本当に美点だわ！」

「ハリーもそう思っているわ」

「あらあら。するとやはり策略があるということかしら？　ハリーを結婚させようというの？　あなたがアーサーの企《たくら》みに賛同するとはね」

「リゼットはハリーにとって理想的な相手よ。請け合うわ。でも、リゼットには時間が必要なの。アンティグア島に若者がいて、彼への気持ちをこれから自分で見きわめなければならないから」

「あなたに協力していいのかどうか、わたしにはわからないわ。バラクラフ家の人たちに近づきすぎよ、タヴィ。その人たちのことは忘れたほうがいいかもしれないわ。全員をね」

「お願い、ガシー。リゼットのためにわたしがいまできる最善のことは、悩みを忘れてすばらしい社交シーズンを過ごさせることなの。どうかわたしに手を貸して！」

「わかったわ。〈オールマック〉の切符は大丈夫よ。サリー・ジャージーには貸しがあるから。ただし、これだけは言っておくわ、タヴィ。ロンドンにいるあいだ、あなたのことをよく監視するつもりよ！」

そのあと、ふたりは計画の細かい点を話し合った。オクタヴィアは用意は万端整いつつあると感じながら、姉の家を辞した。

つぎにオクタヴィアはロンドンに赴き、ブルートン・ストリートを訪ねた。マダム・ローザは驚いたものの、とても愛想がよかった。マダムは長年にわたってウォーナム伯爵の娘五人のドレスを仕立てており、オクタヴィアはとくにお気に入りだった。

「レディ・オクタヴィア！ 本当にうれしいこと。わたしを必要となさっていますね？ それもすぐに。来年の社交シーズンに参加なさるの？」

「ええ、そのつもりなの」

「でしたら当然、新しい衣装がいりますね。ロンドンは何年ぶりでしたっけ？」

「ずいぶんになるわ」

しばらくのあいだ、ふたりは流行の傾向やデザインや生地について話し合った。まだデザインを決めたり仮縫いの予約をしたりするには早すぎるが、マダム・ローザはぎりぎりまで放《ほう》っておかないようにと助言した。「本当に忙しいんですよ。どのお宅でも、お嬢さんのドレスはマダム・ローザに頼みたいとお考えなの。もちろんその全部を引き受けるわけにはいきません。それに、新しいお客さまはごく限られた数しかお受けしないことにしているんです」

「例外を作っていただけないかしら？ 来年のシーズンにデビューしたら、社交界で大評判になりそうな若いお友だちがいるの。たいへんな美人なのよ。ドレスの仕立て甲斐《がい》があるわ。ミス・リゼット・バラクラフというの」

「それはちょっと。長年のお得意さまだけですでに手いっぱいで……」

「わたしがお願いしても？」

「それならお受けします。もちろんですとも。こちらにお連れくださいます？」

「それはできないの。それに、わたしの名前は出さないでいただけるとありがたいわ。ミス・バラクラフに同行してくる叔母さまのミセス・ヘンリー・バ

しが作ることになるのですか?」
「するとも、そのミセス・バラクラフのドレスもわた
ラクラフにはとくに」

「忙しいなら、ミス・リゼットのだけでいいわ」
リゼットとピップのためにできるかぎりの手を尽くしたことに満足しつつ、オクタヴィアはアシュコムに戻った。これでようやく自分自身の今後について考えることができる。

考えるのを先延ばしにしたおかげで、そのあいだに気持ちが落ち着いてきた。塔の部屋の出来事のあとで、オクタヴィアはウィチフォードを去ろうと決心した。ジュリアに非難されても、決心にはなんの影響もなかった。しかしエドワードがその非難を信じようとしたこと、彼のとげとげしさ、彼がこちらの動機を誤解したことはこたえた。塔の部屋ではしたないふるまいをしてしまったからには、ふしだらな女と見られてもしかたがないとは思ったが、彼の蔑むような態度は想像していた以上だった。ガシーは、わたしがロンドンでエドワード・バラクラフの気を引こうとするのではないか、と心配する必要はまったくない。これ以上彼から軽蔑《けいべつ》されるような真似《まね》をするつもりはない。

いまではウィチフォードでの出来事も過去のものとなり、オクタヴィアは元気を取り戻していた。わたしは愚かだった。でも、愚かなのは罪ではない。はしたないふるまいについてはなんの弁解もできないけれど、いまではそれにも理由があったのがわかる。これまで肉体的に激しく惹かれた経験がまったくなかったせいで、うかつにもその力についてなにも知らなかったのだ。あの塔の部屋では、突然襲ってきた欲望や男性の愛撫《あいぶ》という甘美な興奮にあやうく溺《おぼ》れてしまうところだった。でも、いまはあのときより少しは賢くなっている。もう二度とあのよう

な衝動に身をまかせるつもりはない。

でも、冷静沈着な自分に痛烈な変化をもたらしたエドワード・バラクラフへの気持ちはどうしよう？　自分を蔑んだ男性が、ほかのだれよりも自分を高く評価してほしい男性になってしまうなんて、皮肉だわ。彼と結婚する可能性はないけれど、かといってほかの相手と結婚することなど考えられない。

オクタヴィアはこんな思いをきっぱり忘れることにした。エドワード・バラクラフと結ばれることはない。でも、わたしは彼の姪《めい》たちを愛するようになった。それに、ハリーはリゼットに恋しはじめている。あのふたりなら、結ばれたら幸せになるにちがいない。リゼットとピップがロンドンでできるかぎり順調な社交生活が送れるよう、すでに手は打った。つぎはハリーとリゼットを再会させるという約束を果たさなければ。来年の社交シーズンまでほんの二、三カ月しかない。


自制心の強いので知られるオクタヴィアなのに、その自制心を最大限に発揮しても、心の痛みは消えてなくならなかった。とはいえ、ロンドンで生活するための準備で忙しく過ごし、時間は驚くばかりの早さで過ぎていった。父とレディ・ドーニーは十二月に結婚した。婚礼は簡素ながらも楽しく、難点らしきものといえば、アーサーの退屈な祝辞くらいだった。クリスマスが訪れて去り、やがて一月も終わり、ロンドンに移ることを考える時期になった。二月の末には、オクタヴィアはセント・ジェームズ・スクエアのモンティース公爵邸に落ち着き、ガシーとともに婦人服仕立て師や帽子屋をはじめ、服飾のさまざまな業者と会うのに忙しかった。

ふたりはロンドンのあちこちに出かけ、昔からの知己と旧交を温めたり、観光を楽しんだりした。ほっとしたことに、バラクラフ家の人々はグロスターシャーで友人たちと過ごしており、三月中旬までロンドンには戻らないとわかった。オクタヴィアがマダム・ローザに注文したドレスはほぼすべてでき上がり、マダムの店でバラクラフ家の人々とでくわす心配はもうなかった。とはいえ、いずれ顔を合わせるときが来るのはわかっている。オクタヴィアとしてはその時と場所を自分で選びたかった。

その時が来た。『ロンドン官報』の社交欄にアンティグア島のヘンリー・バラクラフ夫妻が姪ふたりとともにサウス・オードリー・ストリートに居を構えた、ミス・リゼット・バラクラフは今シーズンに社交界にデビューすると記事が載った。

ミスター・エドワード・バラクラフに関してはなにも書かれておらず、まだロンドンに戻っていないのだろうと推測するしかなかった。彼以外のバラクラフ家の人々に自分が本当は何者かを知らせるにはちょうどいい時期に思える。ジュリアは好きになれそうにないが、人前で恥をかかせるようなことはしたくない。最初は内々に会ったほうがいい。とはいえ、本名でジュリアに面会を求める手紙を書いたら、きっと断られるだろう。そこで二日後、オクタヴィアは、あすミセス・バラクラフを訪ねていいかどうか尋ねる伝言を書き、〝ミセス・カーステアズの姪より〟と記した。これならジュリアは興味をそそられ、会おうという気になるはずだ。

まさに予想したとおりになった。ミセス・バラクラフは喜んでお迎えしたいと返事をよこしたが、オクタヴィアが部屋に入っていくと、立ち上がって怒りに震える声をあげた。

「オクタヴィア・ペトリーじゃないの！　だれがあなたをここに入れたの？　しゃあしゃあとわたしの家に現れるなんて！」ジュリアは呼び鈴を鳴らして召使いを呼ぼうとした。

「ミセス・バラクラフ、どうかそんなことはなさらないで。わたしは本当にミセス・カーステアズの姪なんです。あなたに申し訳ないことをしてしまったので、お詫《わ》びに来ました」

「あなたがミセス・カーステアズの姪？　ウィチフォードの持ち主？　なんてばかげたことを」

「どうか釈明させてください。きちんと自己紹介をすべきですわね」

「あなたが何者かは、すでに知っているわ！　オクタヴィア・ペトリーでしょう？　それとも、それは嘘《うそ》？　本当はオクタヴィア・スミスなのかしら？」

「いいえ、姓はペトリーです。ウォーナム卿《きょう》の末娘です」

ジュリアはいきなり椅子に腰を下ろした。「でも……そんなはずはないわ！　あなたは家庭教師だったでしょう」

「それは誤解なんです。あなたの姪ごさんと義理の弟さんが誤解なさったの。わたしも誤解させたままにしておくべきではありませんでした。わたしは本当にウォーナム卿の娘です」

「ウォーナム伯爵の？　じゃあ、あなたはレディ・オクタヴィア・ペトリーなのね？」

オクタヴィアはうなずいた。「だましていたことを許してください。それできょう、おうかがいしたんです。もうすぐ社交界で顔を合わせることですし、その前に釈明しておきたくて」

「すると、あなたのお兄さんのハリー・スミスはウォーナム卿のご子息なの？」

「ええ」まずなによりも肝心な点を確かめようとするジュリアに、オクタヴィアの声は冷ややかになった。

「そうだったの」ジュリアは前より愛想よく言った。「まあ、わたしはなにを考えているのかしら。お座りにならない、レディ・オクタヴィア？」

「ありがとうございます。でも――」

「このままあなたを帰してしまったら、フィリパが許してくれないわ。リゼットもここにいるのよ」ジュリアは呼び鈴を鳴らし、召使いに姉妹を捜してくるように言った。

　オクタヴィアは断りきれずに座った。「ふたりはどうしていますか？」

「どちらも元気いっぱいよ。ピップには新しい家庭教師がついて――」ジュリアは赤くなり、口早につづけた。「ミス・フルームはあいにく空いていなかったけれど、ミス・チェリフィールドがそれはすばらしい推薦状を持って現れたの。この十年間はモンティース家で働いていたようだわ」

「ピップはその人を気に入っています？」

「そう思うわ。モンティース家はミス・チェリフィールドにぞっこんだったようね。そんな人が見つかって、わたしたちは幸運だったわ」

「偶然ですわね。モンティース公爵夫人はわたしの姉ですの。わたしはいま姉のところにいます」

「本当に？」

　ジュリアがそれ以上なにも言えないうちにドアが開き、ピップが入ってきた。そしてリゼットも。ピップはオクタヴィアを見てわっと歓声をあげ、その膝に上がった。オクタヴィアはジュリアが憤慨して姪をたしなめるのを無視してピップを抱きしめた。

　リゼットは微笑《ほほえ》んでいるが、オクタヴィアはあのなんとも言えず悲しげな陰りが目に戻っているのに気づき、心を痛めた。

「ミス・ペトリー！」リゼットはオクタヴィアの手を取り、困惑した表情で叔母を見た。「ここでまた会えるとは思わなかったわ。こんなに早く」

「リゼット、わたしたち、その……誤解をしていたのよ。ミス・ペトリーは家庭教師ではなかったの」

「やっぱり！　わたし、知ってたわ！　エドワードにそう言ったの！」

　ピップがうれしそうに言うのを無視して、ジュリアは先をつづけた。「こちらはレディ・オクタヴィア・ペトリーよ。ウォーナム卿のお嬢さんで、ウィチフォードの持ち主でもあるの」ジュリアはオクタヴィアに微笑みかけた。「すてきな屋敷だわ」

「前はそう言わなかったじゃないの！」ピップが言った。「叔母さまはあの家を嫌っていたわ。家がわたしを殺そうとしていると言って。だからみんなあそこを出たんじゃないの。でもわたしはあの家が大好きよ。本当にウィチフォードの持ち主なの、ミス・ペトリー？　またわたしを泊めてくれる？」

「フィリパ、お行儀よくして、横から口をはさまないで！」ジュリアがいらだたしげに言った。「レディ・オクタヴィアはお忙しくて、あなたのような小さな娘の相手をしている暇はないのよ」

「わたしはしばらくロンドンにいるのよ、ピップ。でもいつかそのうち、ウィチフォードを訪ねていらっしゃい。それはそうと、ミセス・バラクラフ、近いうちにリゼットとピップを午後の散歩に誘ってもかまいません？」

「もちろんですとも！　いつがよろしいかしら？」

「あすでは？」

「けっこうです。なんてご親切なのかしら！」

「でも、ジュリア叔母さま、あすはミセス・アラダイスに会いに行くことになっていたのでは――」

「きちんと約束したわけではないのよ。ミセス・アラダイスはわかってくださるわ。お兄さまはロンドンにいらっしゃるの、レディ・オクタヴィア？」

　リゼットがはっとして頬を染めたが、オクタヴィアの返事を聞き、緊張を解いた。「いいえ。まだ軍務に就いていて、いまはフランスにいます。でも、社交シーズンに間に合うようにロンドンに来るはずです」

「お会いできたら光栄ですわ」
「だれに会えたら光栄だって？」戸口から低く響く声が聞こえた。エドワード・バラクラフだった。

オクタヴィアはまだピップを膝にのせていて、顔がピップの巻き毛で半分隠れているのを心からありがたく思った。彼はまだロンドンに戻っていないと思っていたのに。頬から血の気が引くのを感じたかと思ったら、今度はかっと熱くなった。

とはいえ、これまで何度も彼とロンドンで再会するところを想像し、そのときどう対処するかは考えてある。ウィチフォードを逃げ出したあとの屈辱感はすでに過去のものとなり、いまではもとの冷静沈着なレディ・オクタヴィア・ペトリーに戻る決意でいる。だれからも、なかでもエドワード・バラクラフからはばかにされないと。

だから、エドワードが客はだれかがわかるくらいに部屋のなかへ入ってきたときには、オクタヴィアは落ち着き払っていた。少なくとも表面上は。
「エドワード、レディ・オクタヴィア・ペトリーを紹介するわ」ジュリアが小さな笑い声をあげて言った。「なんと高貴な家庭教師を見つけてくれたものね！　ショックを受けなければいいけれど」
「ショックではありませんよ」エドワードは淡々と答えた。「家庭教師が出ていってすぐに、素性を突き止めていましたから」彼はオクタヴィアにお辞儀をした。「元気だったかな？」

オクタヴィアはピップを下ろし、立ち上がってお辞儀をした。「どうもありがとうございます。でもわたしの素性を調べる手間などおかけにならなくてよろしかったのに。このとおり、みなさんをだましていたことをお詫びに来たのですから」
「手間などかけていない。偶然わかったんだ。兄上のことを調べていて、きみの秘密を知った」彼の口調は冷ややかで事務的だった。

「そうでしたの」オクタヴィアは身をこわばらせた。「だれのことにせよ、調べる必要がおありだったとは、なぜかしら？」

エドワードの申し訳なさそうな笑みは形だけのものだった。「許してもらいたい。姪が策士かなにかに引っかかったのではないことを確認したかったのでね。当時〝ハリー・スミス〟はかなり不審な人物に思えた」

「エドワード！」ジュリアがたしなめた。「ミスター・ペトリーはウォーナム伯爵のご子息なのよ」

「調べてそれがわかりました。同時に、ミス・ペトリーが実は何者であるかも。ウィチフォードの持ち主であることはもう聞きましたか？　しかしながら、伯爵の息子だからといって、ミスター・ペトリーが責任感のある人物かどうかはわからない」エドワードはオクタヴィアのほうを向いた。「安心してもらいたい。ミスター・ペトリーに関して悪評めいたものはなにひとつ聞かなかった」

「安心？」オクタヴィアは冷たく言った。「わたしは兄をよく知っています。あなたが兄についてどんなことを耳にされようと、気にしません」

「エドワード、わたしはミスター・ペトリーと会う許可がもらえるってことなの？」リゼットがおずおずと尋ねた。

「きみが社交界に出て正式に紹介を受ければ、反対はしにくくなるだろうね。しかし、彼に負けないくらい好ましい相手で、きみとつき合いたがる若者はほかにも大勢いるよ。あまり早くから特定の相手にばかり目を向けないほうがいい」

「わかっているわ」リゼットはしゅんとした。

「レディ・オクタヴィアがあすリゼットとフィリパを散歩に誘ってくださったのよ、エドワード。あなたはどう思う？　レディ・オクタヴィアのお姉さまはミス・チェリフィールドの前の雇い主のモンティース公爵夫人なんですって！」

エドワードが鋭い視線を投げた。オクタヴィアはその視線を受け止め、静かに言った。「思いもかけなかった偶然ですの。姉がミス・チェリフィールドを雇っていたのは知っているけれど、その人がピップを見ることになるなんて。ミス・チェリフィールドはすばらしい家庭教師だわ」

「たしかに」エドワードはいったん口をつぐんでから尋ねた。「あすは何時にふたりを迎えに来る？わたしもいっしょに行けるかもしれない」

「それはすてきだわ！ ウィチフォードで散歩をしたときみたい！」ピップが歓声をあげた。

オクタヴィアにはエドワードがなぜ散歩に同行したがるのかわからなかった。とはいえ、大喜びしているピップの前では断りにくい。

「それはすばらしいわ」オクタヴィアは無表情で言った。「そんな時間がおありだとは思わなかったわ」

「時間はある。とても楽しく過ごせそうだ」

翌日の午後、ガシーは妹が散歩服を取っ替え引っ替えしているのを愉快そうに眺めた。

「ふたりの女の子を喜ばせるのは、そんなにむずかしくないはずよ」

「なぜそんなことを言うの？」オクタヴィアはいま着たばかりのドレスのうしろ姿を見ようと、鏡の前で体をひねった。

「マダム・ローザのは着てみないの？ あの三着ならどれも申し分ないわ。薄手のシルクのはとくに」

「あのブルーのドレス？ あれがいちばん似合うと思う？ それならあれにするわ」オクタヴィアはメイドにそのドレスを持ってくるように言った。

「タヴィ、服を選ぶのにこんなに苦労しているのが、バラクラフ家のお嬢さんたちの気を引くためだとは思えないわ。本当にエドワード・バラクラフは来ないの？　それとも散歩中にだれかほかの若い男性に会うつもり？」

「まさか！」オクタヴィアはむっとした。「ミスター・バラクラフは同行するかもしれないと言っていたわ。でも、彼の気を引くつもりはさらさらないの。前にも言ったように、いまはもう彼に関心はないのよ。それなのに、あれこれきくのはなぜ？」

「あなたがまるでいつものあなたらしくないからよ！　その襟はマーサがいい具合に整えてくれたわ。だからむやみにいじるのはやめなさい。あなたとまじめに話がしたいんだけれど」

「それは無理よ。時間がないの。助言をありがとう。このブルーのドレスはとてもよく似合うと思うわ。それでは行ってきます！」オクタヴィアは姉にそれ以上言う暇を与えずに逃げ出した。

ガシーはなにか考え込むようすで、やがて社交の手配を担当している夫の秘書を呼んだ。「わたしの催す夜会の件だけれど、ジェームズ、招待客のリストにつぎの方々を加えて……」

オクタヴィアがバラクラフ家に着くと、もう一台馬車が待機していた。ピップがそのそばに立っており、オクタヴィアを見て大声をあげた。

「ミス・ペトリー！　エドワードの馬車で行くのよ。そのほうがいいからって。エドワードはわたしに御者の隣に座っていいって言ってくれたの！　かまわないでしょう？　先生とエドワードとリゼットはうしろの座席で、もっと座り心地がいいわ」

こんなにいい日和だし、エドワードの馬車で行こうという申し出を断れば、ピップががっかりするだろう。オクタヴィアは譲歩し、自分の馬車から降りようとした。エドワードが出てきて手を貸してくれた。彼に取られた手がひきつったようにぴくりと動いたが、オクタヴィアは自分を抑えて馬車に乗り込んだ。

「どこに行くつもりだったんだい？」彼が尋ねた。

「馬車でハイド・パークに行って、サーペンタイン池のほとりをしばらく歩こうと思っていたの。ウィチフォードの森や湖に比べたら見劣りするけれど、リゼットやピップは水鳥が見たいでしょうし、いつも小舟が一、二隻あるわ。もちろんほかの案がおありなら、遠慮なくそうなさってかまわないのよ」

彼はピップを御者の隣に座らせ、自分はリゼットとオクタヴィアに向かい合って座り、ふたりをしげしげと見た。「なんとすてきな光景だろう！　ハイド・パークに決まりだ」

馬車が動きだし、オクタヴィアはリゼットに言った。「ウィチフォードではあなたが馬に乗るところを見なかったけれど、乗馬はするんでしょう？」

「ええ！　大好きよ」

「それならロットン・ロウに行ってみるといいわ。あすかあさって、乗馬をしてもいいわね」

「ロットン・ロウ？　変な名前！　なにが腐《ロットン》っているの？」ピップが振り向いて尋ねた。

「なにかが腐っているわけじゃないのよ。昔はケンジントン・パレスとセント・ジェームズ宮殿を結ぶルート・デュ・ロワ、つまり王の道と呼ばれていたの。なぜ名前が変わったのかは知らないわ」

エドワードがけだるげに言った。「相変わらず教育的だな。昔の癖はやはり抜けにくいらしい」

「あっという間に抜ける癖もあるわ」オクタヴィアは冷ややかに答え、ふたたびリゼットのほうを向いた。「社交シーズンには四時から六時にかけてロットン・ロウを馬や馬車で通るのが流行なの。上流階級の人たちの大半に会えるわ。でも、乗馬を楽しむのにいちばんいいのは、ほかのみんなが出かけてくる前、つまり十一時か十二時ごろよ」

公園の入り口でしばし馬車をとめ、四人はロットン・ロウを眺めた。社交シーズンはまだ始まったばかりなのに、大勢の人が行き来している。

「あんなものは乗馬とは呼べないね。馬上のティー・パーティといったところだな。この通りをまともなギャロップで疾走するのは不可能だ」

「不可能なばかりでなく、みんなからにらまれるわ。そんなことをしてはだめよ、リゼット。上流のレディたちから認められたいならね」

「レディ・ジャージーはとても親切にしてくださったわ、ミス、いえ、レディ・オクタヴィア。ジュリア叔母さまが〈オールマック〉の切符をいただいたの」

「それはよかったわ」

「どんなやさしい妖精《ようせい》がお膳立《ぜんだ》てをしたのやら」エドワードがつぶやいた。「サリー・ジャージーはいつも新参者に親切なわけじゃない」

「レディ・オクタヴィアのお姉さまのモンティース公爵夫人だと思うわ、エドワード」

「そうなのか、リゼット。いやはや！　なんという驚きだ」エドワードは皮肉っぽい口調で言った。

「さて、先へ行こうか。それとも歩きたい？」

「歩きましょう、エドワード！」長い時間じっとしているのが苦手なピップが言った。

「レディ・オクタヴィア、社交界の花形をめざす娘にこれは許されるのかな？」

「もちろん。サーペンタイン池まで歩きましょうか？」

歩いているうちに、オクタヴィアは挨拶《あいさつ》を交わした知人の多くが好奇心を隠しきれないようすなのに気づいた。オクタヴィアは必要な場合はバラクラフ家の人々を紹介し、自分とエドワードのあいだに必ずピップかリゼットがいるように気を配った。ところがしばらくすると、ピップがゆっくりした歩き方に耐えられなくなってきた。

「ねえ、リゼット、鴨《かも》を見に行きましょうよ！」

オクタヴィアは止めようとしたが、エドワードが言った。「行かせて。目の届くところにところにいればいいから。真っ昼間に公園でわたしとふたりきりになるのは、べつに怖くはないだろう、オクタヴィア？」

「ええ、もちろん。それよりわたしをオクタヴィアと呼ぶのはやめていただけません？　呼んでかまわないと言った覚えはないわ！」

「おいおい。その段階は過ぎているんじゃないかな？　ふたりきりのときは」

オクタヴィアは足を止めて彼と向かい合った。

「ミスター・バラクラフ、わたしはもうあなたに雇われた家庭教師ではありません。わたしのことをどうお思いかはわかっているけれど、ウィチフォードでの出来事は過去のことよ。世間の目には、わたしは貴族の家の一員で、評判に傷ひとつないレディなの。偶然知り合ったにすぎない人からは敬意をもって接していただいていいはずよ」

「偶然知り合ったにすぎない人？　きみはそう呼ぶのか？　申し訳ない、オクタヴィア、わたしの記憶力はきみほど融通がきかないようだ」

オクタヴィアは怒りをこらえて歩きつづけた。こんなふうになるとは思ってもみなかった。ウィチフォードとそこで起きた出来事をすべて忘れることすれば、彼はほっとするだろうと思っていたのに。

オクタヴィアは静かに言った。「あなたが記憶を抑え込めないのなら、わたしはロンドンを離れなければならないわ。それがお望みなの？」

「もちろん望んでなどいない。なぜロンドンを離れなければならないんだ？」

「こちらにいてもなにもならないからよ。わたしは都会の生活が好きなわけではないの。今年こちらに来たのは、ひとえにリゼットとピップが気に入ったからよ。わたしが社交界で持っている影響力をふたりのために使えると思ったの」

「なるほど！　モンティース公爵夫人か。それくらいはわたしにもわかった。なんと感動的だろう」

「それ以上の役に立てると思うわ。でもそれには、わたしが忘れようとしている出来事を思い出させようとするのはやめていただかないと。わたしをオクタヴィアと呼んでいるのをだれかに聞かれたら、うわさ好きの人たちはたちまち勘ぐるわ。それどころか、あなたはほんのひと言ふた言話すだけで、わたしの評判を簡単にぶち壊せるのよ。そうなったら、わたしはだれのためにもなにもできなくなるわ」オクタヴィアは毅然《きぜん》とあごを上げてエドワードを見た。

「どちらになさる、ミスター・バラクラフ？　あなたが家庭教師とその恥ずべきふるまいを忘れるか、わたしがロンドンを離れてアシュコムに帰るか」

エドワードが目に賞賛をたたえてこちらを見つめたので、オクタヴィアは当惑した。

「わたしがきみのことをどう思っているか、なぜそこまではっきりわかるんだい？」

「あなたから聞いたからよ。最後に会ったときに言われたことをまだ覚えているわ」

「わたしは怒っていた。あれほど腹が立ったのは初めてだ。そう、たしかにわたしは誤解していた。しかし〝ハリー・スミス〟が自分の兄だとなぜ言わなかったんだ？　どうしてわたしに最悪の場合を信じ込ませたままにしておいた？」

「あなたがわたしの言うことに耳を貸すとは思えなかったからよ。あなたはわたしがどんな女かわかっていると思い込んでいた。あの日の午後のわたしのふるまいを考えれば、無理もないわ。でもそれは早く忘れるにかぎるの。大事なのは、わたしがリゼットとピップの役に立てるかどうかということよ。わたしは荷物をまとめるべきかしら？　それともロンドンにとどまって、ふたりのために全力を尽くすべきかしら？　決めるのはあなたよ」

沈黙のあと、彼が言った。「わたしの負けだ、レディ・オクタヴィア。これからは高貴な生まれのレディが当然受けるべきすべての敬意をもってきみに接しよう。しかし、どうやって始めていいのかわからないな。わたしはきみをどこまで知っているんだろう？」

「姪ごさんたちのよき友だちとして知っているのよ。それ以上知っているふりはしなくていいわ」

「それは……。いや、わかった。しかし、その変わった作り話でやりなおすまえに、ひとつだけきいておきたいことがある」

「どうぞ」

「きみのほうはわたしをどう思っている？」

オクタヴィアにとってこれは予想外の質問だった。あなたはいい人なのか悪い人なのか、やさしいのかやさしくないのか、あなたのことをどう思っているのか、自分でもわからないの。ただ、あなたを愛していることだけはわかっているわ！　一瞬、そう答えたい衝動に駆られた。そんなことを言ったら、彼は困惑するだろうか？　わたしのことを哀れむだろうか？　それとも笑うだろうか？　もしかしたら、自慢のその上品な態度などかなぐり捨てて自分と関係を持とうと、わたしをそそのかすかもしれない。

オクタヴィアは息を吸い込んだ。「リゼットとピップに対するあなたの献身的な愛情は評価しています。でもふたり以外、あなたとわたしのあいだに共通するものはほとんどないわ。わたしはあなたとのつき合いをふつうの礼儀作法で求められる以上に深めるつもりはないの。姪ごさんたちのところに行きましょうか？　そろそろピップがほかの場所に行きたくなるころだわ」

14

オクタヴィアは打ちのめされた思いで姉の家に戻った。翌週はエドワードが留守をしていそうなときにしかリゼットとピップを訪ねていかなかった。姉の催す夜会の準備にもかなりの時間を費やした。しかしガシーから招待客のリストを見せられたときはむっとした。

「なぜエドワード・バラクラフの名前がここにあるの？　招待するのはミスター・バラクラフ夫妻とリゼットだけのはずよ」

「兄弟を一方だけ招待するわけにはいかないわ。エドワードのほうがずっと粋《いき》だし、ヘンリーとその厄介な奥方の二倍も愉快よ。それにあなたから話を聞いて、直接会ってみたくなったの。なぜわたしが彼を招待したことで腹を立ててるの？」

「腹を立てているわけじゃないわ。驚いただけよ。招待する必要などなかったのに！」

「もちろん必要はあったわ！　怒った顔をするのはやめて。あなたのためにもうひとり伊達《だて》男を用意してあるの。モンティースの尽力でね。つまり、あなたにもわたしにもお楽しみがあるというわけよ」

オクタヴィアは思わず笑った。ガシーが大柄で不精な夫をよく言うことはめったにない。「どうしてそんなことになったの？」

「あら、気にしないで。モンティースが奮闘したわけではないから。スコットランドにごまんといるモンティースの親戚《しんせき》のだれだかの姪《めい》の息子がそのミスター・アランセイで、先日〈ブードルズ〉でそう自己紹介してきたの。モンティースは彼がまずまず気に入って、今度の夜会に招いたのよ」

「かわいそうに、ミスター・アランセイは知っている人がひとりもいないんじゃないかしら」

「パーティの前の夕食に招待するの。ハリーも呼んで、彼の面倒をみてもらうわ。同じ年ごろだし、ハリーには友だちが多いから。で、バラクラフ家の人たちにはいつ会えばいいかしら？　あす、あなたといっしょに訪問してはどう？　美しいミス・リゼットをこの目で見たいわ。チェリーの話では、フィリパはあなたが言ったとおり利発でかわいいそうよ」

オクタヴィアはわたしのことをまったく誤解している。自分が彼女をどう思っているかはよくわからないが、軽蔑《けいべつ》してなどいないことだけはたしかだ。オクタヴィアにだまされた怒りはまだある。辛辣《しんらつ》に非難したのを後悔もしていいまだに魅了されてる。しかし軽蔑してはいない。

ふと気がつくと、エドワードはオクタヴィアのことを考えている。サーペンタイン池のほとりに立った尊大で小柄な姿や、最後通牒《つうちょう》を突きつけたときのつんと上げたあごを思い出して頬をゆるめている。オクタヴィアをレディとして扱うべきだ。さもないと去ってしまう。わたしは最初から彼女を疑いの目で見て、ジュリアと姪たちに会いに来た動機を誤解した。ハイド・パークの散歩に加わったのは、新たにわかった彼女の身分が自分にはいかに些細《ささい》なことかを示したかったからだ。もしもオクタヴィアがお高くとまった態度を見せたら、ふたりのあいだにはもっと親しいひとときがあったことを思い出させ、気取りをはぎ取ってやるつもりだった。

しかしさほどたたないうちに、エドワードは彼女とことばのフェンシングを楽しんでいた。からかって挑発せずにはいられなくなり、その結果、とても愉快な思いをした。オクタヴィアには以前から媚《こ》びへつらうところがまったくなかったが、対等に話せる立場となったいま、その率直さ、こちらの挑発にすぐ乗ってくるところにたまらなく惹《ひ》かれる。ミス・ペトリーのような家庭教師はどこにもいなかったが、ウォーナム伯爵の末娘レディ・オクタヴィアも同じように類《たぐ》いまれな女性だ。どこをとっても心を奪われる。

関心を抱きすぎてはだめだと自分に言い聞かせてもむだだった。いかに彼女にだまされ、こけにされ、誘惑されて頭がおかしくなりそうになったかを思い返して自分をいさめても、レディ・オクタヴィアのことをもっと知りたいと思わずにはいられない。オクタヴィアはわたしを避けていたのだろうが、リゼットのために催す舞踏会では避けてばかりもいられないはずだ。

バラクラフ家の舞踏会は大成功をおさめた。ジュリアは女主人役をうまく務め、手を貸そうというレディ・オクタヴィアの申し出を、それまでの態度とは裏腹に、喜んで受け入れた。その結果、ロンドン社交界のおもだった人々の大半が出席した。

マダム・ローザはいつもの手腕を発揮し、リゼットの社交界デビューのためにみごとなドレスを仕上げた。シンプルで優美な白いドレスは袖《そで》と裾《すそ》に控えめにあしらった銀色の刺繍《ししゅう》が唯一の装飾で、すみれ色のリボンを結んだ白ばらの花束を持ったリゼットはまるで妖精《ようせい》そのものだった。リゼットは評判の的となり、たちまち崇拝者に囲まれた。社交界の人人は彼女の美しさ、しとやかさ、魅力について熱心に話題にし、その三点に感心するあまり、リゼットの持っている富のことを話し忘れる人すらいる始末だった。

エドワードは姪を誇りに思いながらも、リゼットを取り巻く人々を冷ややかな目で眺めた。彼女を賞賛する男たちのなかには、財産目当ての若者や没落貴族の息子がそれぞれ数人ずついる。これからしばらくはそういった連中を追い払ってやらなければならない。アランデスの手から救ったリゼットが、イギリス版アランデスの餌食《えじき》になってはたまらない。

やがてエドワードは警戒を解き、あたりを見回した。しばらくはリゼットも安全だ。彼はオクタヴィアのほっそりした姿を求めて混雑した室内に視線をさまよわせた。ようやく見つけてそちらへ足を運ぶと、オクタヴィアは姉のモンティース公爵夫人といっしょにいた。

「レディ・オクタヴィア」彼はお辞儀をした。

公爵夫人が見ていると、オクタヴィアは冷ややかに言った。「ミスター・バラクラフ」そして作法どおりの深いお辞儀を返した。「姉のモンティース公爵夫人にはもうお会いになりましたわね？」

「一、二度、栄誉に浴しました。しかしご主人には何度もお会いしています」エドワードは公爵夫人に向かってお辞儀をした。

公爵夫人が目に愉快そうな色を浮かべておっとりと言った。「姪ごさんのデビュー、おめでとうございます、ミスター・バラクラフ。あんなすてきなお嬢さんにお目にかかるのは久しぶりだわ」

エドワードは感謝をこめてオクタヴィアの姉を見つめた。このタイプの貴婦人なら理解できる。オクタヴィアと姉は顔だちが似ているが、公爵夫人は妹とちがって自分の魅力を熟知しており、その魅力を存分に活用している。これはオクタヴィアにはありえないことだ。場合が場合でなければ、モンティース公爵夫人と一、二時間戯れ合って過ごすところだが、今夜はそうはいかない。エドワードは微笑《ほほえ》んで言った。「ありがとうございます。わたしも兄夫婦もリゼットのことはたいへん誇りに思っています」

「姪ごさんは熟練した人にしつけられたようね」公

爵夫人の目に浮かんだ愉快そうな色が今度はさらにはっきりした。

エドワードはオクタヴィアに鋭い視線を投げてから言った。「そうおっしゃるとは、さては妹さんから話をお聞きになったのですね？」

「タヴィとわたしは姉妹でもあり、いい友だちでもあるの。ウィチフォードの話は聞いています」

エドワードは片方の眉を上げた。オクタヴィアが急いで言った。「姉にはピップとリゼットのことをいろいろ話したの」

「なるほど、ピップとリゼットのことを！　そう、バラクラフ家ではレディ・オクタヴィアにたいへんお世話になっています。今夜のリゼットのデビューに際してはとくに」エドワードはまわりを見た。「すばらしい顔ぶれだ。バラクラフ家だけではこれほどのことはできなかった。盛況で、義姉《あね》も非常に喜んでいます」彼はオクタヴィアのほうを向いた。「もっと早くにきみがここにいてくれればよかったのに。ピップがリゼットの舞踏会に自分は出席できないのを知って、たいへんだったんだ。なだめるのに、あすリッチモンドに鹿《しか》と桜草を見に連れていくと約束しなければならなかった。ピップがきみも誘ってほしいと言うので、きいてみるよと答えたんだ。来てもらえるかな？　ピップを喜ばせるために」

「それは……」

「もちろんお行きなさい、タヴィ。リッチモンドに小旅行することこそ、いまのあなたにぴったりだわ。がっかりさせてはだめよ」かすかな間を置いて公爵夫人はつづけた。「ミスター・バラクラフの姪ごさんを」

オクタヴィアは当惑した顔を姉に向けたが、穏やかに言った。「いいわ。出発は何時かしら？」

エドワードはにやりとした。「それはつぎのダンスのあいだに決めよう。失礼してよろしいでしょうか、公爵夫人？」

「もちろんですとも」

エドワードはお辞儀をして、拒む暇も与えずオクタヴィアの手を取り、ダンスフロアに向かった。

ガシーはふたりのうしろ姿を見つめた。さっきエドワード・バラクラフは感謝のこもったまなざしでこちらを見たが、経験上、ガシーは彼の意識はどこかほかにあるとわかっていた。オクタヴィアがどう思っていようと、ミスター・バラクラフは自分で認める以上に彼女に惹かれている。もしもそうなら、彼の意図は真剣そのもののはずだし、ガシーとしてはふたりの関係を進展させるためにできるかぎりのことをしたい。エドワード・バラクラフがついにだれかにつかまるのを見られたら、とてもうれしいわ。わが妹につかまるのなら、なおさらよ！

「敬意をもってわたしに接すると約束してくださったんじゃなかった？」ダンスフロアに向かいながら、オクタヴィアは文句を言った。

「姪のいちばん親しい友人にダンスを申し込むのが無作法だとは思えないが」

「そのやり方が問題なのよ。申し込みもしないで、わたしを引っ張ってきただけじゃないの。かわいそうに、姉がひとりぼっちになってしまったわ！」

「ここにいる紳士の半分がきみの姉上にダンスを申し込む機会をうかがっているんだ。すぐにひとりぼっちじゃなくなるさ。姉上はとても魅惑的な人だね、オクタ……レディ・オクタヴィア」

「姉は昔からわが家でいちばんの美女と言われてきたわ」

ダンスの動きに従ってふたりは離れた。つぎに近づいたとき、エドワードは言った。「きみは、社交界にデビューしたとき、ロンドンじゅうで絶賛されたそうだね。それも当然だ。その淡いグリーンのドレスをまとったきみは春そのものに見える」

「ゴシップに耳を貸してはいけないわ、ミスター・バラクラフ。それに、わたしをおだてるのも。偶然の知り合いということだったでしょう？　姉はああ言ったけれど、あすわたしも行くべきかどうか、わからないわ。人目につくのは確実ですもの」

「いまになって行かないというのはだめだ。それに、その〝偶然の知り合い〟について考えたんだが、それではうまくいかない。遅かれ早かれ、きみの〝ヴィチフォード訪問〟はロンドンじゅうに知れ渡るだろうし、そうなったらみんな、なぜきみとわたしは知り合いではないふりをするのだろうと考える。それよりむしろ、きみとわたしは遠縁だということにしよう。そのほうが体裁がいい」

「遠縁？」

「ミセス・カーステアズを介してだ。ミセス・カーステアズはバラクラフ家の親しい友人だった。わたしはミセス・カーステアズがきみに遺《のこ》した屋敷をいまも借りている」

「そうかもしれないわね。遅かれ早かれロンドンじゅうに知られるかもしれない……。いいわ。あす会う時間を決めようとしていたんだったわね」

「リッチモンドまではかなりあるし、のんびりと旅を楽しみたい。十一時に迎えに行くことにしよう。それでは早すぎるかな？」

「少しも。支度をすませているわ」

曲が終わり、オクタヴィアはダンスフロアを離れようとした。

「そう急がないで。リゼットのところへきみを連れていきたいんだ」

「でも、姉が――」

「公爵夫人はいまチャールズ・ステインフォースを魅了しているよ。いま戻っても、じゃまになる」

彼はオクタヴィアをリゼットのところに連れてい

った。リゼットは若い男性に囲まれていたが、ふたりの姿が目に入ると、若者たちのことはそっちのけになった。

「レディ・オクタヴィア、ようやくお話ができてうれしいわ！　舞踏会が始まってすぐは、だれの顔も見えないほど緊張してしまったの。わたしに会おうという人の列があんなに長くなるなんて！　お礼を言いたかったの」

　オクタヴィアがリゼットに微笑みかけた。エドワードはオクタヴィアの微笑がどれだけすばらしいかを改めて悟った。淡いグリーンのドレスが肌の色を際立たせ、ウィチフォードで着ていたドレスとは対照的に、深い襟ぐりがのどと胸の輪郭をあらわにしている。〝ミス・ペトリーの髪〟について、かつて彼がめぐらせた想像は正しかった。頭のてっぺんでゆるいシニヨンに結い、顔を縁取るように小さなカールを散らした今夜の髪型は熟練したメイドが巧みに整えたもので、カールのあいだにはダイヤモンドがきらきらと輝いている。髪は雨に濡《ぬ》れて背中に垂れているわけでも、固い髷《まげ》がほどけかかっているわけでも、暖炉の火を映しているわけでもない。ふいによみがえった記憶に体が反応し、エドワードははっとした。何週間もたつのに、その記憶はいまだに鮮明で刺激的だった。すでに頭から追い払ったものと思っていたのに！

　リゼットがだれかから声をかけられ、オクタヴィアとエドワードに申し訳なさそうに微笑んで、その場を離れた。

　オクタヴィアはエドワードのほうを向き、きっぱりと言った。「姉のところに戻るわ」

「いや。社交界きってのうるさ型でも、若い女性が同じ相手とダンスを二回踊るのは許している。わたしはこれから二回目を踊るつもりなんだ」

「でも、わたしはサー・リチャードと約束が……」

「それは残念。サー・リチャードには待ってもらおう」

横暴な態度に不平を言って騒ぎ立てたりはしないオクタヴィアの慎み深さを当てにして、エドワードは彼女の腕をしっかりつかみ、ダンスフロアに連れていった。今度の曲はワルツだった。

少しして彼は言った。「この舞踏室はひどく寒いと思わないか、レディ・オクタヴィア？」

オクタヴィアが顔をしかめた。「べつに」

「変だな。さっき冷たい風に背筋がぞくぞくした。レディ・オクタヴィア風の冷たさだ」彼女が思わずくすりと笑いをもらし、エドワードはさらに言った。「そのほうがいい。冷たさで手がもげそうな気がしはじめていたところだ」

「なにを期待なさっているの？　偶然の知り合いとして接してほしいとお願いしたはずなのに――」

「遠縁だ」

「遠縁ね。でも、あなたはわたしを特別扱いしているわ。敬称をつけずにわたしを呼ぶのはやめたとしても、まだ礼儀作法を省いた接し方をしているでしょう？　このままだと、すぐにうわさになるわ」

「くだらない。すべて気のせいだよ、オクタ……レディ・オクタヴィア。姪がこれだけ世話になった友人に叔父として敬意を表するのは、少しも非難されることじゃない。不平はほかにもあるのかな？　それとも、このワルツを楽しむ？」

ふたりはしばらく黙って踊った。ふたりのあいだにどんなちがいがあるとしても、ステップは完璧《かんぺき》に合い、ふたりの体はあたかも本能がそうさせるかのように調和のとれた動きを見せた。エドワードはわずかに彼女を引き寄せた。オクタヴィアが顔を上げて微笑んだ。一瞬彼は音楽もダンスも忘れ、自分の腕のなかにオクタヴィアがいるという陶酔感にひたった。

「オクタヴィア」エドワードはなごんだ目で彼女を見下ろした。

オクタヴィアのほうも陶酔感を覚えていたが、そんなものを求めていたわけではない。言うことを聞かない感情を断固として抑え、リゼットがひそかに悩んでいることを話そうとした。いまなら彼も好意的に耳を傾けてくれるかもしれない。

「ミスター・バラクラフ、ずっとリゼットのことを考えてきたんだけれど……」

エドワードはがっかりした。オクタヴィアの微笑は自分も感じているのと同じ喜びの微笑だと思っていたのに、そうではないらしい。ため息をこらえて彼は言った。「どんなことだね？」

「ウィチフォードを去る前に話すつもりだったのに、時間がなくて。リゼットはわたしの兄に出会ったあと、わたしと話し合ったことをあなたに言った？」

今度の落胆は大きかった。オクタヴィアに対するわたしの見方は結局まちがっていたのだろうか？イギリスの貴族は息子の結婚相手——裕福な結婚相手を探すのに一生の半分を費やす。いや、この場合は息子ではなく兄だ。なぜわたしは、オクタヴィアはほかの貴族とはちがうと思い込んでしまったのだろう？「こうなることを予測しているべきだった。結婚によってバラクラフ家の富を手に入れたがっている若い男がほかに何人いると思う？　わたしはリゼットに幸せになってもらいたいが、こっそり会いたいというような若くてハンサムな軍人にうつつを抜かしていいものか、大いに疑問に思っている」

オクタヴィアはあきれた。「わたしは——」

エドワードの目はもうなごんでいなかった。「きみにはがっかりした。今夜のきみがいかに美しくても、わたしを魅了してこんな重大な問題に関して考えを変えさせられると思ったら、大まちがいだ」

オクタヴィアは怒りに頬を染め、彼から身を離した。「あなたを魅了してなにかをさせられるような力が、わたしにあるとは思えないわ！」そしてダンスフロアから遠ざかっていった。エドワードはさっきまで公爵夫人といた舞踏室の奥まで彼女を追った。公爵夫人の姿はそこにはなかった。オクタヴィアは足を止めて振り向いた。「わたしが話そうとしたのはまったくべつの問題よ。リゼットに幸せになってもらいたいのは、わたしもあなたに負けないわ。リゼットが結婚相手にだれを選ぼうとも。でも、わたしの兄と結婚すれば――」

「ほかの人々とはちがって、わたしは肩書きとその持ち主の中身とは必ずしも一致しないと考えている。だから、きみの兄上がいずれは伯爵になるという話は持ち出さないでもらいたい」

「持ち出してはいないでしょう。どうしようもない人ね！」オクタヴィアは頬を紅潮させ、瞳を怒りにきらきら輝かせて彼と向かい合った。

エドワードは怒りが引いていくのを感じた。「オクタヴィア――」

「名前で呼ぶのはやめていただきたいわ！」

「ああ、ここにいたの」ふたりは声のしたほうを向いた。ガシーがこちらへやってくるところだった。ガシーはふたりを交互に見て片方の眉を上げた。「あすの時刻は決まった？　リッチモンドまでは一時間以上かかるわ。あすは早起きしなければね、オクタヴィア」

ここは君子危うきに近寄らずだ。エドワードはそう判断した。オクタヴィアがこんなふうにかっとなっているときに、もしもちょっとしたきっかけを与えたら、あすの小旅行には行かないと言い出しかねない。「ダンスの相手をしていただいてありがとう、レディ・オクタヴィア。あすは十一時に迎えに行きます。公爵夫人、なにか奇跡でも起きて、つぎのダンスのお相手がいらっしゃらないなら、わたしとお願いできますか？」

エドワードはオクタヴィアの姉をダンスフロアに連れていった。ダンスのあとは、パーティが終わるまでペトリー一族とは離れて過ごした。


翌朝、エドワードはピップを連れてセント・ジェームズ・スクエアまで馬車を駆った。昨夜オクタヴィアは腹を立てていたが、それでもリッチモンドにはいっしょに行くはずだ。ピップは強力な餌《えさ》だ。オクタヴィアが外出の支度を整えてふたりを迎えたとき、彼は安堵《あんど》と喜びがこみ上げるのを覚えた。オクタヴィアと話がしたい。昨夜の口論は中途半端なまま終わったから、それを解決しなければならない。

ピップはいつものように大喜びでオクタヴィアに挨拶《あいさつ》し、オクタヴィアとエドワードのあいだに座って窓の外の景色を熱心に眺めた。馬車はバース街道をブレントフォードとキューにある橋に向かって進んでいく。

リッチモンドに着くと、三人は歩くことにした。ピップは大はしゃぎだ。「ミス・ペトリー、見て！　鹿がいるわ！」

「ピップ、ちゃんとした呼び方をしないとレディ・オクタヴィアにいやがられるよ」

「いいえ、いやがらないわ、ピップ。でも、ただのミス・ペトリーのふりをしたのはまちがいだったわ。だからあまり人に知られたくないの」

ピップはオクタヴィアをかばった。「まちがいなんかじゃないわ！　あれはわたしのせいなんですもの。新しい家庭教師が現れたってエドワードに言ってしまったから。それが始まりよ。これからはレディ・オクタヴィアと呼ぶようにするわ」ピップは嘆くようにつけ加えた。「なぜか〝ミス・ペトリー〟のほうがお友だちっていう感じがするだけよ」

「わたしはいまもあなたのお友だちよ、ピップ。いつまでもお友だちだわ」

「きみは幸運だよ、ピップ。わたしが名前を呼びまちがえてレディ・オクタヴィアにどんなに叱《しか》られたか、きみにも聞かせたかったな。さて、あの鹿を見てきたらどうだい？　そっと行くんだよ。驚かせると逃げてしまうからね」

「わたしも――」オクタヴィアが言いかけた。

「いや、待って。ピップ、行っていいよ。わたしはレディ・オクタヴィアと仲直りをしなければならないんだ。できればふたりきりで。わたしの威厳が損なわれるところをきみに見られたくないからね」

エドワードが軽くそう言ったので、ピップは笑い声をあげ、楽しそうに向こうへ行って鹿を追いはじめた。エドワードはオクタヴィアを見た。

「きみが来てくれてよかった。来ないんじゃないかと心配だったんだ」

オクタヴィアは冷たく彼を見返した。「ピップのためでなければ来なかったわ」

「わたしもそう思った。ゆうべのことはすまない。早合点をしてしまったわたしが悪かった。やれやれ、わたしは謝ってばかりいるようだ。きみのどこがそうさせるんだろう？　ふだんのわたしはとても冷静沈着なのに、きみはわたしの最悪の面を引き出してしまう」

「それは簡単に説明がつくわ。あなたが心のなかではわたしを軽蔑しているからよ」

「なんだって？」エドワードは驚いて、一瞬絶句した。「きみを軽蔑する？　なぜ？　もちろん軽蔑などしていない。なんとばかげたことを」

「軽蔑しているのは明らかよ。あの日わたしが恥知らずな真似《まね》をしてから。それに、わたしが嘘《うそ》をついていたのがわかってから。そう、あなたはわたしを軽蔑しているわ！」

「オクタヴィア……。いや、この件に関してはきみをオクタヴィアと呼ぶよ。だから、毒蛇でも見たようにわたしをにらみつけるのはやめてくれないか」

エドワードは彼女の手を自分の手に包み込み、熱意をこめて言った。「オクタヴィア、わたしは一瞬たりともきみを軽蔑したことはない。ほかの感情には大いに苦しめられたが。疑念、いらだち、怒り、不満、賞賛、尊敬、それに……そう、欲求。そしてもちろん嫉妬《しっと》にも」

「嫉妬？　嫉妬するようなことがいつあったの？」

「ウィチフォードで最後にきみと話した朝、わたしは嫉妬で息が詰まりそうだった。だからきみをあんなに辛辣に非難してしまった」

オクタヴィアは手を引っ込めようとしたが、彼は放そうとしなかった。

「最後まで聞いてほしい。きみは、ふたりのあいだにあったことでわたしがきみを軽蔑していると考えたんだね？　それは大まちがいだ。あのとき塔の部屋でわたしがきみを奪うのを思いとどまったのは、きみの無防備さ、清純さのせいだ。きみが即座に見せた反応、自分がきみのなかに呼び起こした情熱に、わたしは目がくらんでしまった。思いとどまるのがどんなにたいへんだったか、きみには――」

オクタヴィアはもぎ取るように手を引き、その手で耳をふさいだ。「やめて！　それ以上なにも言わないで。あのときのことを考えるたびにどれほどわたしが恥じ入るかわかったなら……」耳から手を離し、毅然《きぜん》として彼を見つめた。「信じてもらえるとは思わないけれど、あんなふうにみっともない形で自分の感情をあらわにしたのは初めてだったわ。あんな経験は初めてだった。だからあなたに軽蔑されるにちがいないと思ったの」

「きみを誤解させたとすれば、恥じ入るべきなのはわたしのほうだ。あの部屋ではふたりとも強烈な力にとらわれていた。どうしてわたしがきみを責められる?」

「でも、つぎの日――」

「つぎの日、ジュリアの非難と宿屋のメイドの話を聞いたあと」エドワードはそのときを思い出していらだたしげに頭を振った。「きみにはもう恋人がいるのかもしれない、こちらが考えていたほど清純な女性ではないのかもしれないと思った。そう考えて、わたしは嫉妬に怒り狂った。わたしのほうも初めて味わう感情だった」彼はいったん口をつぐんだ。オクタヴィアが黙っているので、先をつづけた。「わたしを許してほしい。お互いにすべてを水に流し、ミセス・カーステアズの姪であるきみ、わたしが借りている家の持ち主であるきみと出会ったものとして、もう一度やりなおせないだろうか?　しかし、やりなおせなくても、わたしがきみを軽蔑してなどいないことだけは信じてほしい」

オクタヴィアはどうしたらいいかわからないまま彼を見つめた。「やりなおす?　すべてを水に流す?　せめてそれができれば。わたしたちが知り合ったことをいっさい忘れたほうがいいんじゃないかしら?　これからはもう会わずに」

エドワードはそんなことは夢にも考えたことがなかったが、静かに言った。「きみはそうしたい?」

オクタヴィアはためらった。エドワードは緊張に身をこわばらせながら、彼女の顔に内心の葛藤《かっとう》がよぎるのを見つめた。「たとえ不可能ではないとしても、とてもむずかしいと思うわ。ピップとリゼットがなんて言うかしら?」

彼は安堵のため息をもらした。「まさしく。わたしはそれで解決になるとは思わない。では、やりなおす?　今度は友人同士として。少なくとも偶然の知り合いより重要な存在として」

「やってみるわ。あなたがわたしのことで早とちりしないなら」

「きみがそばにいると、わたしは理性的でなくなるらしい。うかつに約束はできないが、早とちりしないよう心がけるよ。ところで、ゆうべのことで話があるというのは？　心配そうな言い方だったが」

「わたしには関係のないことだとあなたに言われそうだったから。リゼットと、アンティグア島にいたときにつき合っていた男性のことで話をしたの」

「ああ、リカルド・アランデスか。リゼットがそのようなことを言っていたな。きみはリゼットの力になろうとしてくれたんだね」

「問題は、わたしが暗中模索していることなの。以前あなたは、リゼットのお父さまがアランデスのなにかが気に入らなかったと言っていたわね。それで婚約の許可を取り消したと。それは重大なことだったの？」

エドワードは顔を曇らせた。「とても」

「するとあなたのお兄さまは考えを変えそうになかったということね？」

「変えそうになかったどころではない。考えを変えることなど絶対にありえなかった」

「どこが問題だったのか、リゼットに話したほうがいいとは思わないの？」

「思わない。リゼットは子供だ」

「いまはもう子供じゃないわ。それに、自分が婚約していないのはわかっていても、アランデスから、彼と結婚することがお父さまの最後の願いだったと言われたのを、いまも半ば信じているわ」

「それは嘘だと納得したと思っていたのに！」

「いいえ。あなたのお義姉《ねえ》さまはリゼットに、アランデスのことは二度と口にしないように言っただけで、その理由は説明しなかったのよ」

「リゼットにくわしく話す必要があるとは思えない。あの子はアランデスを愛しているわけではないし、いまのところ、ほかのことで頭がいっぱいだ。アランデスのことはじきに忘れるよ。それにジュリアは不安がっているが、アランデスがこちらにいるようすはまったくない。やはりリゼットには話さないでおこう。本当にその必要はない」

「それはまちがっていると思うわ」

「だとすれば残念だな。でも、わたしの考えは変わらない」

「そのかわり、わたしに話していただけない?」

「それはだめだ!」

「リゼットを守るためなのよ。お父さまがアランデスと結婚させたくなかった理由がわからなくて、どうやってリゼットを守るの?」

エドワードは険しい表情でかたくなに言った。

「それは問題外だ。レディ・オクタヴィア、この件には立ち入らないでいただきたい。リゼットは守るべき者が守っている。もしアランデスが大胆にも現れたら、わたしはどうすべきかわかっている。どうかおかまいなく!」

オクタヴィアはべつの面から説得を試みた。「でも、もしも彼が現れたら、リゼットに会わせて、彼に対する気持ちを自分で確かめさせたほうがいいんじゃないかしら。自分の本当の気持ちがわかるまで、リゼットは心が晴れないわ」

「レディ・オクタヴィア、的外れなことは言わないでもらいたい。だれがわざわざあの男をリゼットに近寄らせるものか! これは、リゼットの財産のみに目をつけているイギリス貴族の青年たちを追い払うより、はるかに重大な問題なんだ」

「その青年たちにはわたしの兄も入っているの?」

「入っている。きみがぜひ知りたいというなら」

オクタヴィアは彼に背を向けた。「もうたくさんだわ! あなたには、ペトリー家はよその家の財産など求めていないことがいつになったらわかるのかしら。そんなに懐疑的では、だれに対しても公平じゃないわ。あなた自身に対しても、わたしの兄に対しても、リゼットに対しても。ピップを捜してきます。あなたのようなひねくれたわからず屋といるより、素直で率直なピップといるほうがいいわ」

エドワードはオクタヴィアがぷんぷんしながらピップのいる草地に向かうのを見つめた。またやってしまった！　アランデスのやったことは絶対に話せないが、相手がオクタヴィアでなければ、もっと優雅に断っていたはずだ。彼女の兄の件については……。困ったことに、オクタヴィア・ペトリーのような女性は初めてで、どう接していいのかわからない。彼女は最上流階級のレディでありながら、ピップに負けないほど率直で、リゼットに負けないほどやさしくて思いやりがある。勇気とユーモア精神にあふれた女性で、その情熱はこちらを激しく燃え立たせ、ルイーズなどはなから勝負にならない。わたしはオクタヴィアをどうしようというのだろう？

「結婚しろよ」心のなかでささやく声があった。

「答えはそれしかない。ほかの者にとられないうちに結婚するんだ」

エドワードは草地を突っ切ってオクタヴィアとピップのところへ向かったが、はたと立ち止まった。結婚？　いまの独身生活を捨てる？　これまで哀れに思ってきた既婚の男たちの仲間に入るのか？　それはごめんだ！　オクタヴィアのおかげで自分が陥ったいまの状態を見てみろ。まだ婚約すらしていないのに！　結婚という罠《わな》になど絶対にかかるものか。なんという愚かな考えだ。

15

リッチモンドからの帰途、会話の相手はもっぱらピップだった。オクタヴィアはエドワードにはひと言も話しかけなかった。オクタヴィアは腹を立て、失望していた。彼は、きみを軽蔑《けいべつ》してなどいないと言って人を元気づけたと思ったら、その二分後にはアランデスの件で打ち明けるのを拒み、さらにはハリーがリゼットの財産を狙《ねら》っているかのような言い方をした。彼はどうしたのだろう？　親しくなりかけると、そのたびにわざとけんかを吹っかけてくるように思える。無意識なのかわざとなのかは見当もつかないけれど、親しくなるのを躊躇《ちゅうちょ》しているとしか思えない。馬車がセント・ジェームズ・スクエアに着くと、オクタヴィアはピップにやさしくキスをし、エドワードには冷ややかに別れを告げた。

自分の部屋に入ると彼のことはきっぱりと頭から締め出し、リゼットに心を向けた。この一年間のリゼットについて聞いたことからすると、彼女が悲しそうなのもふしぎはない。両親の死から受けた心の痛みは時間が癒《いや》してくれるとしても、リカルド・アランデスに対する自分の気持ちがはっきりわからないかぎり、心から幸せな気分にはなれないだろう。エドワードはリゼットがアランデスに恋していると いう見方を否定した。いまではオクタヴィアも彼と同感だ。リゼットは幼なじみのアランデスに親しみを感じ、彼を信用したのだ。そうでなければ、アランデスが手紙について語った話を簡単に信じた理由が見当たらない。とはいえ、この半年のあいだにリゼットは多少なりとも成長している。ハリーに関心を抱いたのは、かつて本当にアランデスに恋をして

いたとしても、いまはもはやそうではない証《あかし》とと
れる。
　しかしアランデスから聞いたことを半ば信じてい
るかぎり、ほかの男性に心から思いを寄せることは
できないだろう。なぜジョン・バラクラフは娘をア
ランデスと結婚させるのを突然拒んだのだろう？
ジョンは婚約の許可を撤回した理由をある程度は娘
に話したにちがいない。
　そこでオクタヴィアは、舞踏会の成功を祝いにジ
ュリアを訪ねたとき、リゼットを公園にドライブに
誘った。ピップはミス・チェリフィールドが前の教
え子を訪問するのにいっしょに連れていったので、
リゼットとふたりきりで話ができた。
「あなたが話してくれたリカルドのことについて考
えてみたの」春の日差しを浴びて馬車を走らせなが
ら、オクタヴィアは言った。「彼はどんな人？」
「もうよくわからないわ。小さいころ、わたしは彼
が大好きだったの。彼はいつもわたしと結婚したい
と言っていて、わたしもそれはとてもいいと思った
の。結婚しても自分のうちのすぐ近くにいられるわ
けだから、よけいよく思えたわ。彼の家はうちの隣
ですもの。両親もうれしそうだったわ。だから、婚
約は許さないと言われて、とても驚いたの」
「どうして反対されたか知っているの？」
「いいえ。でも、土地の境界でもめているのが原因
だろうとあとで思ったわ。エドワードはアランデス
家がうちの地所を一部とってしまったと考えている
の。お父さまはそのことではなにも言わなかったけ
れど、それしか理由は考えられないわ」
「あなたは悲しかった？　どうしてもリカルドと結
婚したかったの？」
「結婚したかったのは最初のころだけよ」
「どうして？」

「両親が亡くなったとき、リカルドは、彼とわたしがすぐに結婚することをお父さまが望んでいたと言ったの。わたしはそうしたいのかどうかわからなくて、時間がほしいと答えたの」

「かわいそうに。当然時間が必要だわ！　ご両親が事故で亡くなったのはひどいショックだったはずですもの。もちろん彼はわかってくれたでしょう？」

「いいえ。お父さまの最後の願いは〝果たすべき義務〟のはずだと言ったわ。わたしが彼の望むとおりにしないので、リカルドは怒ったわ。でも、エドワードとヘンリー叔父さまが彼を見つけて追い出してくれたの。二度と彼に会ってはだめだと言われたときは、どこかほっとしたわ。だけどそのあとエドワードがイギリスに発《た》ってから、リカルドがまた現れて、わたしに駆け落ちしようと言ったの。わたしを怖がらせてすまなかった、とても愛しているからなんだ、いつまでもわたしの面倒をみるとお父さまに約束したと」

「でも、あなたにはちゃんと面倒をみてくださる叔父さまがふたりいるでしょう」

「わたしも彼にそう言ったわ。お父さまはわたしに駆け落ちなんかさせたくないはずよ、と。すると彼はお父さまの手紙を見せたの。家を出ようとしたとき、ヘンリー叔父さまがわたしたちを見つけて、使用人を呼んだわ。彼は使用人たちに引きずられながら、待っていてくれ、きみを愛している、きみに会いに行くからと叫んでいた。彼はいつか会いに来ると思うわ」

「彼が現れたら、なんて言うつもりなの？」

「わからないわ。前は彼を愛していると思っていたけれど、いまは彼が本当のことを言っているのかどうかもわからないの。それに、ミスター・ペトリーと出会って、彼のほうがずっと好きになったわ。リカルドにはなんと言っていいのか、本当にわからない」

「結局、簡単な問題なんじゃないかしら。まだリカルドを愛していると思うのなら、後見人の同意が得られるまで待つように彼を説得すべきだわ。駆け落ちはだめよ。土地の境界争いが問題なら、あなた方が真剣だとわかれば、叔父さまたちは考えなおしてくださるかもしれないわ。でもあなたがリカルドを愛していないのなら、彼にそう伝えるべきね。こんなふうに簡単な問題だわ」

リゼットはため息をついた。「そう言われると簡単に思えるわ。そうしてみます。話してくださってありがとう、レディ・オクタヴィア」

もっと気軽な話題でしばらくおしゃべりしたあと、オクタヴィアはこれでリゼットを無事サウス・オードリー・ストリートまで送っていけると判断した。

それにしても、家族内にこのような問題をもたらすとは、土地の境界争いはよほど激しかったにちがいない。しかしよく考えれば、それが原因でリゼットが苦しんだわけではない。境界争いがなかったら、リゼットはアランデスとすんなりと結婚し、あとになって、自分の感情はおとなの男性に対する愛情ではなく、幼なじみに対する親しみにすぎなかったと悟るはめになったかもしれないのだ。これでリゼットは、自分が本当に人生に求めているものはなにかを知ることができるかもしれない。

ガシーが催したパーティの夜、モンティース公爵が遅れてサロンに入ってきた。ガシーは夫が帰るのをこれ以上待たずにディナーを始めようかと思っていたところだった。公爵は、長身に金髪で澄んだ青い瞳をしたなかなか見栄えのする若い男を連れており、自分が保護している〝ビリー・ファークワーの姪《めい》の息子リチャード・アランセイ〟だと紹介した。

「ようこそ。今夜のパーティは略式ですが、お許しくださいね。この家はまだ完成していなくて、朝の間でディナーをとらなくてはならないの。わたしの妹のレディ・オクタヴィアをエスコートしていただけます？　それと、こちらは弟のペトリー中尉。若い男性同士で話がはずむんじゃないかしら」

オクタヴィアは、ミスター・アランセイはディナーの仲間として楽しい相手だと思った。大伯父と何週間か過ごしてきたところらしく、変人ファークワー卿《きょう》の奇行についておもしろおかしく話すところはトム・ペインを思い出させた。オクタヴィアはしばしリゼットにまつわる心配もエドワードから信用されていない心の痛みも忘れて、ミスター・アランセイとモンティース公爵が聞かせるファークワー卿の逸話に笑い声をあげた。楽しく時間が過ぎたが、やがてガシーが立ち上がり、ほかのお客さまがもうすぐ到着するわ、そろそろお迎えする時間よと告げた。

モンティース・ハウスの部屋はどれも立派で、今夜は客のために美しく飾ってあった。フルーツポンチを満たした大きなボウルを真ん中に、飲み物をのせたテーブルが飾り立てた食堂に置かれ、お仕着せ姿の従僕がシャンペンとワインをのせたトレーを手に部屋から部屋へ回った。ダンスはなかったが、楽士の一団が快い調べを静かに奏で、サロンには数百本の蠟燭《ろうそく》をともした大きなシャンデリアがその輝きを壁に並んだ鏡に何重にも映していた。

ディナーのあと公爵がミスター・アランセイを連れていってしまい、リゼットも出席するとオクタヴィアから聞いていたハリーは、昔からの友人や家族に挨拶《あいさつ》しながら、バラクラフ家の人々の到着を待ちわびた。それはオクタヴィアも同じだった。今回はウィチフォードでのような偶然で非公式の出会いはない。今夜ハリーはウォーナム伯爵の息子ハリー・

ペトリー中尉としてリゼットの家族に正式に紹介される。そして、ひとりを除いて全員がハリーを好意的な目で見るはずだ。

ヘンリー・バラクラフ夫妻が黄水仙色のドレスで美しく装ったリゼットを伴って到着した。オクタヴィアがハリーを紹介したとき、ジュリアはハリーににたにた笑いかけんばかりだった。

「もちろんおうわさはうかがっていますわ、ペトリー中尉。妹さんのお話では最近軍隊をお辞めになったとか。近衛連隊でしたわね？」

ハリーはリゼットから無理やり視線をそらし、ジュリアのほうを向いた。「ええ、ミセス・バラクラフ。父がもっとわたしに会いたいと申しまして。アンティグア島からいらしたそうですね？　さぞ美しい島でしょう」

オクタヴィアはハリーがたちまちリゼットの後見人を魅了するのを見届けてからその場を離れた。広間をいくつか歩くうちに、エドワードが現れるのを自分が待っていることに気がついた。でも、彼が現れたらなんと言えばいいのか、さっぱりわからない。

「なんと美しい！　えもいわれぬ美しさだ」オクタヴィアは振り向いた。リチャード・アランセイがうしろにいて、リゼットを見つめていた。

「まったくそのとおりだわ。今年の社交シーズンでも最高の花形のひとりよ」

「あなたの兄上がいっしょにいますね」

「リゼットには崇拝者が大勢いるの。リゼットにご紹介しましょうか？」

リチャード・アランセイが微笑《ほほえ》んだ。「その必要はありませんよ、レディ・オクタヴィア。リゼッタとぼくは親しい間柄なんです。ごく親しいと言っていいほどの」

「なんですって？」

「申し訳ない。ぼくの名前はアランデス、リチャード・アランデスなんです。残念ながら公爵が曖昧《あいまい》に紹介されたので、誤解を生んでしまったらしい」

オクタヴィアはショックを受けて彼を見つめた。

「あなたはリカルド・アランデスなのね？」

「ぼくをご存じなんですね？ リゼッタが話したんですか？ 彼女はあなたを慕っているそうですね」

「ミスター・アランデス、ごめんなさい、あなたはここにいないほうがいいと思うわ。バラクラフ家の人たちが――」

「なぜかはわからないが、バラクラフ家の人々からはリゼッタに近づくなと言われています。しかしぼくは招待を受けてここに来ているんですよ。ここはモンティース・ハウスなのに、だれを招待すべきでだれを招待すべきではないか、いつからバラクラフ家が決めるようになったんです？ ぼくの大伯父は公爵のお父上の昔からの友人なんですよ」

オクタヴィアはまっこうから彼を見た。「リゼットが今夜来るのをご存じだったの？」

「そう期待していたということです。彼女に話がある」彼はリゼットに目をやった。リゼットは両側をハリーとジュリアに守られ、叔父のヘンリーもそばにいる。「でも、いまはやめておこう。どこかふたりきりで話のできるところはありませんか？」

オクタヴィアは一瞬彼を見つめたあと、なにも言わずに人ごみを縫い、ひとつづきになった部屋の奥にある温室に案内した。「ここならじゃまは入らないわ。ただし、念のために言っておきますけど、わたしはあなたの肩をもったりはしませんからね」

「それはそうでしょう。バラクラフ家の人々がぼくに対する偏見を植えつけているでしょうからね。でも、ご自分が公平だとお思いになりますか？ ぼくはリゼッタを愛している。何年も前から彼女が成長するのを見守り、彼女の両親からもぼくと結婚できるだけの年齢になるのを楽しみにしろと言われてきた。バラクラフ夫妻の死はぼくにとっても悲痛な打撃だったんです。親しい友人をふたり失ったばかりでなく、愛する女性と幸せになるという将来も失って」

オクタヴィアは意に反して胸を打たれたが、そっけなく言った。「なぜリゼットの叔父さまたちはあなたが気に入らないのかしら？」

「ぼくがいるとバラクラフ家の資産の管理ができなくなると思っているからでしょう」

「それだけではないと思うわ」

アランデスは顔をしかめ、どこか警戒するように言った。「申し訳ない。ぼくにはわかりません」

「いさかいはなかったの？　土地の境界争いは？」

アランデスの表情が晴れた。「ああ、境界争い。たいした問題ではないのに、ずいぶんともめましてね。最終的にリゼットのお父上は境界争いは問題ではないと気がつかれた」彼は澄んだブルーの瞳でオクタヴィアをまっすぐ見つめた。「実際にぼくに会ってみて、ぼくがバラクラフ家の人々の言うような悪党だとお思いになりますか？　リゼッタとぼくは愛し合っています。ぼくがいなければ、リゼッタは絶対に幸せになれない。それにぼくは彼女のお父上が望まれたとおり、彼女を大切にする権利をこの世のなによりも手に入れたいんです。リゼッタと話させてきたら！」

オクタヴィアの気持ちはふたつに割れた。リカルド・アランデスにはいくらか同情を覚える。彼は正直に話しているようだ。しかし、エドワードはリゼットをアランデスと接触させる気はいっさいないと言った。わたしはどうすればいいのかしら？　リカルド・アランデスは見たところきちんとした若者で、社交界ではわたしの義兄が後ろ盾になっている。彼はどこでも受け入れられ、いずれどこかでリゼットとも顔を合わせるだろう。それなら、わたしの目の届くこのモンティース・ハウスで今夜会ってしまったほうがいいのでは？　エドワードが激怒するかもしれないけれど、それには慣れているわ！

「わかったわ。あなたをリゼットのところに連れていきましょう。でも、リゼットは今夜はわたしの姉のお客であることを忘れないで。動揺させたり無理強いしたりはしないでちょうだい」

「ありがたい！　慎重に行動すると約束します。リゼッタが大喜びしますよ！」

オクタヴィアは自分が正しいことをしているのかどうか確信が持てないまま、アランデスの先に立って温室を出てサロンに向かった。「わたしもあなたたちといっしょにいるわ。わたしにとってリゼットはとても大切な存在なの」

「そうしてください。ぼくにとってもリゼッタがどれだけ大切な存在か、いまにわかりますよ」

ヘンリー・バラクラフ夫妻はリゼットをハリーにまかせ、飲み物はいかがと公爵に促されて食堂に向かった。リゼットは楽しそうだったが、顔がちょっと青ざめていた。サロンは暖かく、彼女のまわりには崇拝者が何人かいて、あれこれ話しかけている。オクタヴィアは足を速めた。もともと内気なリゼットは注目されても有頂天になるどころか、反対に困っている。

オクタヴィアがアランデスを連れているのを見て、リゼットはさらに青ざめた。「リカルド？　ロンドンにいるなんて、知らなかったわ！」

「リゼッタ！」アランデスが頬にキスをしようと体を傾けたが、リゼットは後ずさりした。

「ここではだめよ！」リゼットは片手をアランデスに差し出すと、うしろに立っているハリーのほうを向いた。「ペトリー中尉、昔からのお友だちのリカルド・アランデスをご紹介します」

ハリーは頭を振った。「アランセイ、ミス・バラクラフがきみを知っているのは明らかだが、なぜスペイン式の名前できみを呼んでいるんだ？　きみはスコットランド人だと思っていたが」

「ぼくはアンティグア島の出身なんだ。リゼッタとは幼なじみでね。いや、幼なじみというより――」

リゼットがはっと息を吸い込み、さらに青ざめた。

オクタヴィアは前へ進んで微笑んだ。「ミスター・アランデス、説明していただかなければならないことがいっぱいありそうね。わたしの義兄はぼんやりしていることで悪名高いの。おそらくあなたはスコットランドから来たリチャード・アランセイとしてロンドンじゅうに知られたわ」オクタヴィアはアランデスにだけわかる意味をこめてつけ加えた。

「気をつけて」

アランデスはうなずいた。「中尉、リゼッタとぼくは幼なじみだが、会うのはしばらくぶりなんだ。ちょっとリゼッタを連れていってかまわないかな？　アンティグア島の友だちの近況を話したいので」

ハリーが問いかけるようにリゼットを見た。リゼットはためらいがちに言った。「ミスター・アランデスとお話がしたいわ、ペトリー中尉。ほんの少しだけ。そうしてかまいません？」

「ハリー、わたしを食堂にエスコートしてもらえない？　ガシーが用意した飲み物がおいしそうだったわ。すぐに戻りますからね、リゼット」

オクタヴィアはハリーとともにその場を離れた。

「どういうことだ、タヴィ？　なぜあの男をそそのかす？　ぼくがリゼットに夢中なのは知っているくせに！」

「心配しないで。競争にはならないわ。リゼットは前にアランデスに会ったときから少し成長しているはずよ。彼女が自分でそれを悟るように時間をあげなければ。バラクラフ夫妻とはどうだった？」

「ミセス・バラクラフのどこがきみの気に入らないのか、わからないな。ぼくにはとても愛想がよかったよ。しゃべり方がいささか大げさだが、実に話のしやすい人だ」

「姪の結婚相手としてふさわしい人にはね！」

「そういえば、エドワード・バラクラフとはどうなっているんだ？　彼に許してもらったかい？」

「いまどういう状態なのか、わたしにもよくわからないの。リゼットがアランデスといっしょにいるのを彼が見たら、わたしたち、またひどいけんかになるんじゃないかしら。彼もお兄さまに負けず劣らずアランデスを認めていないのよ」

「それはよかった。しかし、なぜ彼がきみとけんかするんだ？　アランデスがここに現れたのは、きみのせいじゃないのに」

「ミスター・バラクラフにそう言って。なんだったら、いま言えるわ。ちょうど彼が部屋に入ってきたところよ。でも、まだアランデスには会っていないはずだわ。怒っているようには見えないもの」

ハリーはドアのほうを見た。「すると、あれがバラクラフか。ハンサムな男じゃないか、タヴィ。それに強そうだ。彼とはけんかしたくないな」

エドワードはハリーを見てかすかに躊躇したが、ふたりのところへやってきてお辞儀をした。「こんばんは、レディ・オクタヴィア」

オクタヴィアはお辞儀を返し、あたりさわりのない口調で言った。「こちらはミスター・バラクラフよ。兄のハリー・ペトリー中尉です」

「ほう、中尉ですか」

「残念ながら、もうすぐ中尉ではなくなります。すでに辞職願いを出しましたので」

「なるほど」短い沈黙があり、ふたりの男性は互いを値踏みした。そのあとエドワードが言った。「わたしの姪をご存じですね？」

「今夜ご紹介を受けました」

エドワードが苦笑を浮かべた。「まさか姪に初めて会ったと言うのではないだろうね」

「ウィチフォードで二度会っています。お許しいただければ、今後、幾度も会いたいものです」

オクタヴィアははっとしたが、ハリーのずうずうしさはいい方向に働いた。エドワードが笑い声をあげ、それまでより自然な態度で答えた。「それはこれから考えよう。きみにはなににつけても妹さんという強い味方がいるからね」

「タヴィは最高の妹ですよ」

「タヴィ？　オクタヴィアという美しい名前をタヴィに縮めるとはもったいない」エドワードはあたりを見回した。「わたしの姪はどこにいるのだろう？」

「サロンじゃないかしら」オクタヴィアは唾《つば》をのみ込んだ。「昔からの知り合いといっしょに」

「案内していただけるかな？　失礼します、ペトリー中尉」

オクタヴィアはしかたないというような視線をハリーに投げると、エドワードが差し出した腕に手を預けた。そしてサロンに向かいながら、深く息を吸い込んで言った。「ごまかすこともできたんだけれど、それはやめておくわ。あなたの姪ごさんはミスター・リカルド・アランデスといっしょにいるの」

エドワードが立ち止まり、ひどく静かに尋ねた。「いまなんと言った？」

オクタヴィアはもう一度唾をのみ込んだ。「リゼットはリカルド・アランデスといっしょにいるの」

ふたりはサロンの大きなドアの前まで来ていた。リゼットは内側に突き出た縦長の窓の陰にアランデスといた。アランデスがリゼットのほうへ身を乗り出し、なにかさかんに話しかけている。リゼットは一応耳を貸してはいるものの、だれかを探すように視線を人ごみにさまよわせている。

エドワードがはっと息をのんだ。「これはきみがやったのか？」彼の唇はほとんど動いていない。

「厳密に言えばちがうわ。わたしの義兄が――」

まるでそのことばが呼び出したかのようにモンテイース公爵が現れ、エドワードの肩を叩《たた》いた。「バラクラフ！　きみと同じところから来た若者がここにいるぞ。ジャマイカだったっけ？　こちらに来て会ってくれないか。オクタヴィア、きみもだ」公爵は窓のそばへふたりを連れていきながら、大きな笑い声をあげた。「なるほど時間を有効に使っているぞ！　すでにいちばんかわいい娘といっしょにいる。なんという早業だ。きみの姪だったかな？」

「叔母といっしょにいるものと思っていたのに」エドワードはむずかしい顔で言った。

公爵がさらに笑った。「大目に見てやれよ、バラクラフ！　かわいい娘はもちろんハンサムな若者と出会うことになっている。しかし、きみの姪はまったく安全だ。アランセイはいいやつだよ。わたしは彼の大伯父を知っている。すばらしい人物だ」

「失礼ながら、公爵、ミスター・アランデスはご紹介の必要がありません。姪を叔父夫婦のところに戻します」エドワードはリゼットとアランデスのところまで行き、ひと言だけ声をかけた。「リゼット」

公爵は驚いたようだが、また笑った。「きみがこれほどうるさ型だとは知らなかったよ、バラクラフ。気にするな、アランセイ。パフィ・ロジャーズに会わせよう。たいへんなやつだよ、パフィは。ゆうべ一万五千ポンドすったというのに、平然としているんだから」公爵はカードルームに向かった。

アランデスはどうしていいのかわからないようだったが、リゼットが言った。「行ってらっしゃい、リカルド。わたしはペトリー中尉を捜しに行くわ。彼をエドワードに紹介すると約束したの。エドワード、ここで待っていて！」だれかが止める間もなくリゼットは食堂のほうへ行ってしまった。

エドワードは愉快そうに言った。「公爵を追いかけてカードルームに行くんだな、アランデス。騒ぎは起こしたくないが、おまえに飛びかかりたい衝動をいつまでこらえられるか、わからない。今後もリゼットには近づかないことだ。その気になれば、わたしにはおまえがロンドンにいづらくすることもできる」

一瞬アランデスは反駁《はんばく》しそうになったが、肩をすくめて向こうに行った。

エドワードはオクタヴィアのほうを向いた。「きみがこうなるように取り計らったんだな」

「わたしじゃないけれど、ミスター・アランデスが今夜出席するとわかっていたら、取り計らっていたでしょうね」

「ごまかすんじゃない、オクタヴィア。きみはわたしが知っていたら止めるとわかっていながら、公爵と仕組んだんだ。いったいどうやってリゼットをジュリアとヘンリーのそばから引き離した？」

「わたしはなにもしていないわ。おふたりがリゼットをハリーにまかせたのよ」

「嘘だ。ジュリアがそんなことをするはずがない。アランデスがここにいればなおさらだ」

「ミセス・バラクラフはアランデスがここにいることを知らないわ。それにハリーはとても望ましい花婿候補で、追い払わなければならない理由はどこにもないわ。それでリゼットを彼に預けたのよ。アランデスをリゼットとハリーのところへ連れていったのはわたしよ。アランデスがリゼットと話があると言うものだから」

エドワードの表情が険しくなった。「もしもきみがしたことのせいでリゼットになにかあったら、この世に生まれたことを後悔させてやる！」

オクタヴィアはぞっとしたが、果敢にも彼から目をそらさなかった。「そこまで片意地を張らないで！　わたしの言ったとおりよ。リゼットはアンティグア島にいたころよりずいぶんおとなになっているわ。ほんの二、三分アランデスといっしょにいれば、彼との関係は卒業したのだと自分で悟るわ。わたしにがみがみ言うより、リゼットを見てごらんさい！　アランデスの力に負けてしまいそうな娘に見える？」

エドワードは部屋の向こう側に目をやった。リゼットがハリーに伴われてこちらへやってくる。ふたりとも笑い声をあげている。これほど屈託のないリゼットを見るのは実に久しぶりだ。

「エドワード！　ペトリー中尉とはもう会ったんですって？　わたしが紹介したかったのに」リゼットの声が陰った。「どうしてそんなに怖い顔をしているの？　ジュリア叔母さまがペトリー中尉をとても気に入って、わたしたちを別行動させて……」

「アランデスになんと言ったんだ？」

リゼットが明るい表情に戻り、エドワードの手を取った。「リカルドのことはもう心配しなくていいのよ。わたし、ばかな真似《まね》はしないから。すっかり回復したのが今夜わかったの。できるだけ早く彼にそう言うわ」

エドワードの表情が険しさを増した。「アランデスと話などするんじゃない！　彼に近づいてはだめだ」

オクタヴィアは咳払《せきばら》いをして、彼ににらみつけられた。「少し厳しすぎるとお思いにならない？　わたしの義兄が後ろ盾になっている以上、アランデスはいつどこに現れてもおかしくないのよ。リゼットが彼を完全に無視するのはむずかしいわ」

エドワードはハリーのほうを向いた。「ペトリー中尉、きみの妹さんと話がしたい。ほんのしばらく姪の相手をしていただけるかな？」

「それはタヴィ次第ですね。妹はあなたと話をしたいと思っているんでしょうか？　どうやら天候の話ではなさそうだ」

「妹さんの首を絞めたい衝動はこらえると約束するよ。きみが心配しているのがそれなら」

「リゼットを連れていって、ハリー。心配しなくていいわ。リゼットもね。わたしはミスター・バラクラフを怖がってなどいないから」

ハリーはほっとした表情を浮かべた。「それなら、ぼくにとっては願ってもないことだ。ミス・バラクラフ、飲み物と食べ物を見に行きましょう」

リゼットとハリーがいなくなると、エドワードが言った。「怖がるべきだ」

「あなたのことを？　まさか！」

彼の目にかすかな笑みがちらりと表れて消えた。

「アランデスがこれだけ有名な人物に伴われて現れたとなると、状況はちがってくる。わたしがなにを頼んでもきみが断固として受けつけてくれない以上、アランデスについてもっとくわしい話を打ち明けなければならないようだ」

「そうしていただきたいわ」

「どこか話のできる場所はあるかな？」

「義兄の書斎は？　あそこならだれもいないわ」

「ふたりきりでいるところを見られてゴシップになる心配は？　少し前のきみはゴシップをひどく恐れていたようだったが」

「今回のリゼットの問題に比べれば、それは取るに足りないことだわ。書斎はこちらよ」

16

書斎に入ると、オクタヴィアは挑むような目でエドワードと向かい合った。

「話をうかがうわ。ただし、アランデスについてあなたがどんな偏見をお持ちにせよ、わたしはこれからも自分が最善と思ったことをしますからね。なぜあなたがそこまで心配するのかわからないわ。リゼットはあなたに、もうアランデスを愛してはいないと話したでしょう？　アランデスにもう一度会ってそう伝えれば、これ以上彼に悩まされることはなくなるはずよ」

「偏見！」エドワードは室内を行ったり来たりした。その動きのひとつひとつに怒りともどかしさが表れている。やがて彼はオクタヴィアの前で足を止めた。

「どう話せばいいのかわからない。ジュリアですら話の全貌《ぜんぼう》は知らないんだ。しかし話さないかぎり、きみはがむしゃらに突き進み、リゼットを味方につけてしまう」

「まあ！　そこまで深刻な境界争いはないわね！」

「それはきみの考えなのか？」

「リゼットがそう考えているのよ」

「リゼットには今後もそう思わせておいてほしい。そう約束してもらいたい」

「いいわ」

エドワードはまだ迷っているのか、オクタヴィアを見つめてから、意を決したように言った。「二年前、リカルド・アランデスはジャマイカ島で十六歳の娘に暴行を働いたんだ。娘は亡くなった」

オクタヴィアはぞっとして彼を見つめ、椅子に座った。「信じられないわ！」

「本当のことだ。リカルドは以前からアランデス農園《プランテーション》の奴隷を手荒く扱うので有名だったが、アンティグア島では奴隷を虐待しても罪にはならない。しかしこの件はちがった。娘は奴隷ではなかったんだ。当然、アランデスは罰せられるはずだった。しかし娘の家は貧しく、アランデスの父親には金で解決するだけの余裕があった。これでなぜわたしがリゼットをアランデスとかかわらせたくないかがわかっただろう」

「ええ。本当に……本当にあった話なの？」

「もちろん本当だ。こんな話をわたしが確信もなしにすると思うかね？　娘の両親にも会ったし、当局の関係者数人からも直接話を聞いた」

「でも、彼はごく……ごくまともな人に見えるわ」

「それが彼の強みなんだ」

「ああ、どうしよう。わたし、リゼットに彼と話すように勧めてしまったわ」オクタヴィアは両手で顔を覆った。

「そのとおりだ。それは大目に見てもかまわないが——」

オクタヴィアは顔を上げ、彼を見た。「あなたが怒るのも当然だわ。ご……ごめんなさい」

エドワードの厳しい表情が消え、苦笑が浮かんだ。彼はオクタヴィアの手を自分の手に包み込んで椅子から立たせた。「またやったね、オクタヴィア。本当にふしぎだ。わたしはきみに腹を立てる。かんかんにね。しかし、ずっと腹を立てていることができない。いったいなぜなんだろう？」

オクタヴィアは息苦しさを覚えた。「わ……わからないわ」

彼はオクタヴィアの唇を見つめた。「わたしはいまでもきみのことを空想している。いまでもあの塔の部屋の出来事を突然思い出す」

「わたしもよ」オクタヴィアは小さな声で答えた。

エドワードは彼女をそっと引き寄せた。「オクタヴィア」そうささやき、キスをした。

ふたりはお互いの腕のなかでしばしわれを忘れた。あの塔の部屋にいたときのように情熱が高まりつつあった。しかし、やがてゆっくりと現実が戻った。今回は、ここがどこで自分たちが何者かをいつまでも忘れてはいられなかった。オクタヴィアは当惑して彼を見つめた。

「あの魔法のような力がまだ働いているわ。あれほど懸命に忘れようとしたのに。あなたはわたしを軽《けい》蔑《べつ》してはいないと言うけれど――」

「そんなことを言ってはいけない。考えてもいけないよ。わたしはきみを軽蔑してはいない。わたしはあんな弱さを見せた自分自身を軽蔑しているんだ」

「でも、人を愛するのは弱さではないわ」

オクタヴィアに回された彼の腕に力がこもった。一瞬、彼はふたたびキスをしそうだった。ところが荒々しいともいえる口調で言った。「わたしにとっては弱さなんだ。こんな強い気持ちをほかの女性に抱いたことはない。これを愛と呼ぶ人もいるだろうが、これだけではまだ不充分なんだ。わたしは結婚する気がない。今後もその気になるとは思えない。たとえ相手がきみであっても、自分を縛り、家庭という海に溺《おぼ》れようとは思わないんだ。かといって、きみを尊敬しているから、ほかの申し出はできない」

彼はこれまで以上に断固としている。希望はこれでついえたわ。互いに与え合えるものをそんなつまらない理由ですべて捨ててしまうとは、なんてあなたは愚かなの。オクタヴィアはそう叫びたかった。しかし自尊心がそうさせなかった。わたしはどんな男性にも愛情を請うような真似《まね》はしないわ。これまで修養を積んできた成果と自尊心のすべてをかき集めて、オクタヴィアは冷たく言った。

「そのような申し出はわたしも受け入れられないわ。結婚については、とても率直に話してくださったから、わたしも率直に答えます。あなたに結婚を申し込む気がない以上、わたしがどう返事するかは言えないわ。でも、わたしもこれまでずっと結婚を避けてきたの。これからもよほどのことがないかぎり、自立した生活を捨てることはできないわ。わたしたちが抱いているこの気持ちは、たとえどれほど強烈でも、一時的なものにすぎないと思うの。会わなくなれば消えていくわ。わたしたちはまちがいなく会わなくなるのだし」

「オクタヴィア！」

オクタヴィアは先をつづけた。「そろそろリゼットたちのいる応接間に戻りましょう。わたしを信頼してアランデスのことを打ち明けてくださって、ありがとう。リゼットを守るために、わたしもできるだけのことをするわ。姉や義兄になにか言っておいたほうがいいかしら？」

オクタヴィアの言い方は丁重だが、まだとても冷たかった。エドワードはなにか言いたいことはないかと考えたが、思いつかずにあきらめた。「いや。公爵夫妻にすべてを話すわけにはいかない。それなら、いっそなにも言わないほうがいい。アランデスはわたしがなんとかする」

オクタヴィアはうなずき、ふたりは書斎を出た。ほかの客に会ったとき、オクタヴィアは平静に見えるように骨を折った。わたしはなんて安易にリゼットを危険にさらしたのだろう。そう思うと、動揺は消えなかった。それに、心には冷たい重圧がかかっている。エドワードがわたしにどれほど惹《ひ》かれていようと、ガシーの言ったとおりだったのだ。彼には結婚する気などない。わたしに残された道は自分のあきれた弱さを捨てること。それしかない。

リゼットとハリーを捜すあいだ、エドワードは険しい表情を浮かべていた。ふたりは見つからず、彼の表情はますます険しくなった。「ちゃんとリゼットを守ってくれるものときみの兄上を信用したのに、いったいふたりはどこに行ったんだ？」

そのとき温室の葉陰に黄色いドレスがちらりと見え、オクタヴィアは目を閉じた。ただでさえ動揺しているのに、ハリーとエドワードがぶつかり合うのを見るのは耐えられない。「あそこにいるようだわ」エドワードが毒づいた。「あのいまいましい若造め！　リゼットを預けたのは失敗だった」彼は足早に温室に向かった。オクタヴィアは半ば走るように彼についていった。

しかし、ハリーとリゼットはふたりきりのひとときを楽しんでいたわけではなかった。アランデスがいっしょにいて、ハリーが静かながらも警告をこめた声で言うのが聞こえた。「言っただろう、アランデス。ミス・バラクラフにつきまとうんじゃない」

「なんだと。彼女はぼくの許婚《いいなずけ》なんだぞ」

「ちがうわ、リカルド！　どうしてわたしの言うことを聞いてくれないの？　申し訳ないけれど、あなたとは結婚したくないのよ。もうわたしにかかわらないで！」リゼットの声はうろたえている。

アランデスがリゼットをぐいと引き寄せた。「いやだ！」

ハリーがアランデスの腕に一撃を加え、悲鳴があがった。ハリーはアランデスを押しのけて、リゼットに叔母のところに戻るようやさしく言った。

「アランデスはわたしが引き受けよう、ペトリー」エドワードが前に出た。「リゼットときみの妹を向こうへ連れていってもらえるとありがたい」

「こっちよ、リゼット」オクタヴィアは言った。「人ごみのなかを通らなくてすむわ。わたしの部屋で少しお休みなさい。いっしょに来る、ハリー？」

ハリーは怒りで顔を赤くしていた。「よければ残るよ。あいつがまた妙な真似をしたときのために。リゼットを安全なところまで頼む」

オクタヴィアは足を止めずにただうなずき、リゼットを部屋へ連れていった。

しばらくのち、オクタヴィアは部屋のドアをノックする音を聞いた。ハリーだった。

「ミス・バラクラフのようすを見に来たんだ」

「休んでいるわ。わたしはミセス・バラクラフを捜しに行くところだったの。リゼットは家に帰ったほうがいいわ。アランデスはどこに？」

「帰ったよ。これで今夜はもうあいつの顔を見ないですむ。彼に用はないことをバラクラフがいやというほどはっきりさせたから。アランデス程度の腕力ではバラクラフに太刀打ちできるはずもない」

「よかったわ。わたしのかわりにミセス・バラクラフを捜してもらえない？　わたしはリゼットについているわ」

ところが、リゼットがふたりがいる戸口にやってきた。「ジュリア叔母さまは捜さないで。やきもきして騒ぐだけですもの。リカルドがもういないなら、階下《した》に行きたいわ」リゼットはハリーに微笑《ほほえ》みかけた。「救ってくださってありがとうございます、ペトリー中尉。わたし、まだあのすてきな飲み物を少しも味わっていないの」

オクタヴィアは驚いてリゼットを見た。

リゼットはついさっきまで気を失いそうだったのに、ハリーににっこり笑いかけて言った。「待ってくださる？　身なりを整えるわ」

ハリーがうなずき、リゼットが向こうへ行った。

オクタヴィアは兄に眉を上げてみせてからドアを閉め、リゼットを手伝いに行った。

「本当に大丈夫？　気分は悪くない？」

「ええ。ハリー……ペトリー中尉といっしょにいると緊張しなくてすむの」

「わたしにはハリーでいいのよ。でも、叔父さまの前ではだめよ！　さっきよりずっと元気そうね」

「おっしゃったとおりだわ、レディ・オクタヴィア。リカルドに話したら、これまでにないくらい気が楽になったの。とうとう彼から自由になったのね！」

リゼットははにかみながら言った。「それに、ハリーは覚えていたよりさらにすてきだったわ」

「それはうれしいわ。わたしも兄が大好きなの。でも、叔父さまに対してはまだ気をつけるのよ。叔父さまがハリーとつき合うことに反対なさる理由はなにもないけれど、気が進まないようすだから」

「そのうち変わるわ。反対する理由はないし、ジュリア叔母さまからはお許しが出たんですもの。階下に行きましょうか？」

リゼットはドアを開けて、ハリーの腕に手を添えて階段を下りていった。自信と落ち着きのにじみ出た態度はまさに別人のようだ。リカルド・アランデスに、もうあなたを愛してはいないと告げただけで、こんなにも変わるなんて！　オクタヴィアはふたりがほかの客にまじるのを見つめた。少なくともハリーとリゼットには幸せな将来が待っていそうだ。

オクタヴィアは自分の部屋に戻り、ドアを閉めてそこにもたれた。ようやくひとりになれたわ！　胸の痛みはどんどんひどくなっている。エドワードはわたしを愛していると告白しながら、その一瞬後には、結婚は考えていないと言って、あらゆる希望を奪ってしまった。なんてばかな人なの！　嗚咽《おえつ》がもれたが、目は乾いたままだった。これからどうしよう？　階下のパーティにはもう加わりたくない。この胸の痛みは、どんな軟膏《なんこう》を塗っても効かない、何物にも癒《いや》せない体の傷に似ている。痛みなど感じていないふりをするのは、いまのわたしには荷が重すぎる。乗り越えるための時間がほしい。

苦痛と怒りに満ちた人間がもうひとりいた。こちらは恨みを晴らさずに苦しみに耐える気はなかった。アランデスはもはやリゼットが自分を愛していると思い込むことはできなかったが、彼女をあきらめるつもりはさらさらなかった。あれほどの資産に恵まれた美しい娘をこのままなにもせずにあきらめることなど、だれができるものか。ここしばらくは守りが堅くて近寄れないだろうが、リゼットが未婚のあいだは望みがある。そのうちきっと好機が訪れるだろう。

しかし、時間がたつにつれてうわさが広まっていくのがわかった。彼を迎えてくれる客間はどんどん少なくなり、彼が楽しみを求める場はロンドン社交界でも下位の階層、もっと堕落した欲望を満たす世界へと変わっていった。そして下に沈めば沈むほど、復讐心《ふくしゅう》は募った。あんな仕打ちをしたリゼットを後悔させてやる。敬意を払って接しようと努めたのに、リゼットはそれを踏みにじったのだ。彼女の父親にまつわる感動的な話を使って穏やかに近づく手は役に立たないとわかった。残るは力ずくという手しかない。好機が訪れたら、ひどい目に遭わせてやる。彼は召使いにリゼットの動きを油断なく見張るよう命じ、暗黒街に戻って時間をつぶした。

ガシーが催した夜会のあと、オクタヴィアはエドワードとほとんど顔を合わせなかった。彼を避けるのはむずかしくない。レディ・オクタヴィアをエスコートしたがる紳士は何人もいて、彼女の社交生活はリゼットに負けず劣らず成功を収めていた。オクタヴィアは人前ではにこやかにふるまい、心に少しずつひび割れが生じているのを察する者はだれひとりいなかった。

しかし社交シーズンが過ぎていき、ロンドンが暖かくなって土ぼこりが多くなるにつれて、オクタヴィアはウィチフォードの森や湖や葉陰のことを考えるようになり、訪れたくてたまらなくなった。バラクラフ家が借りることになっていた六カ月の期間はすでに過ぎ、いまやウィチフォードは自由に使える。ロンドンでの自分の務めは終わった。ピップには新しい家庭教師がいるし、リゼットはこれ以上は望めないほど順調に社交界に乗り出して、いまではハリー・ペトリーと結婚するだろうという見方が定着している。

自分以外のだれもが幸せそうだ。五年前と同じように、崇拝者たちは退屈でつまらなく、ロンドンでの生活は味気ない。しかも今回は日がたつごとに社交の場に出るのが苦痛になっていった。とうとうこれ以上は耐えられなくなったとき、ロンドンを離れる口実が転がり込み、オクタヴィアはそれに飛びついた。

それはサウス・オードリー・ストリートのバラクラフ家を訪れているときに起きた。いつものようにハリーはリゼットと話し込み、オクタヴィアにはジュリアしか話し相手がいなかった。ジュリアがエドワードの品行について痛烈に批判しはじめた。

「彼はこれまでだって少しも真剣に責任を持ってくれたことがなかったけれど、こんなにひどいとは思ってもみなかったわ！　ロンドンじゅうのうわさですよ。これでは彼がわざと家名を汚そうとしていると思われてしまうわ。お酒は飲みすぎるし、ギャンブルにふけっているし、ヘンリーの話ではあの欲張り女に大金を貢いでいるらしいの」ジュリアは軽率なことを話してしまったと気がついたのか、あわてて言った。「だからといって、わたしがそのようなことを知っているわけではないんですよ。まともな女性にはわかりませんもの！」

　オクタヴィアが心底ほっとしたことに、ようやくジュリアはエドワードの不品行という話題からそれ、ほかの家族の話をはじめた。ところがそれもさほど慰めとなる話題ではなかった。ジュリアはピップのことで気をもんでいた。

「どうかしたんでしょうか？　このあいだピップに会ったとき、少し顔色が悪いと思ったわ。具合が悪いの？」

「そうではないんだけれど、ロンドンが合わないらしくて。いつまでもウィチフォードのことばかり話しているわ。家庭教師はとてもよくて、思いつくかぎりの名所や旧跡に連れていってくれたんですよ。でも、フィリパはああいう子供でしょう？　あれほど元気で活発なのに、あの子にさえも暑さとほこりがこたえるようなの。ロンドンはあれくらいの年齢のああいったタイプの子供には最適の場所とは言えないわ。ミス・チェリフィールドがいなくなったら、あの子をどうしていいやら」

「いなくなる？　ずっといてくれるものと思っていたわ」

「もちろんまた戻ってきますよ。でも、五月の初めから三週間は休みをとらせると、ここに来る前に取り決められていたの。あの家庭教師がいなかったら、フィリパも困るわ。わたしはリゼットのことで手いっぱいで、あの子に割ける時間はないし。あのならず者のアランデスがまだロンドンにいるので、エドワードもヘンリーもリゼットにはどこへ行くにも付き添いがいなければだめだって言うの。あなたのお兄さまもとてもよくしてくださるわ。リゼットのためにかなりの時間を割いてくださって」ジュリアは部屋の向こう側にいるハリーとリゼットを微笑ましそうにちらりと見た。「あのふたりは本当にお似合いだわ。でも付き添いをつけずにあまり長くはいさせられないの。そんなわけで、フィリパの面倒をみてやる時間がほとんどなくて」

オクタヴィアはしばし考えた。「ミス・チェリフィールドがいないあいだ、わたしがピップを預かりましょうか？　ウィチフォードに行こうかと考えているんだけれど、ピップもいっしょに行けるなら、とてもうれしいわ」

「ピップは行きたがるわ。あそこの話ばかりしているから」ジュリアの口ぶりは、自分はウィチフォードが嫌いだけれど、と告げている。

「では、話は決まったことにしてよろしいわね？　一週間後でいいかしら。それから、ピップは時間の許すかぎり向こうに滞在してかまいませんから。ミス・チェリフィールドも、戻ってきたらわたしたちに合流すればいいわ。わたしはウィチフォードに行ったら、もうロンドンには戻ってこないだろうと思うの」

「レディ・オクタヴィア、これは天からの贈り物だわ！　どんなにありがたいことか！　本当にかまわないんですね？」

「もちろん」

「フィリパを呼びにやらせますから、直接伝えてやってくださいな」

ピップに会って、オクタヴィアは心配になった。あの体じゅうにみなぎっていた生気がいまはかなり薄れている。ピップは大喜びでオクタヴィアを歓迎したが、その喜び方もこれまでよりおとなしい。ところがウィチフォードに行く話を聞くと、大はしゃぎだった。

「本当に？　本当に本当なの？　ああ、ミス・ペトリー、いいえ、レディ・オクタヴィア、なんて親切なの！　リゼット、聞いた？　わたし、ウィチフォードに行くのよ！」

もちろんオクタヴィアの決心に驚いた人は多かった。ガシーは気分を害し、オクタヴィアは懸命になだめなければならなかった。それでもウィチフォードに行く計画は変えなかった。ロンドンにうんざりし、エドワード・バラクラフにまつわるうわさもこれ以上聞きたくなかった。どうやら彼はオクタヴィアをなにがなんでも忘れようとしているらしい。オクタヴィアは、いつかそれがうまくいき、彼と自分をつないでいたひそかな絆《きずな》がとうとう断たれてしまったときに、ロンドンにはいたくなかった。

あわただしく一週間が過ぎ、オクタヴィアとピップは召使いの小さな一団とともにウィチフォードに向けて発《た》った。ウィチフォードの馬車道に入ると、ピップは抑えきれずにはしゃぎだした。

「見て、ミス・ペトリー！　おうちが笑ってる！」

ピップは座席を振り返った。「ごめんなさい。レディ・オクタヴィアだったわ」

オクタヴィアは笑い声をあげてピップを抱き寄せ、窓の外を眺めた。「好きなように呼んでいいのよ。本当だわ。あなたの言うとおりね」

晴れた日で少し風があり、道端の木々の枝が揺れたり躍ったりしている。葉陰がウィチフォードの窓に映り、屋敷に陽気な雰囲気をかもし出していた。オクタヴィアは心が軽くなるのを覚えた。

ミセス・ダットンが待っていて、ウィチフォードの持ち主は〝ミス・ペトリー〟だという知らせをやさしい笑みを浮かべて受け止めた。「前々からなにかあると思っていましたよ、レディ・オクタヴィア。家の手入れが気に入っていただけるといいのですが。階段の修繕はとてもうまくいって、もう大丈夫ですが、なぜあんなことが起きたのか、まだみんな首をかしげているんですよ。ミス・フィリパには塔のお部屋をご用意しましたけれど、レディ・オクタヴィアはどちらになさるかわからないので、主寝室と前にお使いになっていたお部屋の両方を整えてあります」

ピップの目が懇願している。オクタヴィアは言った。「前の部屋を使うわ、ミセス・ダットン。どうもありがとう」

ほどなくふたりは屋敷のなかを見て回った。オクタヴィアはピップほど有頂天になってはいないにしても、とても心安らぐものを感じていた。とはいえ、塔のてっぺんにある部屋に通じる階段を上ってみようとは言わなかった。ピップのほうがそう言うと、オクタヴィアは鍵《かぎ》をなくしたんじゃなかったかしらと曖昧《あいまい》に答えた。

そのころロンドンで、エドワードは負け試合を闘っていた。モンティース公爵邸の書斎で口論をして以来、オクタヴィアとはめったに会わなかった。姿を見かけても、彼女の態度は前とは別人のように冷たく、見えない氷の壁がふたりのあいだにそびえていた。ふたりの奇妙に親しい関係をオクタヴィアははっきりと過去のものとしたのだ。それならエドワードはうれしく思っていいはずなのに、現実には耐えがたい気分だった。

オクタヴィアがロンドンを離れるつもりでいると聞いたときは、彼女に会いにモンティース邸まで駆けつけたい衝動をこらえるのがたいへんだった。会って、なんと言うつもりだ？　とどまってくれと懇願するのか？　わたしに微笑みかけてくれ、前のように話しかけてくれ、もう一度わたしのオクタヴィアに戻ってくれ、と？　結婚という罠《わな》をなんとしても避ける気でいるうちはだめだ。そう、オクタヴィアはロンドンを離れたほうがいい。そしてわたしは、かつてふたりのあいだがどうであったかをもう思い出さないほうがいい。室内の反対側にいる彼女の頭をぐいと上げた姿、蜂蜜《はちみつ》色の巻き毛を見て、改めて心を奪われたりしないほうがいい。姿さえ見なくなれば、きっと忘れられる。

しかししばらくすると、それはまちがいだとわかった。オクタヴィアのいないロンドンはまるで砂漠で、そこでの暮らしは生きるに値しないように思えた。ルイーズも慰めにはならず、ひと悶着《もんちゃく》あったあと、彼はルイーズと別れた。それからいくらもたたないうちに、ルイーズはべつの相手を見つけた。ギャンブルも魅力を失い、銀行業の活発な意見交換すらおもしろみがなくなった。外務省に対しては堪忍袋の緒が切れ、要職にある紳士数人を怒らせたあと、助言役を辞めた。

リゼットが見るからに幸せそうにハリーと交際しているのを彼はひがみっぽい目で眺めていたが、反対する根拠はなにひとつ見つからず、わが身を省みてばつの悪い思いをするとともに、自分はねたんでいるのだと判断した。ハリーからリゼットに求婚する許しを求められたときはどうにか自分を取り戻し、まずまず作法を守って承諾を与えた。

その夜ノース・オードリー・ストリートの自宅に戻ると、暖炉の火は消え、邸内は静かだった。エドワードはブランデーを飲みながら、だめになってしまった自分の秩序ある生活についてよくよく考えた。なにが起こったのだろう？　去年の九月には、結婚しなければならないトレントンを哀れみ、だれにも束縛されない気ままな生活を送れる自分は幸運だと思っていたのに。どこでまちがえたんだ？　なぜこの生活にもはや満足できないのだ？

やがて、思いをめぐらす対象はいま頭を占めているもうひとつの問題、リカルド・アランデスの動向へと移った。アランデスはまだロンドンにいるのに、社交の場に姿を現すことがどんどん少なくなっている。モンティース邸の温室で警告したのだから、これは驚くに当たらない。しかし、あの男はどこでなにをしているのだろう？　それに、リゼットに振られたのがはっきりしたいま、なぜまだロンドンにいるのだろう？　アランデスは簡単にあきらめる男ではない。それに、自分が侮辱されたと感じたことはいつまでも覚えている。彼が西インド諸島に帰ったことがはっきりするまで、リゼットにはずっと付き添いをつけていなければならない。

そう決めると、エドワードはもうひとつの重要な問題に立ち戻らざるをえないのに気づいた。自分のこのもの足りない思いにどう対処すればいいのだろう？　彼はその答えを受け入れたくないまま、眠りに落ちた。しかしそれからほんの一日二日後、ふいに心が決まった。

リゼットはピップが恋しかった。それにオクタヴィアも。まだ正式ではないとはいえ、自分が婚約したことをふたりが知らないと思うと残念だった。しかしウィチフォードを訪ねたいと叔母に頼んでも、いい返事はもらえなかった。

「リゼット、それは浅はかよ。だってあなたにはわたしがついていかなければならないし、わたしはあの家のことを考えただけで身震いが走るのよ。それに社交シーズンはもうすぐ終わるから、社交界の催しをなにひとつ見逃したくないわ。マーチャント家の舞踏会はとくにね。それまで待ちなさい」

しかしリゼットの落胆ぶりを見たハリーが、自分がウィチフォードまでリゼットを送っていくという妙案を思いついた。

ジュリアは心が動いたものの、反対した。「それはいけません！　正式に婚約するまではだめだし、婚約したあとでも賛成しかねるわ。ペトリー中尉、ご親切はありがたいけれど、それはいけません」

ジュリアはうしろめたさを感じさせられていらだち、つぎにエドワードと会ったとき、不満をぶちまけた。

「わたしはあの子にかかりきりになって、結婚相手として最も望ましい男性と婚約させたわ。それなのに、あの子の反応はどう？　わたしがあの家に耐えられないと知っていながら、妹に会いたいからというだけでウィチフォードに行かせようとするのよ！　婚約といっても、まだ正式じゃないわ。ウォーナム卿《きょう》から承諾をもらってから正式な婚約の祝宴を催すんですもの。あなたからリゼットに言ってもらえないかしら。あの子はわたしに感謝するどころか、まるでわたしが罪でも犯したような顔で見るんですからね！　でも、ペトリー中尉とふたりきりで行かせることはできないわ。礼儀作法はべつにしても、安全じゃありませんから。アランデスがいなくても危険だわ」

「わたしが同行しよう」

ごく自然に出てきたことばに、ジュリアもエドワード自身も驚いた。一瞬絶句したあと、ジュリアは大いに喜び、リゼットを呼んでそう告げた。エドワードは呆然《ぼうぜん》とした状態で必要な手配を整えたが、なぜ自分がこのような申し出をしたのかがまだのみ込めず、頭がどうかしてしまったのだろうかと内心首をかしげた。

そのあとひとりになって初めて、リゼットとハリーをウィチフォードに連れていけば、オクタヴィアと会えることに気づいた。それこそ自分がいまいちばん求めていることなのだ。オクタヴィアが歓迎してくれるかどうかはわからないが、いずれにせよ、彼女のいない生活をこれほどつまらなくしているものがなにか、なんとしても知りたかった。

心が決まると、ふいに人生は明るい光を取り戻し、世の中が前よりましなところに思えた。

17

エドワード、リゼット、ハリーの三人がロンドンを発《た》った日は上天気で、ことのほか美しい景色のなかを馬車は順調に進んでいった。なつかしい馬車道に差しかかると、ハリーが、初めてここに来たときにどうやって木々のあいだに身を隠したかを話し、みんなを笑わせた。まだ笑いが残っているうちに馬車が角を曲がり、屋敷が見えてきた。エドワードは幸福感がこみ上げるのを覚えた。湾曲した切妻、きらきらと日差しを反射する窓、それに奇妙な小塔。ウィチフォードは三人を歓迎し、待ちかねているように見えた。

リゼットが前もって知らせてあったので、ピップが待ちかまえていた。ピップは馬車が目に入ると木から下り、歓声をあげながら家に駆けていった。

「馬車が来たわ、オクタヴィア！」

オクタヴィアは重厚な樫《かし》の扉の前に立っていた。前よりやせて顔が青白く見えたが、三人が馬車から降りると、頬を染めた。そのあとは興奮と混乱のうちに挨拶《あいさつ》が交わされた。

「あなたがいらっしゃるとは思わなかったわ」オクタヴィアはエドワードを見てよそよそしく言った。「リゼットからはハリーが来るとしか聞いていなかったので」

「わたしはお目付役といったところだ」その冷静な言い方に、エドワードは自分でも驚いた。オクタヴィアの姿を見たとたん、心はとろけだし、彼女が自分にとってどれだけ大切な存在かということ以外頭になかった。彼女をこの腕に抱きしめ、その目に浮かんだ悲しげな表情をキスで追い払いたい。だが、そうする勇気がなかった。生まれて初めて、自分が受け入れられるかどうか確信が持てなかった。オクタヴィアは痛手から回復し、もうわたしを歓迎してはくれないかもしれない。ふいにそう思い、身動きがとれなかった。

恐れたとおりだった。オクタヴィアは小さな笑い声をあげたが、氷の壁は依然としてあった。「そうでしょうとも。ジュリアはウィチフォードには近寄ろうとしないでしょうから！　この家が危険だと思っているんですもの」ちょっと間を置いて、ことばを続けた。「ごめんなさい。なんと言っていいかわからないわ。前回ここにいたときは、あなたは雇い主でわたしは家庭教師。それがいまは……」頭を振り、ふたたび口を開いた。「お入りになって。飲み物が用意してあります。小さいほうの応接間に。あなたがいらっしゃるとは思わなかったものだから」

「わたしを見ず知らずの人間のように扱うのはやめてくれないか、オクタヴィア」

オクタヴィアは悲しげに微笑《ほほえ》んだ。「あなたにどう接していいのか、本当にわからないの。女学校ではこういう場合のための授業はなかったから。でもお入りになって。ほかのみんなが待っているわ」

エドワードは玄関ホールに入ってあたりを見回した。階段は傷んでいるようすもなく、前と同じに見えた。どっしりとした真鍮《しんちゅう》製のシャンデリアが窓から差し込む陽光に輝きを放っている。

「ピップはずいぶん元気になったようだね」エドワードは懸命にふつうの会話をしようとした。

「ウィチフォードが大好きなの。ふたりでいっしょに楽しく過ごしたのよ」

「きみはピップを甘やかしているよ」

「あら、そんなことはないわ！　彼女が叔母さまのもとへ帰ってしまったら、とても寂しくなるでしょうね。リゼットには驚いたわ。前々からずっとリゼットとハリーはお似合いだと思っていたけれど、彼女が輝くばかりに美しくなるなんて、思ってもいなかったから。ハリーはあなたから許しを得たと考えていいのかしら？」

「もう少し待てば、本人たちが教えてくれるよ」

オクタヴィアは小さいほうの応接間に彼を案内した。テーブルにミセス・ダットンが用意した軽食とグラスをのせたトレーがあり、その横にはワインが冷やしてある。オクタヴィアはためらったあと彼のほうを向いた。「ワインをお願いできて？」

エドワードがワインの栓を抜いてグラスに注《つ》いだ。オクタヴィアはグラスをひとりずつに渡し、ピップにすら少量入れたグラスを回した。それからグラスを掲げた。

「ウィチフォードにお帰りなさい」そう言って微笑みを浮かべ、兄とリゼットを見た。

ハリーが咳払《せきばら》いをした。「タヴィ、きょうは幸せを祈ってもらいに来たんだ。リゼットとぼくは……その……リゼットが結婚を承諾してくれたんだ。彼女の後見人たちからも同意をもらった」

ピップが歓声をあげ、オクタヴィアの微笑が広がった。「まあ、すばらしい知らせだわ！」オクタヴィアはグラスを置き、リゼットを抱きしめた。「お兄さま！　お兄さまは昔から幸運に恵まれてきたけれど、今回の幸運ほどすばらしいものはないわ」

エドワードが言った。「ハリーとリゼットに乾杯！　末永くお幸せに！」

全員がワインを飲んだ。ピップはたいへんなはしゃぎようで、ワインをほとんど全部飲んでしまった。それから、リゼットに渡したいものがあるので部屋まで取りに行ってくると応接間を出ていった。

そのあとは静かになった。ハリーがリゼットを部屋の隅へ連れていった。エドワードはオクタヴィアを見つめた。ほんのしばらくふたりはお互いへの思いに、そして思い出にひたった。やがてオクタヴィアは頭を振って横を向いた。

「これでは……これではだめだわ。わたしには……わたしには……」オクタヴィアは息を継ぎ、あくまでにこやかに言った。「ピップはどうしているのかしら？　みんなで見てきたほうがよさそうね」

四人は玄関ホールに出て、いきなり立ち止まった。ミセス・ダットンが短銃を持った男の一団に囲まれ、恐怖に凍りついていたのだ。

「申し訳ありません、お嬢さま。ドアを開けたら押し入ってきて——」男のひとりに使用人部屋に通じるドアにせき立てられて、ミセス・ダットンは小さな悲鳴をあげた。男は家政婦をドアの向こうに閉じ込め、短銃を構えたまま首謀者を見た。

ハリーがとっさに一歩前へ出ると、即座に短銃が彼のほうに向けられた。

「だれも動くな！」リカルド・アランデスが言った。「じっとしていないと、おれの仲間が撃つぞ！」一味が散らばり、オクタヴィアたちと向かい合った。アランデス以外に四人いるが、エドワードから見れば貧弱な連中だった。とはいえ全員銃を持っている。

エドワードはアランデスを見据えたまま言った。「言われたとおりにしたほうがいい、ペトリー。ここで死んでもなんにもならない」

アランデスが室内をひとめぐり歩き、仲間の向こう側で足を止めた。オクタヴィアは彼の変わりようにぞっとした。やせ細ったその姿はもうトム・ペインには少しも似ていない。吹き出物のできた顔は血色が悪く、青い目は血走っている。いまにも倒れそうなほど衰弱しているのが、かえって凄《すご》みがあった。

アランデスはエドワードとハリーが四人の男に飛びかかる隙《すき》をうかがっているのに気づき、急いで言った。「近寄りすぎるな、ばかどもめ！　そいつらが飛びかかろうとしているのがわからないのか。銃をその黄色いドレスの美女に向けろ。おれの未来の花嫁だ。だれかひとりでも動いたら、撃て。リゼットが撃ち殺されるんじゃ、動けないよな、バラクラフ。リゼットはおれの安全装置だ」

「おまえになにができる?」エドワードは厳しい声で言った。「気でもふれたか、アランデス」

「たぶんな。しかしおまえら全員を殺してでも、リゼットは手に入れる。あんたからいこうか、バラクラフ。こんな厄介なことになったのはあんたのせいだ。おれとリゼットが結婚するのを喜んでいたあんたの兄貴に、おれがジャマイカでなにをしたか話しやがって!」アランデスは銃口をエドワードに向けた。「命乞《いのちご》いをするんだな。さもなければ、ここで死んでもらう」

全員の目がアランデスとエドワードに向けられている緊迫したその瞬間、オクタヴィアはアランデスの頭上の回廊でなにかがかすかに動いたのに気づいた。ピップがそっと手すりに上っている。アランデスと手下はそちらに背を向けていて、だれも気づいていない。

オクタヴィアは息を殺し、エドワードをちらりと見た。彼もピップに気づいたようだ。彼はハリーにすばやく視線を投げると、声をあげた。

「わたしになんと言わせたいんだ、アランデス? 悪かったと? 言ってもかまわないが、その前に、リゼットに銃口を向けるなと仲間に命じてほしい。おまえだってリゼットを殺されたくないだろう?」

ピップはいまや手すりの上に座っていた。アランデスが言った。「わかった。あんたが這《は》いつくばるのを見られるとは楽しみだ。おまえら、言われたようにしろ!」

手下が銃口を下に向けた。それと同時に叫び声があがり、ピップがどすんとアランデスの肩に飛び下りてしがみついた。アランデスはよろめき、彼の短銃が天井めがけて火を噴いた。役に立たなくなった武器を怒声をあげて放《ほう》り出すと、アランデスは肩にまたがったピップを引き下ろそうともがいた。エドワードとハリーはその隙を逃さなかった。ふたりは殴ったり蹴《け》ったりしてたちまちアランデスの仲間四人を床に組み伏せ、武器を取り上げた。

アランデスはまだピップを引きずり下ろそうともがいていた。彼がナイフを取り出したのを見て、オクタヴィアは恐怖にとらわれた。ピップに切りつけるつもりだわ！　オクタヴィアは叫びながらアランデスに飛びかかっていった。「やめて！　そんなことはしないで！」

オクタヴィアはナイフを持ったアランデスの手をつかむと、その腕にしがみつき、渾身《こんしん》の力をこめてナイフをピップから遠ざけようとした。アランデスは毒づき、手荒くオクタヴィアを振り払った。オクタヴィアは床に突き飛ばされ、暖炉の縁で頭を打って動かなくなった。

アランデスの仲間をちょうど片づけたところだったエドワードはオクタヴィアが倒れるのを見て、駆け寄った。ピップがすでにオクタヴィアの横にひざまずき、必死で名前を呼んでいた。

「死んでしまったわ！」ピップがわめいた。「オクタヴィアが死んでしまった！」

エドワードはオクタヴィアを抱き起こした。「ばかなことを言うんじゃない。死んでなどいるものか。死ぬはずがない。そんなことはありえない！」彼はオクタヴィアののどにそっと手を当てた。

一陣の風がうなりながら玄関ホールを吹き抜け、大きなシャンデリアを激しく揺らした。アランデスがリゼットのほうに二、三歩進んだ。

「リゼット……」彼は訴えるように片手を伸ばした。

彼の頭上でシャンデリアの取り付け金具が突然ぎしぎしと音をたててはずれた。シャンデリアは真下にいたアランデスを直撃し、ついで漆喰《しっくい》の塊が落下してほこりが舞い上がった。すさまじい音が響き渡ったあとは、なにもかもが不気味に静まり返った。

エドワードがその静けさを破った。「よかった！ ああ、よかった！ 脈がある。生きている」それから初めてあたりを見回し、室内の惨状を知った。

「なんということだ！」彼はドアを破って出てきた使用人たちを見た。「シャンデリアの下敷きになった悪党を助け出してやってくれ。さあ、急いで。それから医者を頼む。すぐに！」

ハリーはリゼットをなだめていたが、いまはふたりともそばへ来ていた。「オクタヴィアをベッドに運ぼう」ハリーが身をかがめた。

「触らないでくれ！」エドワードはハリーを押しやった。「オクタヴィアはわたしのものだ。わたしはオクタヴィアを愛しているんだ。わたしが運ぶ」ハリーは驚いてエドワードを見たが、なにも言わなかった。エドワードはリゼットにピップの面倒をみさせてくれないか。膝から血を流している。それに、ハリー、アランデスがどうなったか見てほしい。もうだめだろうとは思うが、確かめたほうがいい。医者はオクタヴィアの部屋へ頼む」


った。エドワードはオクタヴィアを抱き上げ、階段に向かった。「リゼットにピップの面倒をみさせてくれないか。膝から血を流している。それに、ハリー、アランデスがどうなったか見てほしい。もうだめだろうとは思うが、確かめたほうがいい。医者はオクタヴィアの部屋へ頼む」

エドワードはゆっくりと階段を上がった。オクタヴィアをベッドに下ろして毛布をかけると、そばにひざまずいて毛布に顔をうずめた。

「ああ、オクタヴィア、わたしをひとりにしないでくれ。どれほどきみを愛しているか、悟ったばかりだというのに！」

オクタヴィアのまぶたがかすかに動いた。だが、それきり彼女は動かなかった。エドワードはオクタヴィアの白い顔とこめかみの青いあざを見つめ、さらに打ちひしがれた声で言った。

「死んではだめだ、オクタヴィア！ きみがいなかったら、楽しさも喜びもない。生きていなければだめだ。きみがどれだけ大切な存在かを告げる時間をくれなければ。わたしはきみと結婚し、きみを大事にし、いつまでもともにいたい。きみを愛しているんだ！　きみのいない人生など耐えられない。頼むから目を開けてくれ」

オクタヴィアが目を開けた。「エドワード！　いまのはあなたが言ったの？　わたしと結婚したいと言ったのはあなたなの？」

どれほど愛しているか言おうとしていたエドワードは口をつぐみ、オクタヴィアをよく見た。「いまいましい！　全部聞いていたな」

「だいたいはね」

「いまにも死にそうなふりをしていたんだな？　そのあいだわたしはずっと……」

「それくらいのことはしていいと思うわ。わたしはひどく傷ついていたんですもの。アランデスではなく、あなたのせいで」オクタヴィアは体を起こした。「アランデスはどこ？　ピップはどうしたの？」

エドワードはオクタヴィアをふたたび寝かせた。「ピップは何箇所かすりむいただけだ。リゼットはハリーといっしょにいる。アランデスは死んだ」

「死んだ！　あなたが彼を……？」

「いや、わたしが殺したんじゃない。それについてはあとで話そう。きっときみは家が殺したと言うだろうね。いまは医者が来るまで休んだほうがいい」

オクタヴィアが反論しようにも、そこへミセス・ダットンが医師を案内してきて、エドワードは部屋から追い出されてしまった。

彼は確かめなければならないことがあるのを思い出し、階下に戻った。アランデスの手下四人はいつのまにか逃げてしまったと、使用人のひとりが告げた。アランデスの遺体はすでに医師が診て、運び出されたあとだった。シャンデリアも片づけられていたが、漆喰の残骸《ざんがい》とほこりはまだそこにあった。エドワードはそれを見つめ、ついで天井を見上げた。

「なぜこんなことが起きたのか、さっぱりわかりません」ミセス・ダットンが涙ぐんで言った。「ミセス・バラクラフのことがあってから、すべてを点検したんです。もちろんシャンデリアも含めて。あんなふうに落ちるはずはありませんでした。使用人たちは天罰だと言っています。あの男は悪人ですよ。レディ・オクタヴィアを殺していたかもしれないんですから。これはミセス・カーステアズのなさったことだとお思いになりません？」

エドワードは首を振った。「いや、超常的なことはなにもない。これを見てごらん、ミセス・ダットン」床に散らばった残骸のなかに折れたシャンデリアの支えがあった。真ん中に丸い穴が開いている。

「銃弾で開いた穴だ。アランデスが撃った弾はそこに当たったんだよ。偶然だろうね。超常的なものなんかじゃない」

階段に向かう彼にミセス・ダットンが言った。

「偶然だとすれば、とても奇妙な偶然ですね、ミスター・バラクラフ。わたしはやはり偶然ではないと思いますよ」

エドワードは笑みを浮かべて階段を上がった。リゼットとピップはハリーに付き添われてすでにオクタヴィアの部屋にいた。オクタヴィアはベッドで上体を起こしており、顔は青白いが、意識はすっかり戻っていた。医師はちょうどエドワードに会いに行こうとしていたところで、レディ・オクタヴィアは九死に一生を得ましたよ、動揺はしていますが、けがは軽くて、二、三日安静にしていれば回復しますと告げた。そして、あさってまた往診に来ると約束して帰っていった。

エドワードはベッドのそばへ行き、穏やかに言った。「きみが生きているとみんながわかったのだから、ハリーに家のなかを見せるようリゼットとピップに頼んではどうかな。きみに話があるんだ」

「だめよ」オクタヴィアはちょっと動揺して答えた。「ピップにはここにいてもらうわ」

ハリーがリゼットににやりと笑いかけた。「きみの叔父上は本気らしいよ。きょうの腕力を見た以上は逆らいたくないな」

「ものわかりがいいな。きみもなかなかの腕だったよ。わたしのことはエドワードと呼んでくれ。さあ、行った、行った」

ピップはなるほどという目つきで叔父を見た。

「なぜわたしたちを追い出したいのか、わかっているわ。さっきオクタヴィアに話しかけているのを聞いたもの。結婚を申し込むのだったら、追い出されてもかまわないわ。前からそうしなさいって言っていたでしょう?」リゼットが笑い声をあげ、ピップを引っ張って部屋を出ていった。

みんながいなくなると、エドワードはベッドの端に腰を下ろした。「さあ、少しおしゃべりをしようか」

「お医者さまは安静にするようにとおっしゃったのよ」

「好きなだけ安静にしていていいんだよ。ただし、その前にふたつだけ教えてほしい。まず、なぜ意識のないふりをしたのか、だ」

「しばらくは本当に意識を失っていたのよ。そこへあなたがあんなすばらしいことを言っているのが聞こえたものだから……もっと聞きたくなったの」

「もっととは、たとえば?」

「わたしを愛しているとか、わたしと結婚したいとか。もう一度聞きたくてたまらないわ」

「それはふたつ目の質問に答えてもらってからだ」

「なにかしら?」

彼はオクタヴィアの頬に片手を添え、真剣な表情で言った。「愚かだったわたしを許すと言ってもらえないだろうか。それでもわたしを愛していると」

「あなたはいまも愚かよ、エドワード。もちろんあなたを愛しているわ！　ほかの人が相手ではあんな恥ずべきふるまいはできなかったはずですもの」

エドワードは得意げな笑い声をあげ、彼女を抱き寄せた。「だれよりもいとしいオクタヴィア。きみの破廉恥なふるまいでわたしがどうなったかは、口にできないよ。でも、いまはそれだけでは満足できない。きみと人生をともにして、きみを大切にし、ともに老い、子供を持ちたい。きみの子供を」

「だけど、あなたは結婚などしないと――」

「そう、結婚など考えもしないと固く心に決めていた。その決心を変えることのできる女性はこの世にたったひとりしかいない。きみだ。きみだけだ。きみが好きでたまらない」エドワードは彼女の手を取り、キスをした。「結婚してくれ、オクタヴィア。全力を尽くしてきみを幸せにすると約束するよ」

血の気のなかったオクタヴィアの頬が赤く染まった。「もちろんあなたと結婚するわ、エドワード！　心のすべてを捧《ささ》げて」彼にキスをして微笑んだ。

「それに、ノーなんて言う勇気はないわ。カーステアズの伯母さまがあなたをここへ呼んだのよ。求婚を断ったら、ウィチフォードにどんなことをされるか、わからないもの！」

エドワードはそっと体を寄せ、オクタヴィアに長いキスをした。乾いた香草の香りのするそよ風が家のなかを吹き抜け、夏の大気に消えていった。ウィチフォードは満足だった。

とっておきの、ときめきを。
ハーレクイン

奇妙な家庭教師

2006年5月5日発行

著者	シルヴィア・アンドルー
訳者	江田さだえ（えだ　さだえ）
発行人	ベリンダ・ホブス
発行所	株式会社ハーレクイン 東京都千代田区内神田1-14-6 電話 03-3292-8091（営業） 03-3292-8457（読者ｻｰﾋﾞｽ係）
印刷・製本	凸版印刷株式会社 東京都板橋区志村1-11-1
編集協力	有限会社イルマ出版企画

ISBN4-596-32252-X C0297